COLLECTION FOLIO

Daniel Boulanger

de l'Académie Goncourt

Les noces du merle

Gallimard

Daniel Boulanger est né à Compiègne en 1922. Poète et romancier, il écrit une centaine de films et remet en honneur la nouvelle.

C'est à lui que les deux Académies, française et Goncourt, décernent en premier lieu le prix qu'elles fondent sur cet art.

En 1979, le prix Pierre-de-Monaco couronne son œuvre. En 1983, l'Académie Goncourt l'appelle à siéger parmi les Dix.

à Michel Déon

Le ramage naturel du merle solitaire est très-doux

La vente sous les arbres

D'abord ce fut l'odeur tout en chair, mielleuse, brûlante et longue, cachant un dard sous son velours de papillon, une odeur qui s'étageait cylindriquement sur une assise puissante, et dans cette tour où l'air était pris d'un vertige comme s'il s'était trop respiré, j'aperçus le groupe d'ormes dans la lumière portée au blanc. Sous les arbres un gros homme s'épongeait le front et frappait de son marteau d'ivoire un bureau placé sur un socle de bois.

— Devant moi, cent vingt, cent trente, à ma gauche. Qui dit plus? Cent quarante. Un petit effort. Cent cinquante. Toujours à ma gauche. Je vais finir. Cent soixante. Qui dit mieux? Adjugé.

À ses pieds, sur l'herbe, une trentaine de personnes paraissaient faire la sieste. Un garçon poussait maintenant sur la table de vente une paire de flambeaux.

— Commençons à vingt francs!

Aucun souffle ne rompait l'été d'acier bleu. Le

petit chemin bordé de seringas par où madame Marennes venait d'arriver brûlait sur place dans la forte lumière. L'unique voix, celle qui sortait épuisée du commissaire-priseur, mourait court au-dessus des têtes, absorbée par l'odeur terrible qui n'était plus qu'une gueule où tout s'évanouissait. Madame Marennes regarda partir les flambeaux. C'était elle qui les avait offerts, autrefois, à l'homme qui venait de mourir, dont on dispersait les maigres biens. Madame Marennes fixa les yeux sur la porte de la maison cachée par les ormes. L'employé de maître Nieppe, le garçon Louis, en sortait maintenant un guéridon incrusté de nacre qui lançait des éclats de feu à chaque mouvement.

— Qui dit deux cents ? J'ai entendu deux cents. À ma gauche. À ma gauche deux cents. Deux cent dix. Deux cent vingt. Pressons ! Une fois, deux fois. Adjugé.

Les yeux de madame Marennes s'emplirent de larmes. S'il avait voulu, autrefois ! Ils auraient pu se marier. Eh non. Il ne sortait jamais. Il ne voyait personne. Il ne voulait même pas qu'elle vînt le voir, de temps en temps. Personne. Il avait tenu comme cela plus de vingt ans. Il était mort maintenant.

— Je mets en vente un premier lot de livres. Nous partons à cinquante francs. Cinquante. Cinquante-cinq. En face. Soixante. En face et au fond. Soixante-dix.

Victor ? murmura madame Marennes, mais Victor est derrière ce gros homme en sueur, ces murs épais, cette rue qui monte vers l'église, derrière l'école et le bourg, au milieu du jardin d'ifs, sur une plaque de ciment : Ci-gît Victor Lambrecht. Seul, comme fut déserte sa vie. Une voix blanche, légèrement essoufflée, la voix même de Victor montait en madame Marennes et murmurait en chapelet : Madame Lambrecht, madame Lambrecht, madame Lambrecht...

— Adjugé ! Louis, apporte-moi une goutte de bière. Je ne tiens plus. Et ce sera maintenant ce miroir en bois doré. À combien commençons-nous ?

— Trente francs, dit une voix.

— Si vous voulez. Trente. Quarante. Cinquante. Sur ma gauche. Soixante. En bois doré. Soixante-dix. Cent ! Est-ce une offre ? Alors, ne hochez pas la tête quand je vous regarde. Cent dix. Cent vingt. Merci, Louis. À votre santé à tous.
Un murmure agréable s'éleva dans le jardin.

— Cent trente, quarante, cinquante. Un miroir ancien. Cent soixante.

Pourtant ils s'étaient aimés. Tout le monde pensait qu'ils se marieraient un jour, mais lui ?

— Je ne te rendrai pas heureuse. Je me connais.

— Mais non, Victor !

Madame Marennes avait laissé sa voix lui échapper. Une jeune fille qui assistait à la vente, une Parisienne sûrement, se retourna vers elle et la dévisagea. Madame Marennes baissa la tête. Monsieur Lambrecht était venu ici pour se retirer, pour faire une fin paisible. Il avait à peine soixante ans et portait beau. Ah ! si j'avais eu moi-même vingt ans de moins, mais alors mon mari eût été encore en vie, non, non, les choses sont ce qu'elles sont. J'avais le même âge que Victor.

Madame Marennes sourit tout à coup. Monsieur Lambrecht est mieux maintenant, dans le jardin des ifs. Encore un peu de temps et j'irai le rejoindre. Elle fit un effort pour se relever. Quel démon l'avait poussée ici, en pleine chaleur, par ce dimanche où tout le monde est de sortie ? Elle reconnaissait cependant peu de gens du bourg, à part le colonel, la pharmacienne, l'horloger et le bric-à-brac de la place de l'église. Le reste venait d'ailleurs. Des promeneurs, des touristes.

— Et maintenant un album de photographies. L'album est orné d'une fleur de cuivre. Vingt francs. Y a-t-il preneur à vingt francs ? Personne ?

Madame Marennes, debout, au fond du jardin, leva sa canne.

— Vingt francs, allons, vingt francs, qui dit mieux ?

S'il avait voulu, mais non ! J'allais le voir deux fois par semaine, au début. Après, il ne voulait plus qu'une. Son cœur n'allait pas fort. Il était toujours fatigué. C'était ma faute, ma faute. L'aurai-je entendu que c'était ma faute ! Et puis un jour il ne m'a pas ouvert. Plus jamais. J'ai bien cherché à le revoir, mais il ne voulait plus.

— Votre nom, Madame ?

— C'est madame Marennes, lança Louis.

— Ma foi, oui... Une chaise pour madame

Marennes ! On ne vous voit plus ! Vous ne sortez plus ! lançait le commissaire en s'épongeant.

— Vous le prenez avec vous ? demanda Louis en lui tendant l'album. Vous passerez payer à l'étude.

La bonne dame prit l'album et se retira. Alors ? c'est vrai qu'on ne l'avait pas reconnue ? Ce n'est pas possible, je sais bien que je ne sors plus, mais quand même.

Madame Marennes s'arrêta, à l'entrée du chemin de seringas. Il n'y avait plus qu'à rejoindre vite, mais vite, monsieur Lambrecht. Le soleil et le parfum sucré lui tournaient la tête. Elle s'appuya un instant contre un arbre. La voix du commissaire avait changé, moins rogue, moins rouge. Un oiseau lançait au-dessus d'elle une note suraiguë. L'album glissa des mains de la vieille dame et tomba sur le gravier.

— Qui dit mieux ? Deux cents. Cette armoire vaut le double. Je dis deux cent cinquante. Deux cent cinquante à côté de moi. Vous pouvez, Madame, elle est à l'état de neuf. Deux cent quatre-vingts. Trois cents. Cela vaut plus.

Aux pieds de madame Marennes le recueil s'était ouvert. Une photographie s'en était échappée. Elle dut s'agenouiller pour la ramasser, mais comme sa vue n'était plus fameuse elle ne vit pas que c'était elle sur le carré jauni, elle-même, avec sa poitrine de trente ans, forte et festonnée de dentelles, une photographie de jeunesse.

— Adjugé. Nous mettons en vente un lit de cuivre.

Madame Marennes avançait, doucement chavirée de nouveau, et ce fut jusqu'à la rue comme s'il lui poussait de nouvelles chairs, tendres, sucrées, gonflées. Victor au fond d'elle en fermait les yeux.

Le réveil philharmonique

Queue de Canard est né Joseph-Armand du Marmelin. À la demeure des siens qui s'élève au milieu d'un étang il préféra toujours la garçonnière que son frère cadet lui avait léguée avant d'entrer dans les ordres. Une heure de marche au-delà de la porte du Sud et, la ville quittée, on entrait dans les bois pour découvrir au fond d'une longue perspective de hêtres les tours du Marmelin. Queue de Canard ne faisait plus ce trajet que deux fois l'an, à la Noël qu'il prolongeait jusqu'aux Rois, et le quinze août, qui était l'anniversaire de son père. Dans la grande demeure vivaient encore six domestiques avec le maître qui entretenait son vieux corps par une marche quotidienne de deux heures, d'une tour à l'autre, se forçant jusqu'aux escaliers en colimaçon qui desservent un chemin de ronde, chassant la souris dans la longue bibliothèque protégée d'un grillage et traquant le jour qui de temps en temps apparaît entre les tuiles dans le vaisseau des toits.

Queue de Canard, à ses deux visites, accompagnait son père selon qu'il avait fait enfant, dans le silence dont le comte du Marmelin ne s'était jamais départi. Il n'y avait de différence, d'année en année, pour l'oreille musicale de Joseph-Armand, que le choc différent de la canne de son père et la pression glissante, hésitante, frappée, des pas du vieil homme et maintenant sa marche lourée, liée, difficile et d'une seule continuité. Joseph n'osait proposer son bras de peur d'un refus. Il avançait donc dans le château de famille où l'enfance avait toujours été vécue par d'autres, les disparus, en ses moindres détails, tout en remuant des notes dans sa tête, un vrai panier de cerises. L'arbre se forme, noir avec ses constellations rouges, et plus loin le ciel s'ordonne et écoute. Joseph-Armand tout à coup laissait passer un début de mélodie, comme on crache une poignée de noyaux, gourmand, poisseux de parfum.

— Toujours ta musique, dit le vieux, toujours le cirque ?

Et plus loin, à voix basse, lâchant un soupir où toute la détresse se concentrait :

— Misère !

Puis il n'y avait plus d'échange jusqu'au départ du dernier fils et tous sentaient qu'il est encore plus triste pour une famille de s'éteindre avec trois mâles, dont l'un est déjà mort au monde.

— Gamin ! disait le vieux pour qui les cinquante ans de Joseph ressemblaient aux seize, aux vingt, aux trente-cinq ans de son rejeton.

— Nous nous sommes tout dit, murmurait Joseph.

— À ton âge ! En pleine force ! Mais prends la cuisinière, prends la première venue, prends une femme, viens avec une femme ! C'est un ordre. Je la bénis, quelle qu'elle soit !

Joseph ne répondait pas. Il cherchait même au fond de lui quelque visage de l'autre sexe pour faire plaisir à l'Ancien, mais aucun ne venait. Le père avança la main vers son fils et Joseph la baisa.

— Queue de Canard !

Joseph regagna la ville, avec la queue de canard que forment les cheveux à la poupe de son crâne chauve, depuis, depuis ? On voit déjà cette queue de canard sur la photo jaune du grand salon. Joseph-Armand est à plat ventre, nu, rond, étonné. Le premier âge. Il lui tardait d'arriver, de noter cette mélodie, de prendre le clavier, les portées, le faisceau de crayons, le râtelier de clarinettes, les caisses de partitions, et le pupitre de bois à trois places où il convie deux fois la semaine des élèves, des collègues, ou des membres du Réveil Philharmonique dont il est le président, l'organisateur, le secrétaire, et la baguette. Les beaux dimanches, sous une casquette de velours frappée de la lyre, le cheveu arrière canaille et dru, Joseph dirige le concert de plein vent. Le kiosque est au milieu des arbres dans le parc du Palais. Des murmures courent dans la foule.

— Que va nous donner Queue de Canard ?

Il ne donne pas, il jette, il lance, il inonde. Sous

l'*Ouverture pour un Jour de Fête,* les robes, les feuilles, les graviers, les visages s'avivent. Les couleurs ne sont plus les mêmes et là-bas, dans les buissons, des gamins qui se croient à l'abri osent entre eux des gestes plus précis, plus vifs, plus vrais, plus heureux encore que leurs désirs. Queue de Canard libère le parc, les âmes, la ville, plus libre qu'un oiseau, les yeux à demi fermés, avec cette aile idéale, unique, frétillante, cette baguette qui mène le monde. Les cornets donnent une suprême note, à éclater, comme s'ils voulaient dans ce rouge qui se gonfle aller encore plus loin, comme il arrive de vouloir se perdre dans certain bleu sans fin du ciel, mais les yeux s'emplissent de cristaux, craquent sous le vent des dieux, un instant tout devient noir. Il y a bien le tumulte du cœur et les applaudissements des inconnus pour vous soutenir ensuite quelques secondes, mais tout vacille. Queue de Canard, mécaniquement, salue et s'effondre sur sa chaise. Le bugle ramasse les partitions, les remet en boîte. Les musiciens épinglent le morceau numéro deux : *La Valse des Lions.* Queue de Canard éponge sa casquette et reprend en main sa troupe. Il est le roi. Tout à l'heure, en numéro trois du programme, il donnera une marche militaire car il ne faut pas croire que le régiment qui a défilé hier samedi, à midi, comme tous les samedis, de part en part de la ville, derrière son colonel à cheval, ses tambours et sa clique peut rivaliser avec le Réveil de monsieur du Marmelin. Toute la fierté des tours et des ancêtres s'est réfugiée là, dans la lyre d'or de sa casquette, lyre en proue, queue de canard en poupe, et la lyre est aussi belle que les sirènes aux yeux absents qui s'élançaient à l'avant des navires. Les trompettes se suicident. Le ciel s'effondre entre les arbres et ressemble à quelque temple dont les colonnes ont roulé l'une sur l'autre. Il ne reste d'assise véritable que le granit à soupirail qui soutient le kiosque dont il ne reste même pas la cage de fer et la coupole en petit sapin à raies concentriques. D'ici, dans ce massif de buis où la fille du tailleur Longueval dirige l'hésitante main du fils Baillon, d'ici la catastrophe est plus profonde encore. Sur les ruines les parents cherchent leurs enfants qui meurent dans l'amère odeur des buis. Tout semble décisif. Il faudrait s'arrêter là, mais au programme s'annonce quelque pizzicato. Le dérisoire, les jeux, les riens reviennent, le nuage en fouet des étourneaux. Les petites couleurs se regroupent, les feuilles commencent à bouger, de la mesquine fièvre des fins d'après-midi, dans le premier essai du vent. Les promeneurs s'éloignent à regret. Le ciel reparaît à sa place dans l'arceau du kiosque et le dernier étonnement de la nature en reflet dans la gueule du piston disparaît dans un étui de cuir. Queue de Canard serre des mains, s'en va, longe le saut de loup du parc, regagne sa garçonnière, oublie, ivre et vide comme nous laisse toute musique, de soulever sa casquette pour que le vent le rafraîchisse enfin et supplante ce mouchoir trempé de sueur qui ne peut plus servir et qui lui mouille la cuisse. Il n'entend pas le fils Baillon le traiter de Queue de Canard, de loin. Le fils Baillon rentre entre ses parents, respirant sa main qu'il n'ose remuer par crainte que ne s'enfuie cette odeur qui le fait trembler chaque fois un peu plus.

Demain c'est lundi, c'est l'arrivage des œufs chez le père Baillon. Il en arrive de longues caisses à claire-voie, pleines de paille. Les Baillon ouvrent les caisses sur le trottoir de leur boutique, sortent la première couche de paille, en font une litière pour leurs genoux et, là, commence l'office des œufs. On les prend, les mire au passage, les dépose dans des paniers d'osier selon grosseur. Les passants doivent descendre du trottoir pour continuer leur chemin et la main du fils Baillon s'habitue à la perfection, comme son œil, car rien n'est meilleur à tenir et plus satisfaisant à contempler qu'un œuf de poule. Il y en a des milliers dans ces huit grandes caisses longues et plates, du bonheur pour toute une matinée. L'or, tous les ors, ton sur ton, des œufs, de la paille, du bois, de la lumière qui gonfle la rue, des mains de l'adolescent et cette robe de Geneviève qui vient regarder, puis s'agenouiller, puis compter elle aussi, la main pleine. Il va être midi. C'est l'heure qui ressemble le plus à l'œuf. Les deux amants en coque se sourient, se frôlent, s'amusent et cependant travaillent avec sérieux, mettant dans un plat à fleurs les œufs cassés. C'est l'heure aussi qui voit Queue de Canard venir faire ses emplettes en ville et parfois descendre au *Restaurant de la Poste* qui seul sait faire son régal : le museau vinaigrette.

— Tiens, fait le fils Baillon, voilà Queue de Canard !

Si les enfants sont méchants le mal vire parfois au bonheur. Le fils du beurrier, au moment que Joseph descend le trottoir pour les éviter, renverse le plat d'œufs cassés et Queue de Canard s'étale sur le sol de tout son long. Il était souillé, du haut en bas, et ne comprenait rien. Des musiques le traversaient pendant que le père Baillon le soutenait en s'excusant, jusqu'à la teinturerie voisine. Cette boutique noire dont les rideaux à plissés ressemblaient à ceux d'un théâtre était tenue par une dame entre deux âges. On ne lui pardonna jamais d'aller habiter le Marmelin, encore moins de ravir Queue de Canard à la cité, et moins encore de ne jamais sortir du château où elle mit au monde un enfant couvert de cheveux.

La femme de ma vie

Je ne sais plus son nom. Ella ? Mila ? Si l'on me demande quelle est la femme qui a le plus compté dans ma vie, si l'on veut me faire dire celle qui a laissé le plus durable et presque permanent souvenir c'est bien elle que j'annonce : Léna, Mina, quelque chose ainsi. La première même ne pourrait lutter avec elle : ma petite Polonaise. J'avais seize ans. Je l'avais rencontrée à la sortie du cinéma Pinson, un samedi soir de ma province, dans une rue bien mal éclairée. La foule vite dissipée, je regagnais la maison de mes parents. Ma Polonaise rentrait seule, dans la même direction. Je traversai la rue pour lui offrir ce qui me restait de bonbons achetés pendant l'entracte. Bientôt nous sortîmes de la ville, le long de la rivière et nous arrivâmes près des écluses où campait sa famille. Sa main forte et fraîche serrait la mienne. Nous nous approchâmes de sa roulotte et ma nouvelle connaissance caressa le chien de garde, puis elle m'entraîna un peu plus loin pour se coucher, sans un mot, sans un frisson, dans les orties. Mes genoux en feu, ses yeux immenses, qu'elle ne ferma pas, l'affaire fut rapide. Nous nous relevâmes pour une longue étreinte des mains et un dernier tout petit baiser. Je me sentais volé. Ce n'était que cela? Il devait y avoir autre chose. Quand je retournai là-bas, le lendemain soir à sa recherche, après avoir subtilisé la clé du couloir de ma mère, les trois roulottes étaient parties. Je tournai en rond avant de me jeter à l'emplacement divin, dans les orties dont je garde encore aux poignets et au front la brûlure, avec le grondement du barrage et l'amère fraîcheur de la lisière de la ville. Mais il ne s'agit pas de Polonaise et d'orties, Lia ou Rina l'emporte sur elle et sur les autres. J'étais un homme, déjà. Je conduisais l'un des camions des Établissements Skaap et je descendais des Flandres vers Paris un chargement de chicorée. La route qui change à chaque tournant, ce n'est toutefois pas plus que le déroulement d'un graphique de quelconque machine, au bout de peu de temps. On ne voit plus rien. On pense à tout autre chose. Les réflexes sont là qui vous font voir sans regarder, freiner, repartir. Des véhicules vous doublent, vous croisent. On les sent plus qu'on ne les voit. Cela ressemble au vol des oiseaux qui vous effleurent, les soirs d'été. En ce temps-là les camions n'avaient pas comme aujourd'hui leur poste de radio. Empli des bruits du moteur, des gémissements de la carrosserie de bois et de l'écho des chansons qu'il m'arrivait de lancer contre l'ennui, une certaine lourdeur m'envahissait après deux heures de route. Cela ressemble à une eau qui monte et qui petit à petit tourne au mercure. À la surface de ce bloc que j'étais devenu, des membres en écailles s'agitaient doucement de temps à autre comme pour se libérer de la trépidation et prendre mesure de leur vie autonome dont pourtant le principe existait toujours au centre de la masse, irradiant en couches lentes, jusqu'au bout du regard, toute la création. Ainsi doivent songer les chênes, j'imagine, autour de qui, en une seule chair, la terre et le ciel s'imbriquent et prolifèrent épaissement. Le sommeil arrive avec une douceur de poudre, le sommeil qui est la fleur de la mort. Ce qui reste de présence passe alors dans ces membres lointains, les agite une ultime fois. Le monde fait une courbe et s'immobilise. Le camion est arrêté. Le chauffeur en descend, tire deux pas avec difficulté. C'est un homme qui ressemble aux roses de Jéricho que l'on vend sur le marché et qui paraissent être des sculptures de corne à peine déterrées, mais me voici hors du bruit, des secousses, comme au cœur de l'eau. Doucement, je reprends mes chairs, mon souffle, l'allonge de mon pas. Je choisis un tronc d'arbre, un talus, le mur d'une grange ou même le milieu de la route pour un instant déserte et pareille à un canal. Les yeux fermés je suis tout au bonheur de me croire la source du monde. Il semble que de moi naissent tous les fleuves, en ivresse. Enfin, les nécessités accomplies, l'oreille revit, se déploie à son tour, redevient un oiseau qui branche à l'infini, sur toutes choses, et chante de multiples douceurs, la lente et savoureuse pavane des sèves. J'étais arrêté en pleine forêt, à deux lieues de Senlis. À peine m'étais-je ajusté, avais-je écartelé mes bras, respiré jusqu'au fond de l'âme, jusqu'à ce trait de feu blanc qui partage les régions de nous-mêmes que nous n'entrevoyons qu'à la limite de nos forces, à peine avais-je repris mes sens, que j'aperçus Lia ou Mina, qui me regardait, assise, à dix pas dans les taillis. De son prénom je savais moins encore qu'aujourd'hui, à cet instant-là. Le mieux à faire était de rire de la situation. Je lançai :

— Voulez-vous m'excuser ?

Elle s'était redressée, souriante, un doigt sur la bouche, pour me demander le silence, mais je ne comprenais pas et j'ajoutai en m'approchant d'elle, honteux non pas de ce qu'elle eût vu ma nature, mais de lui avoir montré un tel relâchement :

— Mademoiselle, je ne pouvais pas prévoir. Madame ?

En même temps le rouge me venait, mais je ne pouvais pas ne pas avancer. Elle souriait toujours. Je puis encore décrire jusqu'au moindre détail de ses parures. Quand je fus presque à côté d'elle, elle jeta un coup d'œil en arrière, puis de nouveau me regarda et tendit le bras vers moi. Était-ce pour m'empêcher d'avancer ou par gentillesse ?

— Mia ? Léa ? Où es-tu ?

Une voix assez vieille, un peu fanée, la hélait. Je dévorais sa chevelure blonde qui revenait en ailes sur ses épaules, de chaque côté du visage, sa peau claire, ses yeux gris, transparents, son cou d'enfant, la croix d'or que retenait un collier en grains d'avoine, son boléro de lin bleu, l'alliance qu'elle portait à l'index et qui me fascinait. Elle fit demi-tour. L'inconnu l'appelait encore. Je regagnai mon camion. Je devais me marier par la suite, connaître d'autres femmes, peupler d'amours villes et routes, toujours y mêler Lia, Léna, me calmer, oublier les aventures. Seul, son visage de lait éclaire toujours mes nuits.

Un dé à coudre

Mademoiselle Bruna se tenait depuis toujours à sa fenêtre du rez-de-chaussée, le rideau relevé. Elle avait brodé là tous les draps de la ville et ceux des environs. En passant devant sa maison, les esprits et les âmes qui, de l'aube à la nuit, divaguent, se rongent ou se pavanent, reprenaient assise. Quelque chose de divin, d'immuable et de simple vous saisissait. Il ne restait de vraiment humain que cette question : comment fait-elle pour broder à son âge, sans lunettes et de si près? Lui reste-t-il encore des yeux? Tire-t-elle l'aiguille au toucher, au flair, au bruit? Sa tête penchée ne montrait qu'un cheveu rare et de la peau rose sous l'argent. Le piéton se troublait devant la promptitude et l'économie des gestes de la vieille fille. Un moment l'idée de l'insecte traversait l'esprit. Une sorte de fascination vous laissait sur place et bientôt une grande douceur tombait en vous, qui ne tenait ni de l'attendrissement ni de la pitié ni de l'admiration ni de cette grâce que l'on rend aux vieux serviteurs ni de l'envie, mais de la qualité même de ce divin qui parfois se trouve dans la vaste étendue d'un champ où nous n'irons jamais courir, qui tient de sa teinte et de son étendue, et qui laisse à la fin des voyages comme un regret, comme une vertu impossible, comme l'idée d'un paradis, qui est le seul paradis connu.

Je quittai ma ville à vingt ans pour aller à la guerre. Quand je revins, elle ne tenait plus que par un pan de mur. Les bombes ennemies, les bombes amies (des malins ont bien trouvé des bombes propres) l'avaient ravagée. Je suivais en pensée les passages que j'avais aimés, ces itinéraires que votre part animale une fois pour toutes a choisis. Un arbre, une façade, le dessin d'un trottoir rétablissaient tout à coup tel coin peuplé d'enfants, mais il est difficile, à moins de fermer les yeux, de retrouver sa ville sur ces squelettes que la vie habitait, sur ces fantômes de squelettes. Je savais dès les premiers pas que je ne pourrais plus jamais y vivre. D'autres, plus forts ou plus oublieux que moi, y retrouveraient, avec les rires et les larmes, l'éventail des commerces. J'avançais dans l'amertume. Pas même. Je hantais un monde perdu, dans l'ivresse parallèle où le réveil nous jette parfois, encore englués de songe.

Ce bas de mur avec ses losanges de céramique était la gloire du grainetier. Pour quels oiseaux reviendrait ici un nouveau grainetier ? Bref, je devenais stupide et je tournais au vertige quand, entre les amas de ruines, mes yeux tombèrent sur un dé, dans un caniveau. Ce qui me frappa fut sa fraîcheur, sans rouille, insolite, éclatant. Je le ramassai. Seul mon petit doigt pouvait s'en coiffer. Quelle petite main, quelle charmante cousette, quelle jeune fille ? Soudain mademoiselle Bruna s'accoude à ma mémoire, relève le rideau, poursuit son éternelle tirée d'aiguille. Je levai le nez, regardai à l'entour, refaisant mes plans, gêné par cette odeur âcre et gazeuse, amère et lente, qui monte des villes bombardées. C'était là, c'était bien là qu'elle était. Sa porte. Sa fenêtre. En restait la pierre d'assise inclinée dans les gravats. Le ciel s'oubliait sur tout cela. Oui, c'est ici qu'elle cousait. À peu près à la hauteur des yeux de mademoiselle Bruna tremblait maintenant une touffe d'herbe jaune, d'un vert de miniature, sur la masse des ruines. Je ne pus retenir ma peine. J'avais envie de tuer. J'eusse étranglé Dieu. J'essuyai mes larmes, comme s'il fallait en avoir honte ! Je gardai le dé jusqu'à mon mariage, jusqu'au jour où ma femme le découvrit dans une malle. Je la voyais coudre sans rien dire, mais un soir je subtilisai le dé pour m'acharner sur lui à coups de talon. Je me rappelais les pièces de monnaie qu'enfant j'allais poser sur les rails avant le passage des trains et qui parfois ne giclaient pas sous le choc des roues et devenaient des rondelles méconnaissables. Le dé n'avait plus de forme, mais comment détruire son souvenir ?

Le bréviaire des anges

Il avait beau dire qu'il n'était pas sectaire, Merlin Coquet ne pouvait voir une soutane ni même entendre le mot prêtre.

— Quand on a quelque chose là, disait-il à ses compagnons en se touchant le ventre, on ne me fera pas croire qu'il est possible de s'en passer. Alors, comment font-ils? Ce sont des hommes comme nous. Donc ils trichent, ils content des craques. Par ici le jupon, et c'est autant de moins pour nous qui en prenons les risques. Voulez-vous me dire qui les nourrit? Vous, moi, toutes bonnes pâtes qui lèvent la brioche pour ces messieurs.

— Alors, Merlin, pourquoi vas-tu travailler chez eux?

— Erreur! Je suis couvreur de père en fils. Est-ce ma faute si leurs clochers sont en ardoise?

Il avait beau dire, à quarante ans, Merlin Coquet en était à sa trentième église et il n'aimait rien tant que de dominer les bourgs et d'être un long moment le coq du lieu, au plus haut des vents.

— D'ailleurs, l'église est peut-être la maison de Dieu, pas celle des corbeaux.

Coquet leva son verre et quitta les amis pour aller rejoindre sa femme au hameau d'Étrempont, sa femme qu'il serrait déjà en pensée, dans ses courtes jambes déformées par le perpétuel agenouillement oblique du poseur de tuiles. Quand il arriva chez lui la soupe à l'ail l'attendait, trempée à point, avec de longues bandes de pain beurré.

— Marie, dit Merlin, nous allons attaquer le clocher de Cailleux. La foudre l'a flambé à l'assise. Un travail qui aurait pu durer cinquante ans !

— Je sais, dit Marie. Notre clocher ! Je suis passée devant le mois dernier. Le curé était bien de mon avis.

— Le curé ? Tu parles aux curés, maintenant ?

— C'est lui qui m'a entreprise.

— On ne vous cause que si on le veut bien. Qu'est-ce que tu allais faire par là ?

— Te chercher des savates.

— En parlant au curé ?

— Mais non, Merlin. Je m'arrête pour souffler. Je regarde le clocher. Tout le monde en parlait. Le curé sort et il demande si ce n'est pas une misère en effet que de le voir déplumé de la sorte. Il n'y a pas de quoi faire des drames.

Coquet vida la moitié de son bol de soupe pour se calmer puis il sourit à Marie.

— Je ne fais pas d'histoire. Je voulais seulement dire que ce n'est pas à nous d'engraisser cette engeance. D'ailleurs dans trois mois il n'y paraîtra plus de sa pointe, avec un mât de chêne comme elle en a.

Il la voyait déjà briller dans ses ardoises neuves, devenir de lait sous le soleil, de poudre sous la lune, et par les ciels d'orage aussi fine qu'une arme, noire et coupante. Marie Coquet servit la fin du repas de son homme et mangea debout. Elle avait encore la bouche pleine quand Merlin l'entraîna vers le lit. Besogne faite, elle lui ôta ses chaussettes et le roula vers le mur. Il dormait déjà.

Avec la paye de Merlin et les légumes du jardin qu'elle entretenait, Marie n'avait pas à se soucier de l'avenir, d'autant plus qu'elle ne pouvait avoir d'enfants, depuis vingt ans qu'ils essayaient, et qu'il n'était pas question qu'un Coquet adoptât le fruit d'amours inconnues, mais le ménage ne suffisait pas à l'occuper et sa lampe restait souvent allumée fort avant dans la nuit. De son enfance chez les sœurs de Cailleux, Marie avait gardé le goût des travaux à l'aiguille. Broderies et dentelles enrichissaient donc leur Caisse d'épargne et faisaient la gloire de la maison, sous les vases et sur les murs. Les jours étaient donc faciles puisque simples, mais il n'est tête qui n'ait à se soucier du passé quand bien même l'avenir lui semble honnête. Lorsque la fatigue lui brouillait la vue Marie revenait à la seule tache de sa vie, car le mal n'attend qu'une faiblesse de notre part pour lever le soleil noir au-dessus de nos abîmes.

Il y a vingt ans de cela, mais c'est comme hier, c'est maintenant, le bruit de la fête remonte de nouveau, s'éteint sur Cailleux, ses petites rues de briques, son jardin, la maison des sœurs, dans le dortoir des grandes, sur les champs, les années, pénètre ici même dans la nuit d'Étrempont, saisit les mains de Marie qui froisse un napperon à peine commencé. Marie Nieppe quitte le dortoir, s'habille dans le lavabo, descend le grand escalier ciré, pousse la porte du jardin, traverse le potager, va tirer de la resserre l'escabeau qu'elle y a caché, l'emporte près du mur et déjà se voit de l'autre côté.

— Hep!

Elle est encore en balance sur le mur, mais le jardinier l'a vue, l'a suivie. Il la tire. Il la ferait tomber. Il la tient maintenant contre lui. Personne n'a jamais eu à se plaindre de Marie. C'est le modèle de la Sainte Maison. Elle-même ne comprend pas ce qui l'a réveillée, poussée vers la fête. Personne ne pourra comprendre. Elle sera la plus fausse de toutes les filles. Sur elle tomberont désormais toutes les suspicions, tous les actes mauvais commis chez les Sœurs et dont on n'a jamais connu les responsables. Marie, qui se tait, n'entend même pas cette voix sourde qui la menace et ne sent pas encore ces mains qui la frôlent. Je ne dirai rien, mais pourquoi vas-tu si loin chercher ce qui est ici? Tout devient mécanique et lointain, les vagues de musique, les pas, la porte de la serre qui s'ouvre en grinçant mais se ferme sans bruit et les mots de l'homme qui se répètent : je ne dirai rien. À jamais l'odeur de l'amour et l'étouffée, sucrée, dense montée des plantes sous les verrières rondes, avec le petit acacia du suint qui perce...

— Quand tu voudras, j'suis là toutes les nuits.

Mais Marie ne se levait pas de dessus les paillons que l'homme avait déposés sous elle. Il lui semblait que tout était perdu et qu'elle brûlait.

— Ce qu'il faut maintenant, c'est rentrer avant que la Moustache fasse sa ronde. Tu n'as qu'à dire que tes mois sont venus avec de l'avance. Va.

— La Moustache ?

— Cette salope de Xavière.

— Sœur Xavière ?

— Je te raconterai. Allez, va. Va. Va !

C'était à ne rien comprendre. Il avait l'air fâché. Marie sortit et traversa le jardin, sans prendre garde au bruit de ses pas sur le gravier. Elle allait comme dans un rêve, dans un monde encombré qui tournait, tournait, à vomir. Elle grimpa l'escalier, se heurta dans deux portes et retrouva son lit. Personne n'avait bougé. Était-ce bien réel ? À part ce ventre qui s'ouvrait, qui prenait des proportions énormes, rien n'était sûr. La nuit se complaisait au seul ronflement du silence qui tourne dans l'oreille, quand tout dort. Est-ce que la fête avait eu lieu dont les musiques s'étaient évanouies ? Le lendemain Marie demanda la permission d'aller en ville, à l'église. Il lui fallait voir son confesseur au plus vite. Sœur Xavière lui refusa. Le prêtre passerait ici comme tous les après-midi. Marie prit la porte et se retrouva dans la rue. C'est alors qu'elle reconnut son mensonge. Elle voulait sortir et ne pas rentrer, c'était tout. Au pied de l'église des hommes qui débarquaient des poutres, des échelles, des cordes, se mirent à interpeller la jeune fille, à lui lancer des gauloiseries.

— Vous trouvez ça drôle ?

— Ça va, Coquet ! Tu n'es pas le dernier d'habitude. Ton père n'est pas encore arrivé ! Qu'est-ce qui te prend ?

— Je ne sais pas, fit Coquet.

Il regarda Marie, lui sourit. Dieu qu'elle avait l'air malheureux ! Marie pénétra dans l'église.

— Alors, Coquet, avec ta fille à curé ? Tu ne dis plus rien ?

— Ce n'est pas parce qu'on entre là-dedans, grogna le couvreur.

— Il faudrait que tu nous expliques !

Marie s'assit sur la première chaise et resta sans bouger. Coquet qui guettait sa sortie finit par se demander si elle réapparaîtrait jamais. Il eut même envie d'aller voir, mais entrer dans une église lui eût grillé la plante des pieds, comme à son père. Enfin Marie sortit et le couvreur se trouva devant elle. Elle était si pâle qu'il lui en fit la remarque.

— Le mieux ce serait de prendre quelque chose de fort en face.

Au café il demanda deux genièvres. Mais ne put boire le sien.

— Vous êtes seule ?
— Oui.
— D'ici ?
— Non.
— Où allez-vous ?
— Je ne sais pas.
— Alors, dit Coquet subitement grave, vous m'attendrez. Je descends de la tour à six heures. Je m'appelle Merlin.

Ces premiers mots d'amour gardent leur force après vingt ans. Marie se déshabille et va se couler dans le lit. Merlin ronfle. Elle prend garde de ne pas l'éveiller. Pendant un peu de temps encore, Marie écoute les bruits de son mari. Elle les voit qui sur des bases énormes s'affilent. De Merlin semblent naître des clochers, avec le chant de pluie des ardoises taquinées par le vent. Ils ont transpercé de tubes ce qui reste du clocher pour y poser l'échafaudage qui s'élève en cercle, mètre à mètre, pour atteindre par des barres de fonte en escalier le coq de cuivre qui n'a gardé de ses couleurs qu'un soupçon de vert dans les raies de sa queue. L'honneur de l'oiseau reste à Merlin Coquet qui s'attache à la corde à nœuds, installe le palan qui va soulever la croix et la descendre. Un moment il en recule encore le plaisir et jette un long regard sur la ville et les champs. Au-delà de la maison des Sœurs dont la vue fait cracher Merlin, car sa femme y a passé sa jeunesse orpheline, une route jaune part entre les blés, tourne, disparaît derrière un boqueteau pour resurgir et s'effacer dans l'or de la plaine où les hameaux gravent de minuscules taches vernies ressemblant à des hannetons. On ne peut voir ici le clocher d'Étrempont et le toit de Marie, mais l'œil de Merlin se plisse de bonheur à les deviner. C'est ici même qu'il a vu Marie pour la première fois. C'est ici que tout a commencé. Une rumeur monte vers lui. Les compagnons, les gamins, les habitants d'en bas réclament le coq.

— Le cô, Merlin, le cô ! Tu dors ?

Une fois descendue, la bête est dessoudée. Seule la main du maître d'œuvre va saisir les messages qu'elle renferme, d'abord la petite bouteille où le couvreur précédent a confié son nom et les dates du chantier, puis les billets que les paroissiens ont bien voulu mettre dans cette tirelire du ciel quand l'équipe des ardoisiers de maison en maison est venue tendre son demi-coq, pour la quête. L'argent servira pour le soir de la remise en place de la girouette. Alors les hommes boiront tout leur saoul jusqu'au milieu de la nuit, d'estaminet en estaminet. Le coq, lui, est déjà dans les nuages.

— Lis-nous, Merlin !

— « Fait par moi, Louis Coquet. » Mon père, clame orgueilleusement Merlin en rangeant le flacon, c'est lui qui m'a appris le métier. J'étais avec lui ce jour-là. « À Mireille Courtecuisse, pour la vie, Pierre. »

Merlin déplie un autre papier d'où s'échappent deux alliances. Il les ramasse et les fourre dans sa poche. C'est désormais son bien. Il les remettra dans le coq ou les gardera, selon.

— Lis donc, Merlin !

— « Antoinette Pluvinage est bique et bouc. »

Le rire qui éclate, Marie doit l'entendre !

— Allez, les gosses ! Rentrez chez vous, fait Merlin. Allez !

Il y a toujours des surprises dans les textes du ciel.

— Autrefois, dit une vieille dame, on appelait ces papiers le bréviaire des anges.

— Lis, Merlin !

— « Pour ma jambe et pour l'oreille de Jean. » « À ma petite Désirée qui est avec Dieu. »

Il y avait encore dans le coq un bout d'ardoise gravé où l'on voyait un membre d'homme, deux pièces de monnaie et la photographie d'un enfant jouant avec un cerceau. Au fur et à mesure Merlin bourre sa poche des messages qu'il lit de la même voix qu'il avait à l'école, avec sérieux, en tendant bien le papier dans ses grosses mains. Avant de passer à un autre, avant de rire parfois, il y a un tout petit temps comme si le sens ne se levait pas immédiatement des mots et qu'il avait besoin de les rassembler en lui.

— Tu t'endors, Coquet ?

— « Après trois bonnes récoltes à Notre-Dame d'Albert. »

— Qu'est-ce que ça veut dire ?

— Un vœu, c'est un vœu, dit un homme sec. Cela ne regarde personne. Est-ce que nous allons vous demander ce que vous écrirez quand ils passeront faire la quête du coq ?

— Oui, mais dans trente ans, dans cinquante, quand on le redescendra, j'en connais qui seront bien contents de savoir ! Et peut-être avant, s'il y a la foudre !

— Ne t'occupe pas, Merlin. Lis !

« Sœur Xavière cent deux fois
Sœur Monique quatorze fois
Madeleine Leborgne quarante-cinq fois
Lucie Masson vingt-neuf fois
Pauline Demez trente-huit fois
La cuisinière, je ne sais plus !
Marie Nieppe, une fois.
Je les ai toutes baisées dans la serre.

Alexandre,
jardinier. »

Pour rire, ils riaient les autres ! Merlin reprit la feuille, s'arrêta sur Marie Nieppe, sa femme.

— Lis-nous, il en reste !

Coquet froissa le papier, fendit la foule sans un mot et sauta sur sa bicyclette.

— J'ai toujours voulu te le dire, avoua Marie. C'est pour cela que je me suis sauvée.

Elle aurait voulu pleurer, mais les larmes ne venaient pas, au contraire. Elle mit ses bras autour de la taille de Merlin qui ne savait plus s'il allait cogner ou la chasser.

— Je suis contente, dit Marie. Maintenant tu sais.

Elle releva ses bras, lui serra la tête et l'entraîna vers l'alcôve. Il la prit comme un enragé et se mit à pleurer sur elle. Marie aurait donné cent fois sa vie pour lui, cent fois, mille fois. Le papier du jardinier était resté sur la table. En se relevant, Merlin le brûla.

— Ils doivent se demander ! dit-il en pensant à ses compagnons.

— Vous en avez encore pour longtemps ?

— Le chantier est fini. On quête ce soir. Je ressoude le coq demain. Marie ?

Elle s'approcha de nouveau de lui.

— Ce n'est rien, dit Merlin en serrant les dents. Je leur ferai voir à tous. Prends un papier. Écris.

Marie prit la bouteille d'encre et le porte-plume sur la cheminée.

— Vingt et un ans, et une semaine, combien ça fait de jours ?

— Attends, dit Marie. Avec les bissextiles, sept mille six cent soixante-dix, l'un dans l'autre.

— L'un dans l'autre, c'est bien ça, Marie. Écris : « Marie et Merlin l'un dans l'autre au moins dix mille fois, bien plus qu'un cent de jardiniers de bonnes sœurs de curés. » Signe Merlin.

— J'ajoute Marie, dit-elle d'un ton vif.

Et elle écrivit leurs prénoms à la ronde.

Les noces du merle

Les bateaux posés sur le haut de la mer ressemblaient à des poules sur un mur. Au fond du jardin affaissé de lumière le Major dormait la bouche ouverte, un journal en toit sur les jambes. Le jour montait encore, se hissait jusqu'au plongeoir de midi. L'air n'était qu'un entassement de plumes dont la masse impalpable frissonnait à la traversée d'une mouche. Sous les mamelonnements bleus du massif de rhododendrons l'œil de Merlin, le cormoran du Major, suivait l'épaississement de la chaleur. Enfin Merlin se leva, haussa l'unique aile qu'on avait bien voulu lui laisser, s'étira comme un homme et se renfila sur ses hautes pattes. Pour aller jusqu'à son maître, il fallait franchir cette zone d'herbe en feu, mais c'était l'heure du bain et Merlin se décida, atteignit le Major et lui frappa la cuisse d'un coup de bec.

— Qu'est-ce que c'est? s'écria le Major. Ah! c'est toi, gros mal élevé, titite nénette, y en a vouloir son bain, vouloir son eau, beau masque?

— Coco, dit le volatile.

Alors le Major le prit dans ses bras et l'alla plonger dans une bassine.

— Quand finirez-vous cette litanie? s'écria la servante. Vous voilà tout éclaboussé pour passer à table. Vous êtes servi.

— Du calme, dit placidement le Major. Ma chère Clémence, vous qui n'avez pas connu l'amour, respectez au moins celui des autres.

— Quel rapport? Il n'y a pas un jour que le Bon Dieu fait que vous ne me seriniez l'amour.

— L'avez-vous connu, ma chère Clémence?

— Non, et j'en suis fière car tout ça c'est la noce du merle. Cuicuic, sitôt posé on s'envole!

— Quand aurez-vous fini, ma chère Clémence, de nous mettre tous dans le même sac? On dirait que cela vous travaille encore.

— Ha! Ha!

Le Major regardait Merlin se diriger vers l'ombre des rhododendrons.

— Maintenant, dit la servante, que vous avez fini vos façons, il faut que je parte. J'ai tout mis sur la table.

Sans bouger le Major suivit des yeux la vieille femme.

— Ah! s'écria-t-il, nous sommes donc vendredi!

C'était bien un vendredi puisqu'elle quittait son maître pour aller faire le beurre blanc chez le Maire. Il faut même qu'elle se dépêche pour être à l'heure.

— Comment va le Major, Clémence, et Merlin? demanda le Maire d'une voix triste.

— Il n'y en a pas un pour racheter l'autre.

Certain qu'elle resterait chez le Maire où tout est à sa place et propre, quand on songe au campfoin du Major ! Certain qu'ici on ne trouve pas des pipes dans le tiroir aux couteaux ni des chaussettes, est-ce possible, dans la huche à pain ! Chaque vendredi, Clémence se disait cela et son cœur se serrait de ne pouvoir vivre dans une maison silencieuse et cirée. Condamnée à la bohème, voilà son lot. Tout en achevant le beurre blanc elle remuait ces peines dans son cœur, mais tout à coup elle se trouvait injuste et songeait à ce pauvre Major qui sait plaisanter, et même à ce maudit Merlin qui vit paraît-il un siècle et qui les enterrera tous. Alors il lui tardait de boire le café et de regagner la maison du Major, haute avec ses étages où l'on ne monte plus et le jardin du grand oiseau. Celui-là avec cet air d'avoir une épaule plus haute que l'autre, et cet œil en coin de mauvais garçon qui s'éloigne, besogne faite. Tous les mêmes ! Le Major dormait les jambes sur la table. Elle les lui poussa, quitte à le faire tomber.

— Ma chère Clémence, comment va Monsieur le Maire ?

Il savait bien qu'elle n'allait pas lui répondre.

— Je vais vous le dire, poursuivit le Major. Il va bien.

La mer grésillait. La main en visière, le Major tentait de voir quels étaient ces bateaux sur l'horizon.

— Mais il irait beaucoup mieux s'il n'avait pas tant fait la noce.

— Elle n'est pas ordinaire, celle-là !

— Tous ceux qui ont fait la noce sont tristes, ma chère Clémence. Est-il triste ?

— Oui.

— Et d'un. Et de deux : tout homme qui a fait la noce a besoin d'un beurre blanc le vendredi.

— Mais...

— Chut ! Pour finir, j'ajouterai que les merles perdent leur voix quand ils ont trop sifflé. Monsieur le Maire parle-t-il ?

— Non.

Comme Clémence passait devant lui chargée des reliefs de la table, il lui donna une claque sur les fesses en poussant un rugissement qui fit accourir Merlin. Il ajouta :

— Je vous prierai, ma chère Clémence, de ne plus interrompre ma sieste, et faites qu'il fasse moins chaud.

Il alla s'allonger près de Merlin. Clémence tenta de remettre un peu d'ordre dans la maison, sachant que demain il lui faudrait tout recommencer. Elle alla par deux fois se verser un peu de prunelle sur un morceau de sucre, tant la chaleur était grande. Ce jour n'arrivait pas à tourner et les bateaux ne quittaient pas l'horizon. Vers six heures le vent se leva, fléchit la volonté de Clémence et revigora le Major. Merlin vit son maître s'éloigner vers la barrière qui séparait la maison de la digue. Les fanions qui ornent les mâts de la promenade de place en place commençaient à frémir. Le Major retrouva le Maire devant une absinthe. Le soleil descendait sur la mer laiteuse.

— Alors, Clémence ?

— Ha, murmura le Maire, c'est le statu quo. Je ne sais pas comment le lui dire et si je le lui disais je ne la reverrais plus.

— C'est drôle, dit le Major. Je n'ai jamais eu la moindre envie de me marier. Mais enfin, si vous y tenez !

— Je me suis fait des idées.

— Sur elle ?

— Non. Sur moi. Je ne suis pas fait pour les femmes.

— Voulez-vous que je lui parle ?

— Non, dit le Maire.

— Je vous ai pourtant décrit comme un joyeux drille, enfin ! Voilà deux ans que nous avons trouvé cette occasion du vendredi...

— Il faut que je vous l'avoue, Major, je n'ai jamais supporté le beurre blanc. Je crois que j'ai fini par rejeter ce haut-le-cœur sur la pauvre Clémence.

Le bruit des vagues enfin montait, recouvrait petit à petit leurs paroles.

— Ne lui dites rien.

— Je ne dirai rien.

On entendait au loin Merlin limer son cri. À l'ouest les couleurs faisaient les folles en sentant l'ombre venir. Les deux amis reprirent une absinthe, une autre, une autre. Ils burent la mer à petits coups.

— Oui, soupira le Maire.

— Oui, fit en écho le Major.

Ils n'avaient pas besoin d'en dire davantage tant ils se ressemblaient, et tous deux songeaient sous l'arbre en neige de la nuit qu'ils ressemblaient à Merlin sous le rhododendron.

La voix

Il ne se passait pas de jour que maître Morteau ne reçût parmi les appels téléphoniques un singulier coup de fil.

— Non, Mademoiselle, c'est à maître Morteau que je désire parler.

— Il est occupé.

— J'attendrai.

Maître Morteau avait cinquante ans, un solide cabinet qui datait de son arrière-grand-père et une absence de fantaisie qui lui assurait un bel avenir.

— Allô ? Maître Morteau ? C'est personnel.

— Une minute, voulez-vous ? C'est de la part de qui ? Comment ça ne me regarde pas ?

La secrétaire particulière de maître Morteau en était excédée. Cela durait depuis trois semaines. Cette fois elle alla trouver son patron.

— Eh bien, Marthe ?

— C'est toujours cet appel qui ne veut pas dire son nom.

— Je n'ai rien de personnel, vous le savez bien.

Maître Morteau sourit à Marthe. Elle tourna les talons, revint à lui. Ils échangèrent un baiser tout simple et la secrétaire retourna à sa table.

— Allô ? Enfin, vous !

— Vous désirez ?

Cette voix, ce trait d'union, il commençait à s'y habituer, à l'attendre.

Simple, ronde, elle évoquait une belle brune, bien en chair, aux yeux un peu mouillés.

— Allô ?

— Madame ! dit maître Morteau.

La voix ressemblait à une main, la main pleine et lisse que les femmes sérieuses vous posent sur l'épaule et remontent légère sur la nuque.

— Marthe, demanda maître Morteau, ne décrochez plus pendant quelque temps. J'aimerais prendre moi-même l'appareil dès la sonnerie.

Il sourit à Marthe qui était un brave animal et se satisfaisait, une fois par semaine, d'une étreinte dans le bureau du maître, entre les classeurs pourpres. Resté seul, il allongea les jambes et se mit à penser. La voix se dénouait, se lovait, se couchait, filait devant lui, un serpent !

— Allô, oui, Maître ?

Il serra les cuisses.

Elle avait raccroché.

— Marthe ?

Au ton, la secrétaire se mordit les lèvres, tira sur son corset et vint s'asseoir sur lui, entre les casiers pourpres. Marthe alors même qu'elle voyait son reflet besogné dans le miroir d'ébène veiné d'or du bureau pensa qu'elle en remplaçait une autre. Elle prit désormais l'écouteur sur le second appareil et connut la jalousie. Son maître Morteau roucoulait avec l'inconnue, parlait chaque jour un peu plus longuement, de la pluie et du beau temps. À la fin de la semaine elle osa entrer dans le bureau. Il raccrocha comme s'il rejetait les draps sur une amante surprise.

— Marthe !

Elle avança vers lui et se troussa pour rien. Nul n'est assez fort contre un nouvel amour. Il soulève l'assise des forteresses, monte de la nuit au jour et fait le fou sur les toits. C'est le point de mire, la girouette, le repère de tous. L'étude entière ressentit le changement de maître Morteau, puis la rue, puis la grand'place où il prenait le porto vers midi avec certains notables. Un matin, la voix lui dit :

— Amour ?

— Quand nous voyons-nous ?

— Pas d'imprudence.

— Au *Café des Archers* ?

— Vous perdez la tête. Je ne veux pas que l'on chuchote.

— Mais je suis libre ! Pas vous ?

— Dimanche, je prendrai le train du matin pour Paris. En tête. J'aurai un foulard mauve.

— Oui, bredouilla Morteau.

Il en avait tellement envie qu'il appela Marthe, simplement pour la voir, pour la regarder comme jamais, seulement la regarder au risque de paraître fou, et la trouver laide, et l'effacer.

— Que dois-je faire pour la succession Mantouse ? demanda-t-elle.

— Attendre, répondit-il sèchement. Vous pouvez disposer.

La nuit de samedi fut longue. Il alla respirer plusieurs fois l'air de la nuit, en bannière, le buste penché à sa fenêtre. À l'aube, il ouvrit la valise qu'il avait faite avant la couchée et glissa dedans un flacon d'eau de Cologne. Au matin, une heure avant l'arrivée de l'express, il se rendit à la gare. Il n'avait pu boire qu'un verre d'eau. Son cœur ne battait pas dans sa poitrine mais dans sa gorge qui se gonflait à l'étouffer. La voix tournait en lui. « Je me mettrai dans le premier wagon. J'aurai un foulard mauve. Qu'allez-vous penser de moi ? Est-ce bien raisonnable ce que nous faisons ? »

— Comment vous appelez-vous ?

— Lucienne.

— La lumière ! Ma lumière !

Il s'était posté derrière les vitres du buffet, laissant le café qu'on lui avait versé. Aucun foulard mauve n'apparaissait. La locomotive entrait en gare.

« Elle sera montée à la station d'avant », songea maître Morteau.

Il ne la découvrit ni dans le premier wagon ni dans les suivants.

« Elle sera sur le quai de Paris, à m'attendre. » Morteau tournait sous les verrières de la gare du Nord, furetait, remontait le long du train.

« Peut-être à la sortie ? »

Il passa le portillon.

— Monsieur? dit la contrôleuse, Monsieur? Vous perdez votre foulard.

Morteau suivit le doigt qu'elle pointait. A sa valise était accroché un foulard mauve, démesurément long, qui traînait sur le sol. Il dut s'asseoir, à deux pas, sur un chariot, s'asseoir tout de suite.

Le lundi soir, Marthe se rendit chez sa mère et lui raconta avec tristesse que maître Morteau tout glorieux venait d'avoir une aventure à Paris et qu'une femme lui avait offert un foulard mauve.

— Je sais, dit la mère en changeant de voix.

— Comment?

— Il te prend trop à la légère. Je lui ai donné une leçon.

L'étrangère

On enterra le capitaine Rognon un jour de grand soleil. Je l'avais souvent rencontré au *Sébastopol*, au *Petit Clou*, au *Café de la Mairie*, toujours vif, brutal, allumé. Un jour que je regagnais ma ville depuis longtemps quittée je tombai sur son enterrement. J'emboîtai le pas des vieillards qui formaient sa dernière escorte et j'allai en silence. Leurs chuchotements, une toux, un raclement de gorge, tombaient sur mes pensées. Le capitaine allait entrer dans ses soixante-quinze ans. Il avait été l'une des marionnettes de mon enfance et de mon adolescence. J'allais souvent prendre un verre après le lycée pour voir sa trogne sous les cheveux en brosse d'argent, le nez si largement ouvert qu'il y entrait deux doigts de part et d'autre, toujours à la chasse de quelque loup, et pour entendre une voix inimitable, torrentielle et profonde qui finissait au bout des longues périodes par une petite queue en l'air, discrète, à la perte du souffle.

— Moi qui vous parle...

Il avait tout vu, tout prévu. Il pouvait donc se plaindre et plus que regretter, verser de longs mépris en secouant la tête. Adossé à la banquette du café il tendait à bout de bras un doigt négligent aux amis qui venaient lui faire la conversation, royal. J'avais pris des fous rires à le voir et à l'entendre. Je me repaissais parfois de son visage, trop certain de posséder au fond de moi, dans mes propres cartes, au milieu du jeu, un pantin de cette sorte. J'allais donc la biseauter, la sortir, la froisser, m'en défaire, par peur de la voir remonter un jour à la surface et d'abattre ce guignol devant le monde. C'était moi que j'enterrais ce jour-là et je songeais qu'à chaque convoi il devait en être ainsi, que je n'étais qu'une écaille du grand corps qui se modifiait chaque jour et s'en allait aux quatre coins du monde, au pas des chevaux, en terre, au fond des eaux, dans les fumées. Ainsi j'avais connu par Rognon l'armée, l'outremer, les casbahs, l'ivresse de cuivre, la tendre blessure des décorations. Nous passions devant le château. Encore deux coudes à gauche et à droite, avant de nous engager par la rue Maurice-Barrès, vers le boulevard qui conduit au dernier enclos. Je levais le nez sur les boutiques où certains se signaient, d'où sortaient, pour mieux voir, des citadins qui prenaient tout à coup une mine tombante d'où seuls les yeux montaient, jamais assez rassasiés de ces départs définitifs. Devant la *Bonbonnière*, une confiserie tenue par mademoiselle

Marisse, les chevaux eurent une faiblesse et nous marquâmes le pas pendant quelques secondes. J'aperçus la bonne demoiselle derrière ses bocaux et je remarquai que devant moi les amis de Rognon tournaient la tête, paraissaient la saluer, discrètement, ainsi qu'il sied d'offrir une pensée à quelqu'un d'aussi fluet dans sa gorgerette de valenciennes. Mademoiselle Marisse porta la main au camée qui lui servait de pomme d'Adam sur un serre-cou de velours. Les yeux étaient vastes pour une personne d'un âge aussi avancé, lançant sur toute la face des rayons de rides profondes. Le convoi jusqu'alors silencieux s'anima et j'avançai entre les amis qui formaient l'avant-dernier rang. Le passage devant la *Bonbonnière* venait de disloquer l'ordre, de dénouer les langues, de réchauffer l'air. Les cannes ne frappaient plus le pavé mais se trouvaient maintenant sous le bras de ces messieurs.

— Ils ont failli se marier.

— Ah ! ouette ! Rognon n'en aurait jamais voulu comme femme.

— C'est elle qui n'a pas voulu. Rognon n'avait pas de bien. Elle a trois maisons dans la ville.

— En tout cas ils s'aimaient, ils sont allés une fois jusqu'à Paris, ensemble.

— La jolie preuve !

— Et que va-t-on faire, cher ami, à Paris, ensemble, voulez-vous me dire ?

— Rognon s'en serait vanté !

— Justement !

— D'ailleurs, reprenait un autre, je le voyais souvent rentrer à la *Bonbonnière*, autrefois.

— Il aimait les dragées. Vous devez le savoir. Il nous en offrait toujours.

— Jeune homme, il me semble vous reconnaître, n'êtes-vous pas le fils Tabre, comment va votre père, mais oui, vous connaissiez le capitaine, je me rappelle, il vous tendait le doigt, au *Petit Clou*?

— Oui, dis-je, je l'ai bien connu.

— Attention, jeune homme, évitez le crottin, il n'y a rien qui tache les semelles comme ça et c'est d'un mauvais effet quand on s'agenouille. Je sais tout de suite à qui j'ai affaire quand je vois les semelles des agenouillés, à la messe. De mon temps on exigeait qu'elles fussent cirées, au rebond du talon, mais maintenant tout s'en va.

— Le capitaine Rognon connaissait mademoiselle Marisse? demandai-je.

— Oh! ça ne peut intéresser que des vieux comme nous. C'est de l'histoire ancienne. Regardez bien. Nous sommes une quinzaine à le suivre, pas un marié, pas un! Rognon n'aurait pas toléré de faire bande à part. Évidemment nous avons tous eu des tentations mais... tout cela ne peut que vous ennuyer, jeune homme. C'est un bon compagnon qui s'en va.

J'étais plus triste qu'eux tous ensemble. Le visage de mademoiselle Marisse me poursuivait toujours qu'ils en étaient à se raconter la dernière partie de billard de Rognon. Il y avait de cela quinze ans. Il avait fait deux mille neuf cent quatre points et maître Borée aujourd'hui disparu avait atteint les trois mille. Rognon, déshonoré, s'était juré de ne plus prendre une queue.

— Il a tenu parole ?

— Vous ne le connaissiez pas, jeune homme ! Il se tenait au pied de la lettre. Ce qu'il disait, il le faisait. Sa race s'éteint. Ainsi dans les discussions. Il s'accordait quatre répliques ou cinq, pour vous enferrer. Il l'annonçait. Vous restiez coi, comme prévu. Quel homme ! Il avait beaucoup de dialectique. Mais rassurez-vous, il ne laisse pas un vide. Il est là. Il est plus que jamais là.

Mon interlocuteur se frappait la poitrine.

— Tiens, dit-il, en tirant sa canne de dessous son bras pour la pointer dans le dos de celui qui le précédait, Morteau, tu n'aurais pas un peu de tabac ? J'ai laissé le mien dans mon manteau. Il faisait si beau que je suis parti à l'aventure.

Morteau lui tendit une blague et bientôt ils furent une quinzaine à rouler chacun sa cigarette.

— Permettez-moi, dis-je, en offrant mon paquet.

— Jamais de la vie ! Nous n'aimons pas qu'elles se fument toutes seules.

Le corbillard avait pris quelques mètres d'avance. Protégée par les mains en cloche des amis, la flamme du briquet de Morteau allait de l'un à l'autre. Une abondante fumée bleue montait maintenant autour de moi. Nous étions seuls, à présent, sur le boulevard planté de marronniers, bordé des dernières maisons de la ville. Les langues allaient bon train. C'était surtout cette suprême partie de billard qui revenait les étonner, qui les remettait encore sous la coupe de Rognon.

— Il se serait plutôt fait couper le doigt que d'y rejouer.

Je me retournai. Mademoiselle Marisse sous un grand chapeau noir, encore plus petite que je ne pensais, trottait vers nous.

— Monsieur, dis-je à Morteau, mademoiselle Marisse nous rattrape.

Ils se retournèrent tous et sans se donner le mot écrasèrent leur cigarette sur leur canne avant d'en empocher le mégot, puis, quand la demoiselle fut toute proche, ils remirent le nez devant, accélérèrent le pas, gardèrent le silence, et quelque chose de triste embua leur âme, le haut soleil et la mémoire du capitaine.

très-flûté,

La crypte

C'était l'époque heureuse où je n'avais pas l'esprit touristique que j'ai d'ailleurs perdu sans pour cela retrouver le bonheur. J'étais bien passé cent fois en allant vers le Nord qui m'a toujours attiré dès que se présente un moment de liberté, cent fois devant une pancarte fléchée : « Chapelle des dames. Onzième siècle, unique. » Au cent unième passage je bifurquai vers le monument. Pourquoi ce jour-là ? On s'assied bien parfois dans un compartiment de train à côté d'un professeur de mathématiques, d'un joueur de saxophone ! Après trois kilomètres, j'atteignis par un chemin d'églantiers la fameuse chapelle, à l'écart d'un monastère. « Pour entrer, adressez-vous au couvent. »

— Ma sœur, c'est pour visiter.

— Allez, la sœur guide va vous rejoindre.

J'attendis devant la grille qui cerne l'édifice et j'eus envie de partir. Peut-être aurais-je mieux fait ? Mais que signifie mieux ? Et en faveur de qui ?

Dans l'enceinte du couvent une porte s'ouvrit qui donne sur la place et je vis courir vers moi une nonne en noir et gris. Elle sortit un trousseau de clés, difficilement, de dessous ses robes et ce fut son premier sourire. Les mains qui nous font tant rêver et de toutes les façons, je n'ai pas souvenir d'en avoir vu d'aussi fines, d'aussi nettes, d'aussi longues, avec cette grâce qui relève un peu le bout des doigts et qui fait penser à des raffinements.

— Entrez.

Je descendis quelques marches et me trouvai dans une petite chapelle encombrée de sarcophages.

— C'est beau, n'est-ce pas?

Ses mains caressaient les pierres roses et je rencontrais ses yeux d'un gris très doux baigné de noir.

— Nous sommes ici sur les fondations d'un temple romain.

Ma sœur, pensais-je, pourquoi avez-vous si douce voix, si beau visage, et ces yeux, et ces mains, et cette façon de pirouetter? Vous avez fait de la danse, vous êtes née dans une maison fameuse et qui s'éteint, pourquoi me jeter des regards, pourquoi vous arrêter de parler?

— Pourquoi rougissez-vous?

— J'ai honte pour l'État, Monsieur, pour notre Ordre, pour tous ceux qui aiment les choses divines et qui permettent à cette chapelle de s'écrouler. Voyez. Infiltration d'eau. Salpêtre. Mutilations.

Elle avait pâli et s'était appuyée à l'une des légères colonnes qui supportent le toit. J'avançai d'un pas, de l'autre côté. Mon cœur battait. J'avais l'impression d'être depuis toujours avec elle, d'avoir couru ensemble, fait des bouquets, niché dans les buissons et il me semblait que l'odeur des pierres qui nous enserraient était celle-là même des mousses que nous avions écrasées autrefois. Je m'assurai qu'elle avait reclaqué la porte.

— À quoi pensez-vous ?

— Je ne peux vous le dire, ma sœur.

— Je puis tout entendre, vous savez.

— Non.

Je voyais son départ. J'entendais sa confession, et la pénitence qu'on lui imposait. Jamais plus elle ne sortirait de l'enceinte. Jamais plus elle n'irait accueillir un visiteur. Je la voyais avec un sac de toile et ses pauvres affaires prendre la route d'une maison éloignée, disparaître. J'étais sûr qu'elle m'avait deviné et que déjà il était trop tard. Je m'avançai pour prendre la main qu'elle me laissa et baissant les yeux, je la baisai.

— Pardonnez-moi, dis-je.

Elle me serra la main, très fort, et me demanda de sortir.

— À la Pentecôte, nous avons une procession qui fait le tour du village et des champs. Venez, c'est très beau.

— Pourquoi ?

J'étais dehors. Elle tournait sa clé.

— Je ne sais pas, dit-elle en s'en allant.

Elle n'avait pas fait dix pas.

— Monsieur ? Je n'ai rien sur moi, et l'entrée est de vingt-cinq francs.

Elle était rouge, maintenant, et ses yeux s'étaient mouillés. Je ne dormis pas cette nuit-là et il ne serait pas faux de dire que j'attendis chaque jour, pendant un mois, la Pentecôte. C'était en effet très beau, mais à la façon des livres que l'on ouvre sur des images d'un monde lointain, presque effacé, dans l'or du souvenir et la cadence de chants que l'on ne comprend plus. Dais, chasubles, saints et saintes portés à l'épaule, ondoiement des aubes, parfum de l'herbe. Pour ne pas me faire remarquer il me fallait prendre place dans le cortège, entrer à l'église, attendre. Où était-elle ? J'assistai à la bénédiction, à la dislocation des fidèles, à la fuite des voiles et des robes, sans l'apercevoir. Je me retrouvai seul au café du pays, avec la nausée. Je retournai ensuite jusqu'à la porte des sœurs tourières prêt à sonner, en touriste. À quoi bon ! Ce serait une autre ! J'allai jusqu'à la grille de la chapelle, en souvenir, déjà ! Elle était ouverte. Les marches. La porte. Ouverte. Ouverte !

— Je savais que vous viendriez, dit-elle. J'ai prié pour vous, pour nous, chaque jour.

— Ne dites pas cela. Si la Mère Supérieure savait... Si quelqu'un savait...

— Personne.

— Que voulez-vous ?

— Et vous ?

J'en tremblais. J'avais mal. Je m'approchai d'elle et elle ferma les yeux, mais je m'enfuis. Depuis, je sais que je suis un lâche.

Le concours

Dans la petite ville de Samont, éloignée des grandes routes, isolée dans les blés, vivait un veuf à l'étouffée. Il avait une maison de quatre pièces où veillait au-dessus de chaque porte un portrait de sa femme, le même agrandissement de photographie, dont les marrons tournaient au jaune et, dans la gorge de la défunte très décolletée dans un froufrou de gaze, à cette teinte où l'on discerne du vert au fond de la paille et que donne aux moustaches l'habitude du tabac et du café. Monsieur Pinton sortait complètement de chez lui un dimanche sur deux pour entendre la messe que débitait, sautant de sa moto, un prêtre stakhanoviste qui desservait six paroisses et confessait derrière un arbre à la sortie des bals. Monsieur Pinton sortait à peine de chez lui vers la fin du mois quand le facteur sonnait à sa porte et lui remettait le montant de sa retraite. Il avait enseigné les rudiments pendant trente-sept ans. Monsieur Pinton, le reste du temps, ne sortait pas. On lui apportait le pain, le lait, le rollot qui lui faisait la semaine, et le boucher qui plaçait sa voiture le long de sa fenêtre frappait à son carreau, en allongeant simplement le bras, et lui annonçait la couleur.

— Aujourd'hui, je vous sers une escalope. La semaine prochaine je vous mettrai une tranche de foie, si vous êtes sage !

Car le boucher de campagne est souvent un homme plein d'humour.

Veuf et retraité, quasiment immobile, monsieur Pinton ne vieillissait plus. Sec comme un coup de trique, la moustache fauve, les paupières à la chinoise, il relisait les classiques et Michelet lui donnait toujours ces frissons qui l'avaient saisi, à l'École Normale. On ne parlait guère de lui, dans le pays. Personne n'en aurait su dire deux mots. « Pinton ? Ah ! oui, monsieur Pinton. » C'eût été tout, pas plus que les quelques signes que l'on graverait un jour sur sa tombe, moins même que les mots qu'il découvre, en cette veille de Toussaint, à peine penché, les pieds joints, devant la tombe de Léone Pinton, née Gouraud, son épouse. Lui, il est né Pinton, sans plus. Les femmes, elles, qui n'en finissent pas de parler, c'est toujours plus long, même après, dans la terre silencieuse. Et pourtant il vivait, comme l'on vit, sans même s'en rendre compte, intensément. Et il avait un témoin.

Sous prétexte qu'il ne comprenait rien et que son père voulait qu'il fît un autre métier que le sien, les chevaux disparaissant, le fils du bourrelier prenait des leçons particulières chez monsieur Pinton. Le jeune Oscar était un incompris. Pas plus sot qu'un autre, aussi rêveur que tout être à qui l'on ne coupe pas constamment les ailes, Oscar était le seul garçon en France à savourer les leçons particulières, à les prolonger. C'était donc le seul à ne pas recevoir de taloches quand il rentrait tard.

« J'ai travaillé avec monsieur Pinton. »

Oscar était en progrès. Il méprisait maintenant les douloureux arcanes de l'analyse grammaticale. Il connaissait les problèmes de la robinetterie et de la vitesse. Il affectionnait l'histoire qui n'est pas celle qu'on croit. « Monsieur Pinton me l'a dit. » Il pouvait débiter et placer en leur lieu tous les noms des capitales, des fleuves, des coureurs cyclistes et des vermouths. Il possédait avec les proverbes anciens un lot sans cesse accru de dictons publicitaires.

Aux slogans s'ajoutaient des arts secondaires, comme le pointage, le découpage, le collage et le timbrage.

Oscar et monsieur Pinton ne laissaient passer aucun concours, fût-il lancé par des émetteurs qu'ils captaient difficilement, vu la vieillesse du poste récepteur que le veuf avait placé définitivement au milieu de la table, dans la salle à manger. Oscar jetait à la boîte, le cœur ému, leurs réponses aux questions des ondes. Monsieur Pinton ne mangeait plus de viande qu'une fois par semaine pour subvenir aux frais d'envoi. Il avait ainsi manqué de peu une machine à laver et un voyage en Andalousie. De peu en effet, car il avait reçu à la place une chemise de nuit et la photographie d'un coureur automobile que le jeune Oscar regardait avec émotion. En quinze ans d'assidues recherches monsieur Pinton avait aussi gagné deux boîtes d'insecticide et un abonnement à une revue légère.

L'arrivée du fils du bourrelier ne fit qu'accentuer son penchant. Comme il dormait très peu de nature, il finit par ne plus dormir du tout. En deux ans, grâce à Oscar, il avait acquis des réflexes qu'il ne soupçonnait plus et ses études anciennes lui revenaient dans toute leur fraîcheur. Oscar reçu à l'entrée du cours complémentaire vint lui faire ses adieux. Après les vacances, le fils du bourrelier irait à la sous-préfecture, à vingt kilomètres. Monsieur Pinton sentant venir un nouveau veuvage pria Oscar de le retarder. Il écrivit aux parents du gamin. « Pour cette dernière révision que je juge indispensable, je ne vous demanderai pas d'honoraires. » Oscar passa donc la dernière semaine de juillet avec monsieur Pinton, en bras de chemise. Le concours portait sur les plantes, les poètes et un certain vin qui titrait onze degrés. Oscar expédia leur réponse et fut mis dans le train de Boulogne où la sœur de son père allait l'héberger pendant un mois. Monsieur Pinton devait lui poster les résultats.

Rien ne parvint à Boulogne. Oscar écrivit. Ses trois lettres restèrent sans réponse. Il regagna

Samont vers la fin des blés. Une dernière batteuse hachait le silence. En descendant de son wagon, Oscar demanda des nouvelles de son maître.

— Il est mort, répondit le bourrelier, et enterré.

Oscar pâlit et s'arrêta. Le plus difficile à supporter était le ton qu'avait eu son père en lui apprenant cela, avec une pointe réjouie.

— Pourquoi? dit Oscar.

— Oh!

Ils arrivèrent à la maison. Oscar retrouva avec délices l'odeur de cuir et de corde. Voilà dix fois que le gamin interrogeait son père sans obtenir de réponse. Au moment de monter au lit, il recommença.

— Ce n'est pas de ton âge, mon fieu, dit le bourrelier. Pinton est mort parce qu'il avait une double vie.

— Qu'est-ce que c'est?

Il y avait un tel chagrin dans son fils que le père continua, et il en avait envie.

— Il est mort à Paris dans un music-hall.

— Où ça?

— Dans un théâtre. Il avait gagné un prix, paraît-il, et on lui remettait une médaille. Il est tombé devant tout le monde, sur la scène. Tu es content?

Malcroix

Avec sa face rouge, sa moustache qu'il lissait à chaque instant d'un revers de main et ses coups de voix, le fermier Nancel trompait son monde. Ce célibataire était un cœur tendre et plein de fantômes. À sa mort il laissa une assez jolie fortune qui passa sous le nez de ses neveux et qui servit à bâtir l'église qui manquait au hameau de Malcroix, et que l'on peut encore voir si l'on s'égare de toute route convenable, et par quel hasard, dans ce coin perdu de la Sarthe. J'y arrivai à bicyclette, pendant la débâcle de l'été quarante. Malcroix se composait de trois fermes et de cette église en brique, haute, immense, flanquée d'une tour couronnée d'un dôme de verre où le soleil braquait toute sa force. Je pensai d'abord au phare que ce devait être pour les avions de l'ennemi. Quel repère ! et j'allais poursuivre ma route quand je vis assis sous le porche de l'église, les pieds dans des sabots, un vieux prêtre qui égrenait des groseilles dans une bassine.

— Voulez-vous me les vendre, monsieur le Curé ?

— Par saint Bénoué !

Il m'en remit une poignée que je commençai à croquer, en levant le nez sur l'église. Je n'avais jamais vu quelque chose d'aussi laid.

— Elle est énorme, dis-je.

— Mais il n'y vient personne ! Le plus dur, c'est le ménage. J'ai quatre-vingts ans passés, mon bon Monsieur. Et seul, même pas une bonne femme pour ma messe et ma soutane.

Il se retourna, se leva.

— Vous n'avez rien entendu ?

— Non, dis-je, surpris de sa haute taille.

— Ha ! Ha ! S'ils croient que je me laisserai toujours faire !

— Qui ça ?

— Venez donc. Où alliez-vous comme ça ?

Je le suivis vers le presbytère, étonné de la rapidité de sa marche et du développement de son pas. Ses cheveux blancs lui tombaient sur les épaules. Sa soutane en pièces vers le creux des reins s'ouvrait, décousue. Il s'arrêta sur le pas de la porte.

— D'où venez-vous ?

— Du Nord.

— Ils avancent, allez ! Ils auront tout, tout ! Je les connais, moi, mais venez voir, rira ben qui rira le dernier. Venez. Venez !

À sa suite, je traversai le vestibule, une pièce vide, une autre pièce vide et j'arrivai dans une cuisine pauvre où dormait un chat près d'une casserole de lait.

— Regardez !

Il m'indiquait au mur des coupures de journaux encadrées et zébrées au crayon rouge. Je lus sur la plus importante Ribbentrop, Reichsaussenminister.

— Ha ha ha ha ha !

Le vieux curé n'arrêtait plus de rire.

— Voyez-ti ?

— Pourquoi ce nom-là, ici ?

— Il rit ben trop ! Ha ha ha ha ! Il rit ben trop !

Je me demandais si le pauvre homme avait tous ses esprits, quand il me toucha le bras.

— C'est la Providence qui vous envoie. Vous êtes seul ?

— Oui.

— Ma maison est celle de Dieu. Elle est à vous. En échange, voulez-vous me rendre un petit service ? Rentrez votre machine.

J'allai garer ma bicyclette dans l'une des pièces vides.

— Non, ici, ici ! C'est plus sûr.

Et le curé la mit dans la cuisine. Il faisait une chaleur à fondre et je souhaitai un peu d'eau. Nous allâmes au puits qui se trouvait derrière la maison.

— Si vous n'y voyez pas d'inconvénient, dis-je, j'aimerais me renverser un ou deux seaux sur le corps. J'ai roulé depuis ce matin. Une douche me ferait...

Il avait disparu. J'allai chercher une serviette dans mon bagage et peu de temps après, sous un pommier du jardin, nu, mais ma nature couverte, je m'endormis. Il faisait encore très chaud quand je m'éveillai. La cage de verre du clocher était un second soleil. Au bout du jardin, devant le mur de pisé, de hautes marguerites penchaient la tête et ressemblaient à des saintes pudiques et lasses. J'enfilai chemise et pantalon et cherchai mon hôte. Il était dans la cuisine, près de mon vélo, à genoux près de jarres en terre cuite, de celles où l'on fait cailler le lait, entre des piles de pièces et une bêche. Il ne m'avait pas entendu venir. À ma voix il sursauta et pâlit.

— C'est vous ?

— Oui, dis-je, vous faites vos comptes ?

— J'ai cru que c'était eux. Mon Dieu !

Il se tenait la poitrine et je l'aidai à se relever.

— Je vous ai fait peur ?

— Je vous demande pardon, dit-il. Faisons vite.

Il reprit souffle, ferma les yeux, reprit encore souffle, profondément et se remit à genoux.

— Les bronzes ensemble. Les trouées ensemble. Les sous avec les sous et les francs avec les francs. Nous compterons après.

— Ce sont vos quêtes ? Le hameau est donc si généreux ?

— Ce sont mes plateaux depuis plus de vingt ans, quand je suis arrivé, à la mort de monsieur Nancel. Que Dieu l'ait avec lui ! C'était en pleine guerre. L'autre.

Il me raconta le vœu, la construction de l'église.

— Voilà ce qui me reste.

— Mais, dis-je, dans cette cruche, ce sont des médailles ?

— De saint Bénoué !

— Faut-il les compter ?

— Non, dit-il, mais il ne faut pas qu'ils les aient. Nous garerons tout.

Il compta les piles de pièces et les remit dans la grande jarre. Sou à sou, il y avait deux mille et quelques francs.

— Pouvez-vous m'aider à la porter ?

— Laissez, dis-je et je le suivis jusqu'au fond du jardin près des marguerites.

— Je crois aux inconnus, Monsieur, les inconnus ont tous bon cœur. Vous serez le seul à connaître mon secret. J'ai confiance en vous.

Nous enfouîmes ce pauvre argent et il me mit la main sur l'épaule.

— Lisez-vous le latin ?

— Oui.

— Je savais bien ! Je savais bien. Venez. Vous me ferez les répons.

Nous passâmes prendre les médailles avant d'entrer à l'église par un couloir qui reliait le presbytère à la sacristie et au côté de l'Évangile. Il avait posé la jarre sur l'autel, répandu quelques médailles devant le tabernacle, ouvert un petit livre qu'il plaça entre nous pour que je puisse lire les phrases de la cérémonie. Il bénit plusieurs fois le tas de médailles, les baisa, eut les gestes de l'Offertoire et nous nous apprêtâmes à retourner aux marguerites. Comme nous débouchions dans le jardin une escadrille d'avions à croix noires passa en rase-mottes au-dessus de nous, à toucher le clocher. Je n'avais pas eu le temps d'avoir un réflexe, de me jeter à terre, que l'escadrille était passée. Je me dis qu'à cette hauteur, l'ennemi ne pouvait que nous mitrailler. Les bombes...

— C'est votre clocher, grognai-je, on n'a pas idée ! Ça va les amuser comme un tir de foire. Ils vont revenir. Monsieur le Curé, mettons-nous à l'abri.

— Pas de danger, avec saint Bénoué !

Et il se mit à jeter aux quatre coins du ciel des poignées de médailles.

— Y vindront pus, marchez !

Je n'avais plus qu'une idée, quitter les lieux. Nous arrivions au fond du jardin. Un ronflement, un vacarme, le temps de lever le nez, un avion, deux, trois, vingt passaient au-dessus de nous, avec leurs croix noires et leurs ailes transparentes. J'en distinguais les pilotes. Le curé en riant déposait la cruche de médailles dans son trou.

— C'est la Providence !

Puis il n'y eut plus de bruit que celui d'un tombereau, et plus tard, des vaches que l'on sortait de la ferme voisine. J'allai regarder le clocher. Son dôme de verre devenait rose d'un côté et bleu de l'autre. Ici ou là, qu'importe ! Et ce ne serait pas délicat de refuser le toit que me propose ce brave homme. Je secouai la tête en me souriant. Et puis, il fallait lui faire raconter des histoires avant d'aller dormir. Rien qu'à sa tête il devait en être tout imagé.

— Monsieur, me dit-il, la nuit va être là et je n'ai pas tiré l'Angélus. Je suis en retard. Chut !

J'écoutai. Rien. Rien qu'un chien qui aboyait assez loin.

— Vous n'avez rien entendu ?

Dans le couloir qui gagnait l'église, plein d'ombre déjà, il ouvrit un placard, tira une épée et un revolver.

— Prenez.

Il me le mit dans les mains avant que j'eusse dit un mot. Ce n'était pas un revolver mais une pièce de bois qui en avait la forme. Je me rappelle fort bien que j'eus peur tout à coup et que je fus dès lors sur mes gardes. Dans l'église nous passâmes derrière le chœur, dans un étroit passage et nous traversâmes tout l'édifice vers la corde qui pendait près du porche. Je tins l'épée pendant qu'il sonnait les cloches. Il me la reprit des mains et me fit signe de la tête de le suivre. C'était presque la nuit. Il vérifia la fermeture du porche, l'état des deux troncs qui se trouvaient sur les piliers de l'entrée et j'allai les toucher à mon tour. Qui donc y pouvait jeter son obole ? J'avais affaire à un vieux maniaque et, mais cela dépassait maintenant la mesure... Il me reprit le bras comme nous avancions vers un confessionnal et s'arrêta à deux pas. Alors avec la brusquerie d'un duelliste qui se fend, il tira le rideau et pointa l'épée à l'intérieur du coffre où il devait s'asseoir pour écouter les péchés et donner la pénitence. Il y avait un autre confessionnal à l'opposé. La scène se répéta, puis quand nous eûmes fait le tour de l'église, il s'agenouilla devant l'autel où faiblissait la lampe rouge du sanctuaire et je le vis sortir son mouchoir, s'éponger le front, les yeux, les lèvres et reprendre, difficilement, son souffle. La racine et l'épée remises en place, je retrouvai mon homme apaisé. Il sortit un cruchon d'eau-de-vie et nous prépara deux œufs sur le plat.

— Monsieur le Curé, si je vous disais que vous m'avez fait peur ?

— Monsieur, les deux œufs sont pour vous. Mangez. Un peu de lait me suffit, et quelques groseilles. Il n'y a que les gens qui ont peur qui font peur, comme s'ils déteignaient.

Son accent était inimitable et tenait du chat qui chuigne à ses moments de crainte.

— Mais je n'ai plus peur. C'est la simple prudence. Ma peur est morte dans les bois de Montignin, y a quarinte ins. Mingez don !

Il ramassa la casserole de lait près de quoi j'avais vu le chat en arrivant et quand il eut bu à même, il poursuivit.

— Une pleine nuit d'octobre, Monsieur, on était venu me chercher pour un qui se mourait de l'autre côté du bois, à deux lieues. En ce temps-là c'était un gros bourg dont j'avais le destin. Le boucher que je réveillai, dans le cas, m'attela son cheval et je partis seul avec les Saintes Espèces. Au milieu de la forêt, ça pleuvait, ça pleuvait que tout me venait de plein fouet, voilà-t-il pas que le cheval s'arrête, se cabre ? J'aperçois deux yeux. Je l'ai bien vu monter, le vaurien, et puis c'est tout, j'ai senti mon sang. On m'a ramassé le lendemain. Heureusement qu'ils m'ont dit que le couteau était bien placé et que je l'avais gardé dans la plaie.

Il se tut. J'attendis, mais il n'ouvrit plus la bouche et je lui demandai la permission d'aller dormir. La nuit je la passai mauvaise, sur un méchant lit du premier étage, dans une chambre vide dont le papier à fleurs avait passé sauf à l'emplacement encore rose où il y avait eu un crucifix. J'allai saluer mon hôte à la première heure et le remercier, mais je ne le trouvai pas.

— Monsieur le Curé ? Ho ho ? Monsieur le Curé ?

Je haussai la voix, encore, encore ? Pas de réponse. Il devait être à dire la messe. Je sortis ma bicyclette et j'allai à l'église. Je trouvai le vieil homme à genoux, dans l'allée centrale, près du porche. Il était secoué de sanglots mais ses yeux étaient secs, presque blancs.

— Ils ont osé ! Ils ont osé ! Comme l'an dernier, Monsieur !

Il m'indiquait de ses deux bras en croix les troncs fracturés, ceux-là mêmes que j'avais touchés intacts au début de la nuit, dans l'église close.

— Mais qui ?

— Je ne sais pas, Monsieur, et pourtant je veille,

je vous entendais dormir, Monsieur, et je suis venu encore cette nuit, je suis venu les toucher.

L'analyse

Le facteur Raphaël s'arrêta dans un chemin creux et s'endormit à l'ombre d'un taillis. Quand il s'éveilla le soleil lui parut encore plus chaud et la selle de sa bicyclette brûlait autant qu'un fer à repasser. Il fallait pourtant finir cette chienne de tournée. Raphaël cueillit une poignée de mûres pour se donner des forces et descendit vers la ferme de Marie Toutroux, mi-temps de son périple, dont les toits dansaient dans l'air porté au blanc, de toutes leurs tuiles devenues au feu de la lumière aussi fébriles que des ailes de libellule. Raphaël traversa la cour déserte et posa son vélo contre le mur blanc. La machine ressembla tout à coup à la carcasse d'une bête, subitement desséchée, sur place, dans ce quadrilatère de chaux. À l'intérieur, des mouches dormaient sur la table et Raphaël eut un éblouissement. Tout fut bleu. Raphaël se laissa tomber sur une chaise. La voix de Marie s'éleva du fond de la salle.

— Prends un coup de cidre, Raphaël, on n'en peut plus.

— C'est de saison, dit le facteur, le tout c'est de ne pas se presser. Je dis ça pour toi qui forces toujours trop.

— Bien sûr. J'ai encore eu des troubles cette nuit, du sable plein la tête.

Marie approchait de la table et posa la bouteille qu'elle tenait à la main. Raphaël s'en saisit et ôta le bouchon.

— Hola ! s'écria Marie, tu prends ma pisse. Le cidre est devant toi.

Elle reboucha le litre.

— Tu serais bien rincé avec ça dans le ventre ! Va la porter chez le pharmacien. Après l'analyse je serai plus sûre. J'avais déjà l'an dernier de quoi fermer une passoire. Ah ! Raphaël, nous avons trop servi. Il vient un temps où rien ne va plus.

Raphaël n'avait jamais vu Marie Toutroux dans cet état, elle qui était si gaie autrefois, toujours à grimper sur un coin de table.

— Oui, dit le facteur, je vais la porter, si tu y crois.

Marie lui remit un peu d'argent et Raphaël lui demanda si elle n'avait pas un flacon plutôt que ce litre à moitié plein. Non. Il le glissa donc dans sa sacoche et regagna la cour en feu. En pédalant Raphaël se mit à penser à Marie dont la solitude avait attiré tant de partis et qui les avait tous refusés, prodigue de son corps, mais fidèle au souvenir de son homme qu'elle appelait son veuf. Eh oui, nous nous en allons. Dans un an, la retraite. Raphaël regrettait déjà sa tournée, oubliant le froid, la neige, et même ici présent, ce soleil de trique. Il était maintenant sur terrain plat, roulant par la magie de la chaleur comme à distance du sol et la descente qui le conduisait vers le bourg accentua l'envol de ses songes. Raphaël n'aperçut pas une branche sur sa route. Une chute le ramena tout à fait sur terre. Il ne s'était pas fait mal, mais la bouteille de Marie Toutroux s'était brisée. Raphaël en rejeta du pied les débris. L'honnêteté qui a plus d'un tour dans son sac lui fit faire un crochet. Avant d'aller chez le pharmacien, Raphaël passa par chez lui, prit un flacon et pissa dedans. Trois jours après il lui fut dit que Marie Toutroux pouvait dormir en paix. Le sable qu'elle pensait agiter en elle n'était qu'une vue de l'esprit. L'homme de l'art lui-même ne se souhaiterait pas d'autre urine. Le facteur fit allégrement sa tournée, ce jour-là. Marie, qui l'attendait, sortit en entendant son grelot.

— Alors?

— Tu fais de l'eau, Marie, et de la meilleure. Une source!

— Avais-tu assez d'argent?

— Tout juste.

Le visage de Marie était encore soucieux.

— Rentre donc. C'est à ne pas tenir dehors. Comment expliques-tu mes nuages, veux-tu me dire?

— Peut-être que c'est une nouvelle jeunesse,

murmura Raphaël, peut-être qu'il te faudrait du mouvement.

Elle le voyait venir, mais elle en était contente. Elle sortit deux verres de l'armoire, les petits à pans coupés, ceux des fêtes.

La gloire

Quand Élie Moinet vint au monde sa mère était au lit, chez elle, dans un rez-de-chaussée d'où l'on voyait la Porte Saint-Martin. Si loin qu'Eugène Moinet, le nouveau père, remontât dans ses souvenirs il avait toujours vu sa femme au lit. Elle ne se levait la nuit que pour un petit besoin dans un large vase de faïence que l'on tirait de dessous le matelas par une anse en col de cygne. Eugène allait à son office de portier de théâtre à deux pas. Il dormait une partie du jour, près de sa femme. De cette union naquirent Évelyne, Madeleine, Hermine et Pierrette, toutes à deux ans d'intervalle, et puis un jour Élie. Le temps passa. Ce petit monde grandit. Les quatre sœurs travaillèrent les passants du quartier dans les petites rues accueillantes. Eugène devint leur trésorier et quitta le théâtre. Ils achetèrent alors le premier étage de l'immeuble et se meublèrent à neuf. Madame Moinet garda son lit. Elle y écossait les petits pois, épluchait les légumes, astiquait les casseroles, donnait des caresses et des conseils à son fils, à ses filles, à sa bonne et à son homme. Chaque dimanche, et chaque premier jour du mois, fût-il de semaine, réunissait toute la famille. Élie venait de passer son baccalauréat et pensait à l'histoire de la littérature. Depuis deux ans déjà il notait les aventures que narraient ses sœurs, mot à mot. Comme tu vois, disait Évelyne en se frappant le front, l'amour se tient là.

— Nous fêtons aujourd'hui ton entrée dans la vie, dit gravement le père Eugène. Il va falloir te trouver un métier.

— J'écrirai, répondit Élie. J'ai déjà commencé.

— Ce n'est pas le tout d'écrire. Il faut être lu !

— Je le serai, dit Élie. C'est assez cochon. Je compte d'ailleurs sur vous pour la matière première.

Les sœurs portèrent un toast à leur cadet. Trois mois après cette cérémonie, paraissait d'Élie de Moinet : *Les Zouaves.* On en vendit cent mille exemplaires en huit jours. Sans imagination et sans parti pris, Élie n'avait fait que raconter sèchement les passes d'Évelyne, sous sa dictée. « Il ne faudrait pas croire, soulignait le critique de *L'Univers,* que le sujet fasse uniquement la fortune de ce livre. J'y décèle, avec une étonnante précocité, un style neuf. Il est même surprenant que cette manie de comptable puisse se soutenir au long de six cents pages. Un nouveau style est né. Retenez ce nom : Élie de Moinet. »

La mère découpait revues et journaux, collait

les articles à la gloire d'Élie sur des feuilles à dessin, ne jurait que par son fils. La concierge, à présent, venait la voir. Le second livre parut. Ce fut un nouvel étonnement. Chaque client des quatre sœurs était décrit avec minutie, et chacun de ses gestes, et chacun de ses mots. Cela s'intitulait : *Les Passes.* Traduit en vingt-sept langues, il n'était bruit avec cette nouvelle façon d'écrire que de ce génie qui tenait à la fois du major de conseil de révision et de la caissière de Prisunic. La mère Moinet disparaissait sous les coupures de gazettes et tenait maintenant une petite cour. La concierge avançait des chaises aux voisins d'étage. Au milieu de l'assistance, la mère du génie, grand siècle, ne se gênait plus pour descendre de sa couche et tirer le pot de faïence au besoin. Des journalistes vinrent l'interroger. Deux académiciens rivalisèrent de compliments dans leur tribune hebdomadaire. C'est à qui avait inventé Élie. Celui-ci décida que la famille allait déménager, du côté de la Madeleine. L'année suivante, le premier film tiré des *Zouaves,* adapté par une starlette, sortit en première de gala. Les sœurs d'Élie, dans des fourreaux d'hermine, passèrent sous les projecteurs, entre deux haies de gardes républicains, suivies d'Eugène à qui l'on dut retirer un mégot des lèvres, à l'entrée.

Madame Moinet, devant son poste de télévision, calée par trois oreillers, regardait la retransmission du spectacle. Des photos d'Élie qu'elle avait découpées décoraient les quatre murs de la chambre. Hélas, Élie n'était pas de la fête. Il parlait à cette heure-là dans une université américaine. « Nous sommes des machines, disait-il. La machine n'a pas de cœur, elle n'a pas à en avoir. Ni bien, ni mal. Elle écrit tout de la même façon. Il n'y a qu'à lui taper dessus. » On l'attendait au Mexique, au Danemark, en Suisse. Des femmes lui demandaient des autographes. D'autres voulaient plus. Des jeunes gens ne le quittaient pas, et plus encore des hommes mûrs, mais Élie restait seul et s'enfermait dans sa chambre. L'amour, il n'en avait que faire. D'ailleurs son sexe imperceptible ne lui avait jamais donné la fièvre. Une seule préoccupation lui creusait les traits : comment trouver la suite du cycle des *Passes*? Il pouvait bien se répéter encore deux ans, à l'étranger surtout, mais après? Il avait bien un nègre, homme de l'art qui adaptait pour la scène un chapitre des *Passes.* Mais après? Écrire à l'imparfait ce qui l'avait été au présent? Changer les noms? Prendre le contre-pied des situations? Évelyne en homme, l'abbé en femme? Il se décida pour une thèse sur son œuvre. Un normalien, moyennant finance, la lui écrivit.

Madame Moinet reconnaissait toutefois que les articles de presse ne se découpaient plus comme avant. Il y en avait moins, ou de méchants. Vint l'ironie qu'elle trouvait encore de bon goût, puis le silence, les semaines, les années, les deuils, la solitude.

— Il est revenu échouer ici?

— Vous le voyez, il vient boire son verre chaque soir, au *Café de la Redingote.* On lui a trouvé une petite place à la mairie. Il y fait le ménage, les feux... Il classe les archives. La vieillesse, ne m'en parlez pas.

— Pourquoi rit-il ?

— Il rit toujours, c'est un tic.

Pleine peau, tête dorée

— C'est un homme simple : il me reçoit, il me parle, à moi Lecardeur. Je ne suis qu'un modeste relieur, alors que lui, tout le gratin est à sa porte. Eh bien, Monsieur, ça me donne de l'espoir. Tout n'est pas pourri. Tout n'est pas dans la façade ! Mais le plus fort je vais vous le dire : c'est un homossessuel.

— Lui ?

— Ça vous laisse bouche bée, je m'en doutais. D'ailleurs un jour je lui ai dit. Ça me démangeait depuis longtemps, mais c'est une question délicate. Je lui portais justement un recueil érotique. J'en ai profité.

— Que vouliez-vous savoir ?

— Comment ça se passe !

— Vous ne le devinez pas ?

— Oui et non. D'ailleurs il m'a répondu : Mon cher, et tout simple, en me posant la main sur l'épaule, mon cher, il n'y a de problème que lorsqu'on pose des questions. Je ne me suis jamais interrogé là-dessus. On aime comme on peut. Regardez. Et à ce moment il retire son râtelier, ça m'a fait un drôle d'effet. Croyez-vous que lorsque j'étais jeune et que j'avais toutes mes dents, mon plaisir n'était pas tout différent de ce qu'il est à l'heure actuelle ?

— Il vous a dit ça ?

— Comme vous l'entendez ! Remarquez bien que je m'étais toujours douté que pour l'homossessuel il n'y a qu'une question, celle du membre. Pour nous, qui sommes normaux, qui aimons les seins, vous ne me ferez pas croire que nous ne sommes pas dans la ligne. On commence par le sein, on le tient, on le mord, on ne le lâche plus. Les seins, c'est autre chose ! Pour en revenir à lui, on pourrait se demander s'il n'est pas simple dans la vie courante parce que précisément il complique dans la vie privée ? Votre avis ?

— Difficile. Je ne l'ai jamais pratiqué.

— Heureusement.

— Je veux dire que je n'ai jamais lu ses œuvres. Je le connais comme tout le monde, sans plus.

— Oui, mais vous en fréquentez d'autres. On ne peut pas tout avoir. Évidemment, je commerce surtout avec les intellectuels, par métier. Je rentre chez eux. On pourrait croire qu'un relieur... mais pas du tout ! Ainsi, lui, il a une baignoire bleue avec des poussins et des baigneurs en celluloïd dans une niche, comme des savons. Vous savez, l'artiste est toujours un enfant. Je le vois bien. Alors quand j'ai vu cela, comprenez, je veux en savoir davantage et je leur dis de telle façon qu'ils me dédicacent leurs livres. J'en ai encore une bonne trentaine à lire. J'attends le mois d'août.

— Et ça ne vous fatigue pas ? À votre place, j'irais à la pêche, par exemple.

— Je ne peux pas vivre sans livres, Monsieur. Il faut que je les casse, que je les recolle, que je les presse, c'est ma vie, comprenez, pardon, je vous ai fait mal ? Si, je vous ai fait mal. Dans l'estomac. Quand je parle des livres je deviens un autre homme, un peu fanatique, comprenez ?

— Les miens, vous les aurez reliés quand ?

— Pas avant trois mois. Ah ! je vous comprends, se séparer d'eux, comme ça, je vous comprends, mais que voulez-vous que j'y fasse ? Avez-vous pensé que c'est plus dur encore pour moi ? Je les ai là comme des petits pensionnaires. Les livres sont des enfants, comprenez. Je les emmaillote. Je les habille en dimanche et quand ils sont fin prêts, vous revoilà, vous, et vous les reprenez.

— Je vous retarde.

— Mais non, mais non, laissez donc ! S'il fallait en plus s'occuper du temps. Regardez.

— Quoi ? Votre œil ?

— Approchez. Regardez. Mon blanc d'œil.

— Oui.

— Il est blanc ?

— Oui.

— Très blanc ?

— En effet.

— Eh bien, Monsieur, c'est parce que je ne

m'occupe pas du temps. Je me lève comme ça vient vers les sept heures et demie...

— Mon cher Lecardeur, je suis attendu. Voulez-vous que nous continuions cette conversation un de ces jours, quand je passerai ?

— Avec le plus grand plaisir. Seulement je voulais vous dire, pour en revenir à lui. Nous avons donc parlé de choses et d'autres, très simples, et j'ai vu que c'était très délicat à un moment. Il me regardait. Non ! pas comme vous le pensez. À mon âge ! Non. Il me regardait sans plus un mot, et je lui dis : on ne devrait jamais parler du sexe, jamais. Même les sauvages l'enferment dans des sacs, ou des tuyaux, si, si, je l'ai vu dans un magazine. Savez-vous ce qu'il me répond ? Mon cher, vous me plaisez beaucoup, mais il faut que je vous mette en garde contre les fausses idées que vous vous faites, et qui viennent du foie, et qui vous donnent mauvais sang, un sang jaune que l'on voit dans les yeux. Mes yeux ? Je les lui montre comme à vous. Blancs ! Blancs de neige ! ! Ma fierté. Oui, oui, me fait-il. Ils sont blancs aujourd'hui mais que je vous conte l'histoire d'un de vos collègues. On ne devrait jamais ouvrir les livres, à moins de les écrire, et c'est ce qui nous sauve, nous autres, auteurs. Auteurs, entendez-vous, pas destructeurs.

— Excusez-moi..., mais.

— J'ai fini ! Et voilà ce qu'il me dit. Mon père connaissait un de vos confrères qui se posait toujours des questions et qui en devenait fou. Un samedi qu'il était allé à Creil chez des amis, il quitte la table et chacun pense qu'il est parti au petit coin. Erreur. Il se trouvait à ce moment-là sur le pont du chemin de fer, et il attendait qu'un train passe en dessous, pour se jeter en bas. Ce qu'il fit, mais il tomba dans l'un des wagons et ne se fit pas écraser. Simplement un choc, qui l'endormit. Il ne put donc se rendre compte qu'il avait piqué droit dans un convoi d'ossements qui venait de la Villette et qui se rendait à l'usine à colle, non loin de Creil d'ailleurs. Ces wagons-bennes perfectionnés se renversent automatiquement. Le malheureux finit dans les concasseuses, broyeuses, chauffeuses, étuves, alambics, tamis et divers robinets. Peut-être en colle, a-t-il servi à la parure d'un de ces livres ?

— Cette histoire est vraie ?

— Il me l'a juré, mais vous, croyez-vous que c'est possible ? Je sais bien que tout est possible, mais ne partez pas comme ça ! Alors, à dans trois mois ! ! Mais qu'ils sont bizarres en ce moment, on leur parle, ils s'en vont, ils ne répondent même pas, il faut vraiment aimer son métier.

La jalousie

Sur le plancher de la bibliothèque municipale, debout, les pouces dans son gilet, la moustache basse, la jambe arquée dans le pantalon jauni, l'œil fermé par la fumée d'un éternel mégot, monsieur Gressard méditait sur les fins dernières de l'homme. Nous sortons d'un trou pour entrer dans un autre. C'est clair. Entre ces deux abîmes un collier de jours. Un collier ? Une barre. Autrement dit : deux boules noires à chaque bout de la barre. Autrement dit, l'homme est l'haltérophile du néant. Ha ! D'une main le bibliothécaire sortit un cure-dents de son gilet, de l'autre il choisit parmi les sept porte-plume qui lui servaient de pochette, le noir, celui des bons jours, et il nota sa pensée. Après l'avoir épongée d'un revers de main sur le buvard, il se leva, ralluma son mégot et d'un fil d'œil relut sa phrase. « L'homme est l'haltérophile du néant. »

Gressard convint qu'il n'avait pas perdu sa journée. Il roula une nouvelle cigarette et alla s'asseoir dans le fauteuil où était mort l'illustre Alexandre Vinton qui a donné son nom à une rue de la ville et dont on peut voir le buste sur la place de la gare. À Alexandre Vinton, la cité reconnaissante. En bronze et debout, Alexandre Vinton avance un pied. Le bas de sa jaquette se soulève. Un bras tendu, il pointe l'index vers l'*Hôtel Terminus.* Sa tête légèrement rejetée en arrière est celle d'un tribun, mais son autre main repose sur un chien-loup, en bronze aussi, car Alexandre Vinton est l'auteur d'une méthode de dressage qui fit assez de bruit vers la fin de l'autre siècle. Il restait encore dans les premiers mois de la guerre de 1914 quelques soldats qui appelaient leur chien Vinton. Alexandre avait fait de sa ville sa légataire universelle. Ses dettes payées, il resta de quoi fondre sa statue (c'était une condition du testament) et le fauteuil dans lequel il était mort (qui par une autre condition ne pouvait être vendu et devait revenir à la bibliothèque). Ce fauteuil qu'une cordelière liant les bras interdisait au public se trouvait près de la fenêtre de la bibliothèque au premier étage de l'hôtel de ville. Gressard, aux heures creuses, en ôtait la défense et s'y assoupissait, la moustache brûlée. Non qu'il fût bien dans ce fauteuil ! mais une haine comme on n'en peut nourrir qu'envers les morts le poussait à se vautrer dans ce qui restait de Vinton. Gressard n'avait pas assez de mots à sa disposition pour se moquer de la statue d'Alexandre. Il avait même écrit contre elle une satire en vers, bien sentie mais le résultat avait été contre le but : tous ceux qui n'avaient jamais fait attention à Alexandre, voire jamais déchiffré son nom, allèrent la regarder et l'admirer. Un vote du conseil municipal fit placer des fleurs au pied du socle et planter un cercle de gazon.

Gressard s'était vengé sur le fauteuil, y laissant tomber sa cendre de tabac et le faisant gémir à chaque sieste au milieu de ses propres bruits, les plus méprisants. Quand on songe, songeait-il, que l'on perpétue le souvenir d'un dresseur de chiens et que l'on ignore les vraies richesses, les âmes, les penseurs, les veilleurs. Voilà le mot : les veilleurs. Laissez-moi rire. Gressard riait à se faire grincer et tapait sur les bras du fauteuil, mais le style Louis-Philippe est l'un des plus solides et Gressard finissait par se faire mal, par s'éveiller tout à fait, par renouer la cordelière aux bras. D'un coup de pied il rejetait le siège et retournait entre ses fichiers et à son livre de pensées.

« Vous ne sauriez croire combien la haine des objets est réelle et combien nous soulage de les maltraiter. »

« Les objets nous usent plus que nous les usons. »

« Peindre un objet, le dépeindre, c'est vouloir le tuer. Avoir le courage de le dire. »

« Les objets sont nos écailles. »

Gressard se leva, tira une bouffée de tabac et regarda le fauteuil d'un œil bas, à distance, comme si l'autre allait lui sauter dessus. Le bibliothécaire entrait parfois en fureur, l'injuriait et ne se calmait que par une trouvaille de propos.

— Alexandre de mes fesses ! Ha !

Elle était excellente, celle-là. Gressard se rassit et traita de nouveau le fauteuil de support de ce que je pense. Deux lycéens, une dame de la haute, deux ouvriers et le pharmacien Buat vinrent emprunter des livres cet après-midi-là. Cinq heures. Gressard prit son chapeau pour s'en aller quand le fils du maire entra. Gressard n'osa lui dire qu'il était un peu tard. Le gamin ouvrit le tiroir des livres d'aventures et chercha son bonheur dans les fiches. Gressard sortit de son gilet une paire de ciseaux et commença de se tailler les ongles en soupirant.

— Vous trouvez ?

— Je cherche, dit le gamin.

— Il est tard.

— Je ne sais pas.

Gressard eut un rictus. Quand on songe que c'est le père de ce gamin qui a fait voter du gazon, des fleurs, quoi encore ? D'un seul coup, Alexandre Vinton lui remonta à la gorge et Gressard avança vers le fauteuil et lui lança un coup de pied. Gressard en même temps vit qu'il était vu, mima une glissade, une chute, agrippant le siège.

— Vous vous êtes fait mal ? dit le gamin en approchant.

Gressard, à genoux, ne répondait pas. Des papiers apparaissaient par l'échancrure de l'étoffe dans le dos du fauteuil. Le gamin les regardait aussi, les yeux ronds.

— Vous avez découvert une fortune, monsieur Gressard !

Il était trop tard. Il fallait prendre les papiers, devant ce témoin qui allait tout rapporter, et à qui ! C'était un manuscrit d'Alexandre Vinton, des poèmes de jeunesse. La municipalité les publia et félicita Gressard de sa trouvaille. On fit graver sur le socle de la statue : Savant, ami des bêtes et poète français, et il y eut une petite cérémonie. Gressard dut y assister et lire un hommage que le maire l'avait prié d'écrire. Sa pâleur fut remarquée. On le félicita pour son texte et pour son émotion.

Germaine

— J'ai été élevée dans l'honnêteté!

— Mais oui, Germaine.

— Si Monsieur ne me croit pas...

— Mais si!

— J'ai fait huit maisons avant vous. Je peux en faire une autre.

— Vous ne vous sentez pas bien ici?

— Je ne dis pas, mais les réflexions me retournent.

— Vous regrettez votre dernier patron?

— Une chose faite est une chose faite, Monsieur. J'ai rendu mon tablier, ce n'est pas pour le reprendre. Et je l'ai rendu lavé.

— Vous vous emballez toujours. Expliquez-moi ce qui ne va pas.

— Vous allez encore me tortiller des choses, comme le mois dernier. Je n'aurai pas de réponse et vous vous étonnerez encore de ce que je dis. En tout cas je ne sais pas de quoi vous pouvez vous plaindre dans mon service.

— Vous avez cassé les deux vases de l'entrée.

— Oh! bien honnêtement!

— J'y tenais, figurez-vous.

— Je passe sur les vases, Monsieur, mais à part ça?

— Les comptes. Chaque semaine double l'autre. Où allons-nous? Je ne peux pas vous suivre.

— Si on était mieux gouverné! Ce n'est pas mes affaires si tout augmente. C'est moi qui achète. Alors forcément, quand j'écris les dépenses vous ne vous y retrouvez plus. Je ne demande pas d'augmentation pour moi, comme certaines...

— Je suis descendu à la cave, Germaine.

— Vous n'allez pas dire que je bois votre vin?

— Je ne suis pas évidemment à compter les bouteilles, mais je descends et qu'est-ce que je vois? Il y avait cinq casiers pleins au début du mois. Je n'ai reçu personne. J'ai pris mes repas au-dehors...

— Mais...

— ... Attendez, je vous prie...

— Parlez, parlez...

— Il reste deux casiers sur cinq...

— Et vous croyez qu'on peut se lever à l'heure que je me lève, faire ce que je fais, le ménage, la cuisine, le chauffage, les lettres et le service, sans se soutenir?

— Si c'est vous qui le buvez, bon.

— Qui ça serait? Ce n'est pas un verre de-ci, de-là, au facteur, au garçon boucher, à Émile...

— Quel Émile ?

— Vous savez bien.

— Non, je ne sais pas.

— Un pays. Il travaille à la gare du Nord. Quand il a traversé tout Paris pour me dire un petit bonjour il est bien normal que je lui offre un verre. Mais, Monsieur, si vous trouvez que je ne fais plus l'affaire il ne faut pas tant tortiller. J'ai compris.

— Vous vous emballez pour un rien...

— ... un rien, dire que je vide la cave ! Vous en trouverez des comme moi !

— Que décidez-vous ?

— Je reconnais que je n'aurais pas dû mettre la couleur avec le blanc. Ça, je le reconnais.

— Hein ?

— Vous ne pouvez pas encore savoir. Ce sont les chemises qui m'embêtent le plus.

— Mes chemises blanches ?

— Maintenant, le mieux serait de les teindre. En noir. Ça vous va bien. Je le reconnais, mais vous ne pouvez pas dire que je ne fais pas l'affaire.

— Germaine, ne me poussez pas à bout. Vous ne savez pas fermer une porte.

— Mais...

— Elles sont toutes ouvertes, toujours ouvertes. Il y en aurait vingt, vingt ouvertes.

— S'il y en avait vingt je ne pourrais pas suffire. Je ne resterais pas chez vous.

— Alors vous restez ?

— Comment feriez-vous sans moi ? Je pense ce

que je pense, mais je ne vous lâcherai pas comme ça.

— Germaine, écoutez-moi. Les portes, passe encore, mais quand vous soufflez sur le gaz en oubliant de tourner le robinet, que ça sent dans toute la maison, à vous asphyxier, à tout faire sauter...

— J'ai aéré tout de suite.

— Mais c'était fait ! !... Ah, je déteste qu'on pleure devant moi. Nous reprendrons l'histoire un autre jour. Allez. Je ne veux pas vous faire de la peine, mais parfois c'est trop, vous comprenez ?

— Ouououi.

— Qu'est-ce que c'est que ça ?

— La... la... note du vin.

— Dix-huit mille francs ?

— Je vous ai expliqué. Et puis j'ai compté la petite augmentation que vous m'aviez promise.

— Arrêtez de renifler. Qu'est-ce que vous vous êtes fait au pied ?

— Ne m'en parlez pas, c'est toujours mon orteil.

— Vous avez fait ce que je vous ai dit ?

— Parlez-m'en ! Je ne remettrai plus jamais les pieds chez ce pédicure-là !

— Qu'est-ce qu'il vous a fait ?

— Rien, mais il a une façon de vous regarder.

— Vous voyez le mal partout, Germaine.

— Non, Monsieur, je vis dans les mœurs, simplement.

La table voisine

Combien je les jalousais, moi qui étais seul, lui les yeux morts déjà consommés, elle nerveuse qui lui serrait les mains, les poignets, lui pinçait les joues. J'étais un peu gêné qu'il se laissât triturer en public, mais le café ne s'occupait pas d'eux et les trente personnes qui le peuplaient auraient péri sans que les amoureux s'en aperçussent. Je commandai une seconde théière et je partis à rêver : ne plus rentrer seul chez moi, être débarrassé de mon manteau, déchaussé, frictionné, caressé, que désires-tu ? Ta présence me suffit. En un mot m'abêtir dans la tiédeur, allant du fauteuil au lit, de la crème renversée au cigare, dans la lumière voilée de la lampe, ne plus entendre que mes ordres, brefs, que les assentiments de l'autre, encore plus brefs. Ainsi les jours passent qui sont des portes vers la nuit, ainsi nous vieillissons ensemble sans nous en rendre compte et le reste du monde n'est pas même à notre service. Je commençais à m'attendrir quand le bruit d'une gifle me fit sursauter, suivi d'un paire de claques en retour. Mon couple s'était dressé, pâle. L'homme jeta un billet de banque sur le guéridon et sortit. La fille se rassit calmement et prit son poudrier. Elle m'aperçut dans son miroir et bien involontairement mon œil cligna, si bien qu'elle sourit et se retourna.

— Vous ne valez pas cher, me dit-elle gentiment, tous autant que vous êtes. Il a mérité sa giroflée.

— Je ne veux pas être indiscret, mais tout le monde a dû se demander ce qui se passait.

— Ah là là ! Ils s'en moquent pas mal. Regardez-les. Ils ont déjà tout oublié.

— C'est votre fiancé ?

— Non.

— Votre mari ?

— Il ne manquerait plus que cela !

— Une rencontre, je comprends...

— Vous ne comprenez rien du tout. C'est mon frère.

— Alors, je ne vous suis pas, Mademoiselle.

— Madame ! Un frère n'est pas un confesseur. Il n'a pas à vous poser certaines questions.

— Ce ne doit pas être bien grave.

— Il veut tout savoir, il a toujours voulu savoir. Demandez-vous à votre sœur les tenants et aboutissants de sa nuit ?

— Je n'ai pas de sœur.

— Le feriez-vous ?

— Sûrement, si elle est heureuse.

— Je ne suis pas heureuse, Monsieur, mais cela me regarde, et si l'on traite mon mari de vaurien c'est que l'on juge que je ne vaux pas grand-chose. Je me demande pourquoi je vous dis tout cela. C'est bien la première fois que je parle ainsi à un inconnu.

Un malin plaisir me fit lui tendre ma carte de visite. Allais-je recevoir à mon tour sa main sur le nez ?

— Dans le quatorzième ? dit-elle. L'arrondissement que je préfère. Vous avez de la chance, moi je suis dans le huitième où travaille mon mari. C'est tout ce qui m'y rattache.

Une voix forte nous fit dresser la tête.

— Présente-moi, grogna le frère qui revenait.

— Votre sœur se trouvait toute désemparée, à votre sortie, je me suis permis de lui tenir compagnie.

— Ma sœur ?

— Viens, lui dit-elle.

— Parce que tu as dit que tu étais ma sœur ? Quelle salope !

Il l'entraîna, mais au moment de franchir la porte de sortie elle se retourna et me fit un clin d'œil. Il est peu de femmes pour qui je nourrisse un désir aussi vif, un tel désir. Son image m'a réveillé plus d'une nuit et il m'arrive encore de regretter de lui avoir donné mon adresse par crainte de ce furieux qui l'accompagnait.

— Quelqu'un ?

Je n'ai pas rêvé. On a gratté à ma porte. On

frappe. Je viens d'aller ouvrir. Pour la centième fois j'ai cru que ce pouvait être la fausse sœur, la désirable, mais c'est madame Belvaisse, ma concierge, un pou. Je finis par me demander si jamais j'ai bu du thé, si je suis entré dans ce café, si je n'ai pas inventé l'amour.

Délicatesse

— Entrez !

— Monsieur Caval ? Télégramme.

Caval posa son cigare et lut : « Tante Suzy décédée Genève désire crématoire Paris accompagnée par toi. Famille émue. Baisers. »

Caval joignit aussitôt Genève par téléphone. « J'accepte à une condition : ne pas me rendre au columbarium dans le fourgon mortuaire. » La tante Suzy avait laissé de quoi bien faire les choses. Caval suivit la défunte dans une Cadillac des Pompes Funèbres. Son premier geste fut d'allumer un cigare. La promenade charmante, le soleil haut, le havane ambré, Paris bleu, Caval souriait à la vie.

— Par ici !

Il sursauta.

— Nous sommes arrivés.

Il avait oublié tante Suzy, le four crématoire, le Père-Lachaise et le visage qui convient.

Il jeta son reste de cigare et répondit à l'ordonnateur : mon Dieu, mon Dieu.

— Je vous comprends, dit l'homme en noir. Voulez-vous la voir brûler ?

— Non, merci.

— Voulez-vous attendre dans la salle des adieux, nous vous jouerons de la musique sacrée ?

— Non, sans façon.

— Je vous comprends. Puis-je vous donner un conseil ? La cérémonie dure le temps d'un repas. Il est près de midi. Vous avez en sortant, à main gauche, le *Petit Lachaise*, c'est bien tenu, propre, cuisine au beurre. Revenez dans une heure et demie.

Caval regarda l'homme noir dont la bouche tombait, et l'œil, et les épaules, et quelque chose encore d'indéfinissable qui devait se trouver au centre du personnage.

— Merci, dit Caval en s'éloignant machinalement, sur le chemin que l'autre lui avait tracé.

Au *Petit Lachaise*, Caval choisit une andouillette pour commencer.

— Bien grillée ?

— Oui, dit-il, et il se mit soudain à penser à tante Suzy.

Il y pensait encore quand l'homme en noir entra dans le restaurant.

— Si vous permettez, je partagerai votre table. J'ai mis en route. Nous avons le temps. Elle est bonne ?

Il indiquait l'andouillette.

— Très.

— Ils l'ont laissée un peu brûler, reprit l'homme en noir. Il faudrait venir plus tard, vers deux heures, quand le coup de feu est passé, mais nécessité oblige.

La tante Suzy venait et repassait entre les plats. Caval toutefois se sentait bien et l'homme en noir buvait ferme.

— Quand je vous le disais ! C'est un bon coin.

— Je reviendrai, assura Caval sans penser au-delà.

Ils prirent encore fruits de saison, café et alcool blanc.

— Je n'en ferai rien, dit l'homme en noir.

— Vous me désobligeriez, assura Caval en réglant l'addition.

En sortant, l'homme en noir regarda le ciel. Caval en fit autant.

— Ça se gâte.

— Il se pourrait bien qu'il pleuve.

Puis ils parlèrent un peu de politique en remontant les allées du cimetière.

— Nous y sommes, dit enfin l'homme en noir qui n'avait pas un instant changé de visage. Entrons.

Caval le suivit jusqu'à la table d'amiante que l'on avait tirée du four qui béait. Deux aides achevaient de ratisser les restes qui fumaient encore et les mettaient dans un petit coffre posé sur une chaise de fer. Le regard de Caval ne se détachait pas des bouts d'os qui ressemblaient à des pierres ponces, à des galets troués, ocre, blancs, jaunes. Il allait falloir attendre le complet refroidissement avant de se rendre là-haut, à la bibliothèque de marbre, où les livres sont des coffrets de cendres. L'homme en noir précipita les choses, par gentillesse. Caval l'entendit à peine qui disait aux aides d'une voix émue, en tenant son chapeau à la main :

— Faites refroidir Madame dans le jardin. Monsieur est un ami.

Dans la foule

— En somme, ce qui nous manque...

Pagrat saisit le coude de son ami Vesoux et baissa la voix.

— ... c'est la poigne. Quand j'ai vu comment l'affaire tournait, je me suis dit : Pagrat, es-tu un homme ? J'ai pris mes cliques, mes claques, et salut !

— Ils ne vous ont jamais reproché ce départ ?

— Regardez-moi, Vesoux. Aussi vrai que j'ai le nez au milieu du visage, aussi vrai que ma mère est une...

— Chut. Venez par ici. Je n'ai aucune confiance en ces gens-là.

— Les Bornette ? Ils ne feraient pas de mal à une mouche.

— Je me méfie de tous. De tous, vous m'entendez ?

— Même de moi ?

— Sacré Pagrat.

Les deux retraités rirent un bon coup, à se donner soif. Heureusement que le *Café Maure* était à une portée de boule. Ils commandèrent une anisette, et la vie qui était verticale un instant auparavant, dans leurs paroles, s'abaissa jusqu'à ne plus être qu'une douce ligne horizontale où roulaient quelques bicyclettes, une femme qui rentrait du marché, des gamins qui lançaient un navire dans le ruisseau, favorisé par le vent qui se levait, chaud de tout un jour.

Pendant un moment ce fut l'oubli. Les êtres et les choses les traversaient, ne laissant aucune trace. Ils buvaient machinalement. C'est le garçon de café qui les remit au monde en leur apportant un second verre.

— Vous avez commandé, Pagrat?

— Pas du tout!

— Garçon, qui vous a dit de nous resservir?

— Je vous ai demandé : la même chose?... Vous avez dit oui.

— Qui?

— Tous les deux ensemble.

Vesoux et Pagrat se regardèrent puis fixèrent le garçon droit dans les yeux.

— Maintenant, dit ce dernier, si vous voulez que je remporte, je peux.

— Non, non, répondirent-ils.

Le garçon parti, Vesoux recommença de se plaindre.

— Ils ne perdent pas le nord, allez! On comprend comment ils peuvent faire fortune. On a un moment de distraction et ils en profitent. Voilà le commerce d'aujourd'hui.

— Avez-vous de quoi payer? demanda Pagrat en fouillant ses poches. Je n'avais pas prévu un pareil débours et je vais être un peu gêné.

Il lança trois pièces sur la table. Vesoux extirpa de son gilet un cure-dents et un billet plié en quatre.

— Nous n'en boirons pas demain, fit Vesoux.

— Voilà, voilà, voilà! lança d'une voix forte Pagrat qui cherchait à détourner l'attention de son ami. Voilà comment on conduit à présent.

— De quoi parlez-vous?

— De la voiture qui vient de passer. Est-ce que s'il vous était arrivé d'avoir un volant entre les mains vous auriez laissé une femme vous tenir par le cou? Je les ai vus, là, à l'instant.

— Je n'ai jamais eu de voiture ni de femme, Dieu merci.

— Je dis : si!

— Je ne sais pas ce que j'aurais fait.

— Pardon, m'sieur.

— Il est bien poli ce petit, fit Pagrat en regardant le gamin qui passait sous sa chaise pour aller récupérer une bille.

— Tout n'est pas perdu, murmura Vesoux. Je compte beaucoup sur les couches nouvelles, les toutes jeunes. C'est l'entre-deux qui ne va pas. Avez-vous entendu qu'ils nous préparent encore un coup de Jarnac?

— Qui ça?

— Mais tous. J'ai lu ça sur les titres ce matin. Vous n'avez pas vu?

— Non, fit Pagrat. Vidons nos coupes et allons voir. Prosit !

À petits pas ils se rendirent sur la place du marché où se trouvait le kiosque à journaux le plus proche et côte à côte ils commencèrent à marmonner la lecture des titres sur les feuilles pliées, accrochées par des pinces. Leur ronronnement attira la marchande hors de sa guérite. Ils ne comprirent pas pourquoi elle haussait les épaules et ils se retournèrent pour voir si la cause en était un spectacle qui se passerait dans leur dos, mais il n'y avait rien et ils revinrent au panorama des événements qui remuaient la planète. « Pour ou contre Soraya ». « Les nuits de Margaret ». « Guerre froide ». « Tony et Paola, outsiders du bonheur ». « Où est Farouk ? » « Rencontre au sommet ». « Le mur s'élève ». « Vers un président nègre ». « Demain dans Mars ». « Hausse du poulet ». « Philip chasse le tigre ». « Au bal des débutantes ». « Une nouvelle table ronde ».

— Écoutez cela, dit Pagrat en levant l'index : Hausse du tabac.

— Heureusement que nous ne fumons pas, dit Vesoux.

— En effet, dit Pagrat, tout cela n'est guère rassurant.

— Nous sommes chez les métèques, reprit Vesoux. Je ne sais ce qui me retient.

Un urinoir se trouvait non loin de là. Ils y entrèrent. Pagrat et Vesoux allèrent chercher leur sexe d'un mouvement tournant et de l'autre main sortirent le couteau qui ne quitte jamais les retraités.

— Où allons-nous !

— La grandeur, toujours la grandeur, c'est bien beau la grandeur, mais il faut savoir où on va la mettre.

— Pour que ce soit vraiment grand il faut la placer au milieu des petits.

Ils parlaient pour mieux se cacher l'un de l'autre et mener à bien, sur l'ardoise, tout en se vidant, les graffiti qui leur tenaient à cœur. Puis ils sortirent.

— Venez voir, dit Vesoux, ce que je viens de lire.

Ils rentrèrent et Pagrat détailla l'ouvrage de son ami : « À bas les cons. »

— C'est l'œuvre d'un inverti, dit calmement Pagrat. Venez voir dans le mien. C'est tout frais. Cela prouve que ça les travaille.

— J'aime son...

— Non !

— J'aime su...

— Non, ici, lisez ici.

— « À bas les Juifs », eh bien ?

— Ça ne vous dit rien ? C'est tout l'effet que... Vous aimez les Juifs, Vesoux ?

— Non, bien sûr.

— À la bonne heure. Je vais vous dire ce qui nous manque.

La mer

Depuis un an que je vivais à l'hôtel et que ma chambre n'était faite qu'une fois par semaine, que l'on venait encore d'en augmenter le prix et que je ne pouvais pas supporter l'odeur de l'escalier, du palier et de la cour sur quoi ma fenêtre donnait, je n'avais jamais eu le temps de m'occuper d'un déménagement. Mon congé, je travaille dans les assurances, allait commencer le 1er août. Je ne pensais plus qu'à Saint-Tropez, à la mer, au soleil, aux jeunes filles et il m'arrivait de me surprendre à sautiller, un vrai moineau, sur le chemin du retour que je faisais à pied dès les beaux jours. J'étais passé six cents fois devant une petite agence immobilière, sans jamais m'arrêter. À quoi bon ? Avec quel argent ? mais ce soir-là j'en poussai la porte.

— Monsieur, c'est pour quoi ?

Avant de répondre, je cherchai les yeux de la fille qui venait de m'accueillir, clouée devant une machine à écrire. C'étaient, au fond de hublots, deux petits grains de café. Non, deux petites perles molles au fond des anneaux concentriques du verre, des cônes de bernard-l'ermite. Les yeux m'ont toujours fait peur. Je serrai les cuisses.

— C'est pour quoi ?

— Pour une chambre.

— À louer ? Nous n'avons rien à louer.

— Qu'est-ce que c'est ? dit une voix forte.

Était-ce un homme, était-ce une femme ? Le bernard-l'ermite et moi nous dîmes ensemble :

— C'est pour une chambre.

Alors apparurent dans la porte du fond deux seins qui n'étaient pas sans rappeler le ballon de Guebwiller, dans l'imagination du printemps, deux ballons couverts de pêchers roses. Madame Bandelon possédait d'autres mamelonnements sous la soie lilas, d'innombrables vagues et sur sa tête de Junon un friselis de blondeur. Elle sortait de la mer, coquillages, volutes, méduses, écumes, lames profondes, l'immense concavité chaude de la lumière d'août, l'empreinte massive du ciel rond qui tombe entre les dunes. C'était l'été quand il veille sur les hauteurs de l'après-midi. C'était...

— Pour une chambre ? mais rien n'est plus simple. Avez-vous un moment ?

— Oui, Madame.

Mon oui filait doux.

— Marcelle ? donnez-moi les clés du 121 sur le boulevard. Venez, Monsieur. Vous êtes étudiant, à l'étroit, dans un meublé puant, je sais, ne dites rien. J'ai l'habitude.

Avant de passer la porte, je me retournai pour saluer le bernard-l'ermite. Il était rouge mais sans sexe, et il me semble qu'il me lançait du fond de son entonnoir un petit grain noir. Jalousie? Mépris?

— Entrez, me dit madame Bandelon.

— Après vous.

— Et poli par surcroît! Savez-vous, mon cher Monsieur...?

— Paul Rossi.

— Paul! Un vrai nom d'homme, simple, vif. Entrez, Paul!

C'était une chambre trépidante, avec une haute fenêtre au rez-de-chaussée. Madame Bandelon l'ouvrit. C'était faire entrer les passants, les voitures en folie, mais aussi les arbres du boulevard pleins d'oiseaux qui semblaient remontés avec des clés tant ils piaillaient.

Elle referma.

— On n'est pas bien ici?

Une bouffée de chaleur me ferma les yeux. C'était vraiment l'été, le velours, avec des fissures fraîches, ici et là, qui s'échauffaient rapidement. Je me retournai sur le sable, vers une autre place qui brûlait encore. Je rouvris les yeux vers le soir. Madame Bandelon se retira comme la mer. Elle bourdonnait encore au loin. Ma fatigue s'étendait à l'infini et j'étais heureux, comme je n'en avais guère le souvenir. Ce furent, pendant quinze jours, les plus belles vacances de ma vie.

Léopoldine

C'était une personne d'un autre âge, Léopoldine Coucoureux. Peut-on dire qu'elle tenait encore un estaminet, à Fontrobert, si cela signifie que l'on peut entrer à l'enseigne du *Chapeau Galant*, s'asseoir à l'une des tables de marbre et demander que cette demoiselle à moustache vous serve un verre de vin ? Certes il était encore possible d'y boire, parfois, lorsque Léopoldine ne dormait plus après un long repas qu'elle savourait seule ou quand elle ne fermait pas à double tour le débit, cette longue pièce aux portes affaissées, curves, noires, hérissées de clous d'où pendaient autrefois les cochonnailles. Il y avait bien eu quelques plaintes car les esprits forts du bourg n'admettaient pas qu'une tenancière de lieu public pût oublier ses servitudes et ne laissât pas ouvert son établissement, selon la loi, mais on aurait pu voir s'engouffrer au *Chapeau Galant* une escouade de gendarmes et d'huissiers que Léopoldine n'eût pas changé ses habitudes. Elle avait hérité du *Chapeau Galant* comme d'une tare qu'elle souffrirait jusqu'à plus soif, Dieu sait quand. Le cafetier du Centre, celui de la Gare, celui de l'Ancienne Halle, sans parler du photographe, et d'un jeune pharmacien de Lille avaient tenté d'acheter le fonds Coucoureux, à diverses fins, et même un marchand de biens qui eût aimé y fonder une succursale. Léopoldine ne bronchait pas, demeurant à égale distance de la rue et du jardin, entre les passants et ses lapins, sanglée dans ses blouses en béatrice noire à fleurettes, dans les tabliers bleus qui lui venaient de son père et dont elle faisait trois tours à sa taille avant de les ficeler par un cordon. Été comme hiver à ses fourneaux, la moustache toujours emperlée de sueur, la verrue qui noircissait avec l'âge et qui lui donnait sur la pommette comme un troisième œil, si petites et si sombres étaient ses prunelles, Léopoldine, en dépit des pâtés, mirontons et soufflés n'avait jamais changé de poids. À soixante-dix ans, elle restait droite comme un sylvaner, telle que la dépeignait déjà son père un demi-siècle auparavant. Il est en soi des fidélités que l'on ignore de la même façon que l'on ne voit pas son squelette. Léopoldine refusa quelques prétendants qui allaient pourtant au-delà du poil et de la verrue, parce qu'ils étaient gras et ronds, et qu'elle ne pouvait souffrir que des êtres à son image, raides et minces. Elle était ainsi faite et c'était une délicatesse que de l'apercevoir, au fond de la salle basse où toutes les tables étaient couvertes de bouteilles, comme la plus haute de ces transparentes verticales, leur reine et, par le déplacement dont elle seule était douée, leur génie.

Il m'arrive de passer à Fontrobert, aujourd'hui, quand je roule vers le Nord et de faire un crochet par la rue de Léopoldine. Le *Chapeau Galant* n'existe plus. Sa façade vert wagon, ses fenêtres à guillotine, ses trois marches, les tables de marbre en contrebas, l'éclat de la verrerie qui faisait de cet antre une cave de diamants, les trois yeux de Léopoldine et le velours d'une éternelle sauce au vin, tout cela n'est plus que dans ma mémoire. Je regarde. Je me repais. Je ricane. J'ai mal et je reste. Pourtant sur l'emplacement du *Chapeau Galant*, c'est bien propre, bien lisse, bien net, avec du nickel dans de la vapeur et des demoiselles bouclées qui finissent par se demander quel est ce malappris qui les regarde. Il n'a jamais vu un pressing ?

Le gardien des ombres

— Eh bien, Monsieur, j'apprécie. Vous les voyez d'ordinaire passer devant mon pavillon. Je les appelle. Ouette ! Le temps de sortir, ils sont déjà dans les allées. Ils ne veulent pas d'explications, soit ! Mais qu'ils ne comptent pas sur moi pour leur indiquer le chemin. Vous êtes de la partie, comme lui ? Non. C'est donc une visite du cœur. En deux mots. Nous avons ici deux mille tombes, mais une seule intéresse les touristes. C'est bien normal. On ne voit pas naître tous les jours un homme de génie. Je dis bien naître, Monsieur, car mon siège est fait. Le grand Félicien Lourdebie qui dort ici est simplement immortel. Il n'y a pas un instant dans ce monde qu'une pensée ne s'adresse à lui. Il a laissé cent vingt volumes de vers, d'essais, de pensées. Ce n'est pas pour rien. Il a porté le nom de la France jusque chez les peuples. Pardon. Voulez-vous tourner sur votre gauche ? C'est cela. Regardez ici. Un petit coin de terre, pas de plaque, une bordure de buis. J'ai fouillé les archives à la mairie. Je n'ai jamais pu savoir qui c'était. Pardon. Je passe devant. Vous voyez ces cheminées? À combien de mètres croyez-vous qu'elles sont? Ne cherchez pas. Ce sont les plus hautes d'Europe, ou presque. Trois kilomètres, Monsieur. Incroyable. Et toujours une qui fume. Ça n'arrête jamais. Lourdebie les a chantées dans sa jeunesse, à l'âge où tout vous attire. Personnellement je les trouve pareilles aux autres. Je ne vois pas ce qui peut vous émouvoir dans ces tuyaux de briques, mais le génie passe, s'arrête, remarque et chante. Vous n'avez plus qu'à dire amen. Ça? Ça??? La tombe d'un libre penseur, Monsieur. Il y en a douze dans cette enceinte, mais si vous voulez mon avis, nous nous tenons tous comme les doigts de la main, Dieu ne va pas se couper une phalange pour nous faire plaisir. Tous égaux. La preuve. À perte de vue. Encore un petit effort. Nous arrivons. Il y a ceux qui ne voient pas, ceux qui ne m'écoutent pas et ceux qui se permettent des mots. Aussi vrai que je vous parle, j'en ai vu qui sortaient de leurs gonds, qui m'engueulaient, oui, passez devant, mais les amateurs, les vrais, comme vous, ils se font rares. On ne prend plus le temps de rien, Monsieur, même au cimetière. Voilà. Ne vous l'avais-je pas dit? Granit rose, croix noire et son buste par Bafre. Bafre a eu son heure de gloire, mais pour moi il n'a jamais rien fait de mieux que ce portrait de Lourdebie. Jusqu'aux sourcils qui sont vrais. Regardez l'œil, on jurerait qu'il vous regarde. Si l'on m'avait écouté, on n'aurait pas gravé le nom de ses œuvres sur le socle, et surtout pas en doré. Ça tire l'attention. Ça nuit au visage, à l'expression. Vous voyez que Lourdebie a su garder ce sérieux, cette dureté qui le caractérisait. Bafre a eu ce jour-là le ciseau inspiré. Je n'insiste pas sur le côté granit. Quand on sait ce qu'est le granit et la force qu'il faut pour en faire voler un éclat. Non. Non. J'ai tout mon temps. En 75, *Marie Miniou*, drame en cinq actes, drame paysan. Lisez vous-même. 79, *L'Éveil*, satire en sept mille alexandrins... Tous justes. J'ai contrôlé. 83, *L'Apôtre et le Lichen*, récits de voyage et de terroir. Comment? Non, il n'a jamais quitté le pays. Pour quoi faire? Un sage, je vous l'ai dit. 85, *Ma lampe*, 88. Toussez, mettez-vous à l'aise. Il y a des vents coulis toute la sainte journée. Je sais ce que c'est. On attraperait ce qu'il ne faut pas comme un rien. 88, *La Passion d'un notaire*. C'est ça qui l'a lancé. Traduit on peut dire dans toutes les langues. J'étais trop jeune. Je n'ai pas connu ça, mais mon père me le disait, nous avons tous craint ici de voir partir Lourdebie. La capitale, la gloire. Pas fou. 90, *Jeanne d'Arc*. Une de ses marottes. Tiens? Qui est-ce qui m'a pris une fleur? On m'a pris une fleur. Je lui en mets un petit bouquet tous les matins. Oh! oh! on m'a pris une fleur. On ne respecte plus rien, Monsieur. Non, gardez ça, ce n'est pas pressé, merci, merci bien, si je vous disais qu'il y en a qui me laissent raconter toute l'histoire, et pas ça! Pas une petite pièce! Attention, le terrain est glissant. Vous auriez dû revenir par l'autre côté, mais enfin nous sommes là, nous retrouverons bien la sortie ! Qu'est-ce que vous dites de ce temps-là ? Plus d'été, plus de saison. Croyez-vous que ça va s'arranger pour le reste ? Non ! C'est bien ce que je pense aussi. Il n'y a plus de têtes froides. Ils feraient bien de faire un tour ici. Ça les calmerait. Il n'y a pas de quoi. Vous serez toujours le bienvenu.

Les racines de la gloire

Les Corbin-Mouton se marièrent et eurent beaucoup d'enfants. Un peu plus tard, ils moururent à quelque temps l'un de l'autre, puis ils disparurent de la mémoire de leur dernier fils qui venait de tomber dans le gâtisme. Seul parmi les petits-enfants issus de l'une des filles, un homme se rappelait leur visage et le son de leur voix. Il était employé à la Compagnie Générale des Eaux. Le soir, il lui arrivait de raconter à sa progéniture certaines aventures de sa propre enfance. C'est de la sorte que les ancêtres Corbin-Mouton se logèrent dans la cervelle de Louis Raneveau qui taquinait la muse de l'histoire, au fond d'un bureau de ministère. Raneveau aimait à flâner le dimanche dans les marchés aux puces qui se tiennent encore à diverses portes de Paris, fouillant les caisses pleines de clous de Montreuil, les malles de lunettes de Vaugirard, les derniers trottoirs encombrés d'assiettes et de lampes, à Saint-Ouen. Ce jour-là il découvrit une bague parmi d'autres que le vendeur lui fit payer très cher car elle portait un blason où l'on distinguait une bête couchée qui pouvait être un rat, un veau, un mouton, en tout cas un animal qu'un Raneveau ou un Mouton aurait très bien pu illustrer et qui tenait entre ses pattes une sorte de hallebarde, du genre bec de corbin. Le sang de Raneveau ne fit qu'un tour. Le lendemain, la main annelée, posée bien à plat sur son bureau pour que les collègues la vissent dès leur entrée, il passa plusieurs heures à réfléchir sur ces armes et décida vers midi d'aller prendre son vin blanc gommé et de commencer l'histoire des ancêtres. Raneveau avait une langue à lui, chatoyante et châtiée mais tombant à faux de telle sorte que les chevaux y devenaient roses et l'herbe rouge et que bien des gens y marchaient sur la tête le plus innocemment du monde. Raneveau, qui était du dernier bien avec la secrétaire du chef de service, à cause du doux langage flou qu'il employait et qui séduit les femmes, fit transcrire son brouillon en quinze exemplaires qu'il alla remettre chez les éditeurs. Son emploi de scribe enfoui dans les archives, son écriture irréelle, le billet qu'il avait joint à chacun de ses manuscrits et qui donnait avec sa photographie un abrégé de son existence, ce visage barré d'une moustache rectangulaire, éclairé de boutons de bottine, ne pouvaient que séduire ceux qui chez nous font profession de goût, de choix, de découverte et de lancement littéraire. Raneveau, par malchance, était vrai, et c'est ce qui pardonne le moins. Les bons esprits qui se communiquèrent ses œuvres sous le manteau, ainsi que l'on fait d'images cochonnes, se demandaient lequel d'entre eux se jouait des autres. *En fourrageant les ancêtres* resta donc dans les tiroirs de ces messieurs qui ne donnèrent aucun signe à l'auteur, lequel ne s'étonna de rien, par ailleurs ravi que son ouvrage, son enfant, lui ait procuré une seconde femme, en la personne de la secrétaire du service voisin, nouvelle admiratrice. Raneveau était récompensé. Il le savait, car il était sage. Bien peu d'œuvres ont de telles réussites. L'effort cependant l'avait épuisé, et le succès, comme il est d'usage. Les deux femmes se le partageaient, à leur insu. Elles ne connurent leur demi-mâle qu'au chevet de Raneveau qu'une congestion laissa deux jours sans parole. Il en profita pour user ses dernières forces en prenant chacune de ses maîtresses par la main, de chaque côté du lit, tentant de les rapprocher, de les unir, et de baiser enfin dans un suprême effort leurs deux mains croisées sur sa poitrine. Il y réussit car elles l'aidèrent, pensant qu'avec un tel blason et de tels dons il devait avoir du bien quelque part, en province, et qu'il n'avait pu que songer à elles. Raneveau mourut donc heureux. Il ne lui restait qu'une chemise et une paire de chaussons de lisière. Les secrétaires ne tardèrent pas à l'oublier pour un autre collègue spécialiste des mots croisés, mais rien ne se perd tout à fait en ce monde et la geste des Corbin-Mouton allait être pillée par deux des fins esprits qui l'avaient lue, qui sans se donner le mot, mais l'idée était dans l'air, firent paraître *En fourrageant les ancêtres* sous deux titres que l'un et l'autre de ces paresseux ne pouvaient soupçonner : *L'Oiseau de velours* et *Mérovingienne amie.* On arrive encore à trouver dans les catalogues de ventes publiques quelque grand papier de ces tirages restreints. Le libraire Cohen-Marquenson en garde le plus grand nombre dans ses rayons personnels et le panorama des lettres modernes braque un phare de douze pages sur ces œuvres d'auteurs maudits (prononcez maudits comme confits, avec délicatesse et gourmandise).

Dans un collège de province un garçon de quinze ans vient de découvrir *L'Oiseau de velours.* Il n'en dort plus. Quand il rentrera, samedi soir, chez ses parents les quincailliers Corbin-Lalise, il aura comme une sorte de honte, dans l'enfer des rayons garnis de clous, de vis, de serpes, de casseroles et d'insecticides. Rampant en lui, un aïeul oublié bouge encore. Une nouvelle gloire sort de terre.

L’avoine du capucin

Un peu de cumin ? C’est la parure du munster. Une femme ne sort pas sans son collier. Qu’en dites-vous ? Fait à cœur. Je vous le disais. Le fromage c’est ce qui m’a fait le plus souffrir quand j’étais prisonnier. On en voyait la queue d’un une fois toutes les trois semaines. Heureusement qu’ils m’ont expédié dans une ferme, à cause de mes pieds, allez donc savoir pourquoi ? Là-bas j’ai retrouvé le fromage, en Bavière. J’ai été le seul homme pendant cinq mois, mais faute d’avoir été bien nourri je n’étais pas à la hauteur avec la patronne. J’aurais pu rester, devenir paysan, faire marcher l’affaire, crac, la fin de la guerre est venue, le mari est rentré comme un fait exprès à peine huit jours après la capitulation. Croirait-on qu’ils ont capitulé ? Les voilà qui nous mènent comme avant ! Je me suis retrouvé garçon, d’abord à la *Chope de Colmar* puis au *Café Anglais* pour me retrouver à la *Brasserie des Alliés.* J’y serais toujours sans mes pieds, mais ici ce n’est pas mal non plus et l'activité me permet de m'asseoir de temps en temps, le matin après le mastic. Comment? Eh bien, on ne sait pas comment c'est venu. Le pied n'est qu'un mystère. J'ai vu les grands qui s'en occupent, un peu partout, dans les hôpitaux. Ils m'ont tous dit de changer de métier, mais le plateau je l'ai dans le sang. J'aime mieux souffrir. Non, ce ne sont pas des cors, mais une sorte d'entre-deux, rhumatismes, affaissement de la voûte. Si je me déchausse, tout de suite vous n'y voyez rien. Ce n'est qu'après, et encore faut-il que je vous explique. Pourtant je fais bien attention à ne pas les attendrir. J'ai trois jeux de chaussures pour la journée dont un mocassin pour le coup de feu, entre neuf heures et minuit. Je me les lave une fois toutes les quatre, cinq ou six semaines, je veux dire dans l'eau parce que je me rince au benjoin. Une petite bouteille par semaine, chez le pharmacien. Un coton. Un passage léger dessus, dessous, entre. C'est fait. Qu'est-ce que vous dites de mon munster? Encore une lichette? Il vient directement d'Alsace, mais nous l'affinons en bas. Malheureusement le métro fait trembler la cave et ce n'est bon pour rien, le vin s'en ressent et même le fromage qui est une chose qui vit. D'ailleurs tout vit à part les cuillères. Le cuir vit. Je suis placé pour le savoir. Voilà, voilà! Vous m'excusez une seconde. Le huit m'appelle, des difficiles. Tout le monde n'est pas comme vous. Le Français devient hargneux. Forcément après vingt ans de guerre dont vingt d'échecs. Il faut les comprendre. Moi-même je repense parfois ! Que je vous raconte. Voilà ! voilà ! Ah ! les impatients ! Il y avait besoin de garçons pour le service des oflags, dès le début. Je me trouvais là. Je suis choisi. Savez-vous ce que c'est que de se trouver au milieu de trois cents généraux, je dis trois cents, tous pareils, ensemble ? Il faut comprendre les Français. Mais oui, j'arrive. Reprenez un peu de cumin et gardez une bouchée pour la fin. Je vais vous donner mon secret..................... N'est-ce pas malheureux de vous appeler pour vous demander l'heure ? Ils ont chacun une montre, avec des écarts. Il est vrai que plus rien ne marche à présent. Deux réparations coûtent aussi cher qu'un achat. C'est le système américain. Mon Dieu, si je pouvais m'asseoir ! Non, non, merci, service, service. Alors je vous disais donc. La dernière bouchée d'un munster, vous la saupoudrez de poivre, à mort. Chez moi on appelait ça le coup du capucin, parce que le poivre est l'avoine du capucin. Un jour je leur ai fait un mélange à mes généraux, avec du schnaps, de la tomate et plein d'avoine, plein, la dernière de toute la guerre. Je les vois encore, au milieu de la nuit. Trois cents feuilles de chêne qui se dressent. Le lendemain je partais pour le Nord, tout en haut, avant de redescendre, debout, dans un wagon de marée. J'avais découpé mes chaussures, pour les orteils. Voilà, voilà ! je viens. Toujours pressés ! Heureusement que nous avons des clients comme vous, qui savent écouter. Je reviens tout de suite, avec le moulin.

L'enquête

La porte en sapin, imitation chêne, est entrouverte. Une ligne de jour tombe du vasistas presque entièrement peint en bleu. La poignée de faïence de la porte est inclinée. Le clou qui la fixe dépasse d'un centimètre. Sur le palier, une tache d'eau forme des cernes qui vont du noir à la couleur claire du plancher lavé à l'eau de Javel. Un talon puis une semelle dirigée vers l'intérieur ont laissé une trace brune.

Par le rectangle une succession de parallélépipèdes de luminosité plus ou moins intense allant du rouge brun à l'ocre jaune contiennent un montant de lit incrusté de lamelles de citronnier, un broc à long bec, un miroir scié dont l'inclinaison offre une succession de cubes imbriqués allant du vert sombre au bleu céleste, teintes qui se détachent par un défaut de tain du miroir d'une cantine coloniale et d'un verre à pied dont les pans de coupe fichent des éclats blancs dans le bleu de l'ensemble. Sur le bord du verre une demi-lune de rouge à lèvres offre une quantité de stries en éventail. La lumière traverse un deuxième verre aux trois quarts plein d'eau dont la surface légèrement curve porte une lentille de tabac. Sur la table de merisier imprimée de cernes de culs de bouteilles, de fonds d'assiettes et d'un cercle non achevé, sans épaisseur, d'une lampe à pétrole renversée à l'un des bouts de la table, la tache claire d'un journal plié sous sa bande d'envoi se répète dans le miroir d'un poudrier ouvert dont la houppette terre de Sienne, froissée, est en porte à faux sur une soucoupe de porcelaine noire dont le centre est grossi par une petite quantité d'eau formant loupe. Une lettre cachetée et non oblitérée gît sur le sol près d'une empreinte de pied nu dont la pulpe du petit orteil est la réplique d'un dessin de noisette. Les raies du plancher perpendiculaires à un tapis usé disparaissent sous la laine à claire-voie qui laisse encore apparaître le motif général : un dromadaire, deux pyramides et un palmier. Des fils de laine noire soulignent les arêtes des pyramides, l'œil du dromadaire et le départ des palmes. Sur le fond bistre d'une pyramide un doigt humain montre un ongle mauve et la coupure nette de la chair, d'un ton de tache de vin d'où sort un os nacré. La frange du tapis qui est de cordes grises est tachée de croûtes sombres. De cette frange au mur le plancher lavé est jaune paille. Les veines du bois sont apparentes, et de place en place, ses nœuds, rongés. Un bras de femme, désarticulé à l'épaule, le poignet serré dans une chaînette d'or, montre au pli du coude une plaie d'un centimètre ouverte entre des plaques bleues. À cinq pas sur la droite une portière arabe tombe à plis égaux sur un carrelage de céramique rouge flammé. Les quatre pieds de fonte, couleur crème, de la baignoire, s'écaillent. La bonde de la baignoire est tirée par une chaîne de métal galvanisé accrochée à la targette d'une fenêtre minuscule ouverte sur un grillage serré dont le tamis ne peut laisser passer un moustique. Un cerne brun suit le niveau de l'eau d'un bain vidé depuis?... Retenu par le crochet de la bonde un deuxième doigt humain, exsangue et ridé, a l'ongle engagé dans le tuyau de vidange. Sur la porte, côté salle d'eau, des crochets retiennent un balai-brosse à l'état de neuf, un balai de soie de porc à l'état de neuf, un tablier de caoutchouc médical, un bonnet de bain blanc de caoutchouc imprimé de marguerites en relief, un jupon de soie rose dont la garniture de dentelle est décousue et un peignoir en tissu-éponge dont la cordelière sortie d'un des passants traîne à terre. La portière arabe, ornementale, masque l'entrée dont la porte, très ouverte, forme avec le mur un angle de vingt degrés. Dans cet angle, une tête de femme, tranchée et frisée, blonde, cireuse avec des cernes verts sur les creux à demi ouverts des yeux, invisibles, repose sur le carrelage. Les creux des yeux ont le volume d'un poing. Une tache sèche, brune et transparente, large d'une main, s'étend au bas du cou, charbonneux. Une pharmacie de poupée, accrochée au mur par deux pitons tordus dont l'un est rouillé, contient une poire de caoutchouc à canule d'os, trois flacons d'égale taille à demi remplis de poudre, une brosse à cheveux métallique, deux tubes de dentifrice intacts et trois roulés, quatre boîtes rondes à étiquettes, un rasoir à main dont la corne est gravée d'initiales gothiques, D.B., un sachet en nylon de sels de bain à la lavande, un cube de camphre. Le meuble est laqué blanc et se ferme en tournant une olive de cuivre qui abaisse une lame de fer dans une encoche faite dans le montant, entre deux étagères. Le panneau de fermeture rectangulaire enserre en son milieu un miroir de même forme. Dans ce miroir deux yeux gris convergent et découvrent un nez couvert de poils, une moustache rousse formant deux triangles scalènes accolés par la base, deux pommettes étoilées de couperose, une bouche sans lèvres, deux mains qui grossissent, deux ongles en deuil qui se font face autour d'un point noir sur le gras de l'aile gauche du nez, un pincement de peau qui blanchit, la sortie du comédon, et l'inspecteur Volet-Millon qui regarde sa prise sur l'ongle de son index droit et la montre à son adjoint.

*

P.-S. Si l'on n'a jamais retrouvé le coupable, on ignore aussi l'identité de la victime. L'inspecteur

Albert Volet-Millon a sacqué son adjoint qui ne sait pas noter. Il voudrait rester seul et devenir une machine.

La tartine et le couteau

— Mon pauvre monsieur Bernard! Monsieur Charles vient de sortir. Entrez, vous prendrez bien quelque chose?

— Merci, Émilie.

— C'est Monsieur qui ne sera pas content.

La servante de mon ami puait le vin. C'était gentil à moi d'entrer et de lui donner une occasion de boire honnêtement.

— À votre santé, Émilie!

— Parlons-en! Elle s'en va par tous les bouts. Mon pauvre monsieur Bernard, aujourd'hui on ne peut pas avoir dans son assiette et sur son dos. Il faut choisir, ou s'habiller ou s'offrir un légume convenable. Dans ma jeunesse, mais non, mais non, vous allez dire comme monsieur Charles que lorsqu'on parle de sa jeunesse c'est qu'on n'est plus bon à rien. Si, si. Je vous vois venir. À la vôtre. Ce n'est pas que monsieur Charles ne me paye pas bien. Il est bon payeur, mais regardez comme tout monte sans arrêt. On ne peut plus suivre, nous les petits. On ne peut plus mettre un sou de côté, comme avant. J'aurais encore bien fait deux ou trois ménages, pour le sucre, mais allez donc remuer ces jambes. Bien sûr, ce n'est pas difficile ici. C'est moderne, c'est tout en table et en chaise. Aujourd'hui les maisons, il n'y a rien dedans. Des granges ! Ça n'a pas de masse. Ça n'a pas de recoins comme dans le temps, mais il faut le faire quand même et le cœur ne répond plus. Avant d'être chez monsieur Charles j'étais chez des plus petits, ça ne payait pas, ça regardait à tout. C'est pour ça que je n'ai jamais pu m'inscrire comme certains me le demandaient. J'ai réfléchi, moi, monsieur Bernard. Les gros, c'est moins compliqué que les petits. Vous reprendrez bien un petit coup ? Monsieur Charles serait si content. À la bonne heure. Mais dites-moi, vous avez meilleure mine que l'autre jour. Vous voilà fait comme un cœur. Profitez-en, allez !

— Je vous écouterai, Émilie ! Dites à Monsieur que je suis passé.

— C'est que j'ai bien peur qu'il ne rentre pas, et je serai partie. Il me faut du temps, vous savez. On ne peut pas être sur la tartine et sur le couteau.

— C'est loin chez vous ?

— Ça fait le métro. Quand même !

Je retrouvai Charles, le soir.

— Je me suis cassé le nez, chez toi, tantôt.

— Mon vieux, excuse-moi. Je ne peux plus y rester. Émilie me brise la tête. Elle n'arrête pas.

Une pie. Un violon. Tout ce que tu veux. C'est infernal. Je ne peux pas la renvoyer, qui la prendrait?

— Évidemment.

— Elle est brave. Sais-tu ce qu'elle me raconte l'autre jour? Monsieur Charles, je vous ai couché sur mon testament.

— Elle était saoule?

— Bien sûr.

Émilie mourut la veille de Noël de cette année-là, et Charles devint propriétaire de parcs à huîtres qu'elle possédait à Marennes.

En voyage

Il n'est pas bon quand on voyage en train de voir autour de soi les voyageurs s'assoupir sans que l'on puisse en faire autant. Ils ressemblent à des boutiques fermées dont on cherche en vain à surprendre les richesses. Quelque chose d'inquiétant saisit l'âme, qui ressemble à un reproche. On aimerait les réveiller et leur dire qu'un déraillement est possible et qu'ils n'ont pas le droit d'entrer sans le savoir dans la mort. Il se mêle à cela un peu de jalousie. Pourtant, au moment qu'ils glissent à l'indifférence, il est encore possible de leur ravir un secret. Cette ride qui s'efface, cette autre qui naît rétablit un peu la vérité de la force ou de la lâcheté qu'ils fardaient. L'on a beau s'endormir dans la rue, c'est un comportement d'alcôve que l'on prend, et c'est toujours décevant. La mort, grande ou petite, met sur tous le même masque. Cependant c'est dans un train qui me portait de Bourges à Moulins, dans la zone de France qui me paraissait la moins fertile en surprises, que j'eus mon plus grand étonnement de voyageur. J'étais seul dans un ancien wagon de bois avec une dame qui pouvait avoir dans la cinquantaine, un peu passée. Jamais je n'avais vu de personne plus insensible aux secousses et aux arrêts du convoi. Quand j'étais monté, elle avait ouvert un œil, mais si fatigué, si lointain qu'il s'était refermé tout de suite. Encoignée aussi durement qu'on pouvait l'être, elle avait croisé sur sa poitrine les pans d'une fourrure en renard et fait de ses manches un nid pour ses mains croisées. Sa pâleur m'avait frappé, et le cerne de ses yeux. Sans doute, dans ce noir appareil, revenait-elle d'un dernier devoir rendu à une amie, ou de quelque séance difficile chez un notaire, ou d'un conseil de famille. Au-delà de la fatigue, ce qui me frappait surtout c'était l'espèce de retrait, de second degré d'oubli qui émanait d'elle. J'échafaudai à l'instant une histoire possible, une série de deuils qui par eux-mêmes seraient supportables s'il pouvait encore s'en produire, mais je la voyais à bout, la dernière, la survivante, et seule désormais à porter le reste du monde. La solitude qui apparaît sur le visage de ceux qui dérivent au sommeil n'avait plus sur la face et le corps de cette malheureuse son côté normal, un peu tendre, parfois gentil. J'associais aux causes de cette histoire le paysage désolé des vitres, la toute fin de l'automne, cette hésitation des arbres et de la terre avant d'entrer dans les glaces, le vernis jaune du compartiment, et son odeur d'œuf dur, se concentrant sur elle-même, épuisée.

Aux stations de campagne personne ne monta et il me sembla tout à coup que nous nous étions égarés, que l'on nous jouait une mauvaise farce et qu'il n'y avait aucune raison que nous arrivions jamais quelque part. Seule la lumière qui baissait semblait épaissir, bourrée des neiges futures. Le sommeil de la dame se creusait, libérait les derniers muscles, ouvrait la bouche, disjoignait les bras, abandonnait à chaque nouvelle secousse un peu plus de ce corps épuisé. Je tentai plusieurs fois de fermer les yeux, de ne pas me forcer, de laisser venir l'oubli. Qu'avais-je à craindre puisque je descendais au terminus? Mais devant moi la voyageuse s'affaissait de plus belle et je voyais le moment qu'elle allait glisser à terre. Ses jambes s'éloignaient l'une de l'autre. Les bas me parurent plus fins que le reste du vêtement, et même, comme la robe se relevait, d'une rare qualité. Dieu m'est témoin qu'aucune envie de voyeur ne me toucha, ayant même le dégoût de l'intime au-delà d'un certain âge. Or un arrêt plus brutal que les autres fit que la dame se reprit au bord de la chute et souleva d'un mouvement brusque ses jambes écartées. Je vis alors, en battant de cloche, un sexe énorme qui faisait honte au mien dont je suis pourtant fier.

— Où sommes-nous? dit l'individu.

J'entendais sa voix pour la première fois, trop douce. Il s'était dressé, rajustant son chapeau de veuve à paillettes.

— Je ne sais pas, dis-je, fasciné par le nid mauve et profond de ses prunelles.

Il poussa la portière et sauta sur le quai, puis secouant son manteau, les pieds joints, il pivota frileusement, cherchant qui devait l'attendre. Quand le train redémarra il me regarda longuement et baissa les yeux.

mais un peu triste,

Un serpent

Alcide Quelquejay, curé d'Étrempont, attendit que sa bonne fût sortie pour achever son repas avec une pomme. Par le cœur des persiennes fermées deux glaives de lumière atteignaient le carrelage rouge de la salle. Célestine avait bien mis un couteau près de la corbeille à fruits, mais le vieil homme sortit le sien de la culotte de cheval pied-de-poule qu'il portait hiver comme été sous une soutane à quoi l'âge avait donné des reflets de bronze. Avec un doigté plus digne d'un évêque que d'un curé de campagne Alcide Quelquejay choisit une caleville et la laissa un moment dans sa paume. Elle avait évidemment le poids idéal, à friser le péché tant le plaisir en était grand pour la main. L'autre main gardait les vertus premières, les souvenirs du paysan et du soldat. D'une poussée de l'ongle dans l'encoche, le curé sortit la lame du couteau et en acheva l'ouverture en l'appuyant sur la table. Le déclic du cran d'arrêt fit s'envoler un bourdon égaré sur la desserte, et se fissurer en oblique le silence de la pièce. Le vieil homme se mit à éplucher le fruit en ayant soin de ne faire qu'une longue pelure tournante, s'arrêtant pour reprendre le souffle qu'il retenait aux reprises de la lame, comme il faisait à chaque opération délicate, que ce fût l'écoute d'une confession ou la dégustation d'un mets de Célestine. Quand il eut mené à bien son entreprise, il se leva pour aller pousser, sur la pointe des pieds, le loquet de la salle, puis la tenant par un bout il envoya la pelure par-dessus son épaule, derrière lui, selon le jeu qu'il avait appris dans son enfance et qu'il pratiquait à chaque gourmandise de pomme. La pelure alla dessiner un serpent sur le sol et le curé Quelquejay regarda la lettre que le hasard venait de former. C'était un E. Quelqu'un dont le nom commençait par un E pensait donc à lui. Alcide fouilla ses souvenirs. Aucun homme ne commençait pour lui par un E, mais il existait une Émilie, une Ernestine, une Étiennette. Le prêtre alla ramasser la pelure et libérer la porte de son verrou. Il était temps. Célestine apportait le café. Elle le vit enfoncé dans un songe et il sentit le regard qu'elle portait sur lui. Il ferma donc les yeux pour éviter toute question et Célestine crut que son maître s'assoupissait.

— J'ai mis un sucre, dit-elle en se retirant.

Émilie ? Cela n'était pas possible. La petite Émilie, la fille de la ferme voisine, compagne de la petite enfance, la petite Émilie est dans la terre depuis plus de trente ans. Pourquoi n'est-ce pas possible ? Ne me regarderait-elle pas de Là-Haut ? Monsieur Quelquejay balaya ces pensées vieillottes. Une âme n'a pas d'yeux. Elle a Dieu, cela suffit. Ernestine, alors ? On l'appelait Titine autour de lui, dans l'hôpital de fortune où elle était infirmière, loin des tranchées. Il était déjà prêtre et il aimait beaucoup les compagnons blessés pour qui Titine était une transition avant de regagner le lit conjugal. Titine toujours souriante, vive, forte en dépit de sa petite taille. Un matin, les convalescents quittaient la salle commune, envoyaient un dernier baiser à Titine dans ses voiles blancs. Alcide ne lui avait-il pas pressé la main, oh ! si fraternellement ! Donc c'était Étiennette, la garce du *Café des Quatre Routes.* Je suis sûr qu'elle vient au tribunal de la pénitence par forfanterie, pour entendre ce que je vais dire, mais elle a beau faire les quatre cents coups, je n'élève pas la voix, je lui dis que le Seigneur est miséricordieux et que la chair ne nous est donnée que comme un fardeau. Alcide Quelquejay se lève tout à coup et va sortir du buffet la bouteille de kirsch. Pourquoi le Bon Dieu a-t-il fait des filles aussi jolies qu'Étiennette, aussi courageuses, et pourquoi les a-t-il placées au carrefour, au café, à l'endroit le plus fréquenté du pays ? Après avoir bu son verre d'alcool, le curé aperçut le couteau qu'il avait laissé ouvert. Il l'essuya longuement et le remit dans sa poche. La pelure qu'il avait déposée sur son assiette formait bien un E. Pour s'assurer de plus belle, il la rejeta derrière lui, par-dessus l'épaule. C'était bien un E. Étiennette avait donc besoin de lui. Il n'y a pas de petits moyens pour les grands et Dieu est le plus grand. Rien ne lui répugne. Il chargerait aussi bien une mouche de vous prévenir d'un danger. Alcide hésite à sortir, tant la chaleur est grande, et ne vaut-il pas mieux ne pas faire parler les langues? L'avait-on jamais vu sortir dans le bourg à l'heure de la sieste, surtout l'été? Il en était là de ses réflexions quand il entendit la clochette du couloir et le pas traînant de Célestine qui allait reconnaître le visiteur. Le curé avait entrebâillé la porte et ne doutait pas que ce fût Étiennette.

— Célestine, dit Étiennette affolée, est-ce que monsieur le curé est là?

— Qu'y a-t-il? demanda monsieur Quelquejay en se retenant d'avancer plus vite. Célestine, veuillez nous laisser. Entrez.

— Non. Non. Venez! Tout de suite!

Elle avait envie de lui prendre la main et de le tirer.

— Votre chapeau! s'écria Célestine qui guettait depuis sa porte et le voyait partir dans une chaleur de four.

— Vous écoutiez, Célestine! Je n'aurai donc jamais la paix?

Il assura sur son crâne un panama rond et noir. Étiennette marchait à son côté.

— Il faut faire vite, répétait-elle. Je ne sais pas ce qui lui a pris. Nous étions ensemble, Lucien des Chemins de Fer et moi.

— Je ne veux rien savoir.

— Il le faut bien. Ensemble, dans ma chambre du café, et tout à coup, au moment qu'il allait être bien, il s'est trouvé mal. Il est tombé sur le côté. Il ne bouge plus. Vite, je vous en prie. Je ne voudrais pas qu'il ait l'enfer à cause de moi.

Monsieur Quelquejay se retint, car il allait dire que Dieu ne veut pas la mort du pécheur et qu'il est le premier à comprendre les surprises du système qu'il a institué. Il regardait Étiennette qui maintenant pleurait et le priait de se presser. Il essayait bien d'allonger le pas, mais le cœur lui manquait et la sueur lui coulait froide entre les reins.

— Surtout, marmonnait Étiennette, qu'il est marié, et qu'il a deux enfants. Je vais vous faire passer par le jardin, personne ne vous verra.

— Par le jardin ? Mais c'est encore du temps perdu !

Enfin le scandale est le pire. Il ferait donc le tour. En arrivant dans la chambre, monsieur Quelquejay vit d'abord les draps à terre, et le vallonnement du lit, en même temps qu'il sentait une odeur de violette, mais de Lucien, point. Il se tourna vers Étiennette qui poussait les persiennes et se penchait vers le potager, les champs, et la halte des trains, à mi-campagne. On apercevait Lucien, là-bas, qui se rendait tranquillement à la gare.

— Dites donc, demanda le curé en lisant un

papier qui traînait là, qu'est-ce que ça signifie, Étiennette ?

Elle lut : « À demain je repasse. Pourquoi t'as foutu le camp ? Ton Lucien qui t'aime. »

— C'est pas ordinaire, dit Étiennette, c'est pas ordinaire. Ça, alors ! Je l'ai vu comme je vous vois, là, sur le lit. Il ne bougeait plus. Rien. Rien.

— Il a eu un malaise. Cela peut arriver, même dans des cas...

— Bien sûr, reprit Étiennette, quand on se met hors de soi, comme lui, mais ce qui m'embête c'est comment vous allez repartir, sans qu'on vous voie...

L'honneur

— Et cela ? demanda le juge au maître d'armes Jean van Topen.

— C'est l'écriture de ma femme.

— Je lis : « Mon ami, mon âme, vous êtes venu trois fois à la maison, trois fois vous ne m'avez pas regardée. Trois fois j'ai pensé que vous aviez cédé à la gentillesse et que vous ne vouliez pas refuser l'invitation de mon mari. Oui, je sais. Il n'y a rien eu — rien eu, souligna le juge — entre nous mais je croyais en vous, en vos regards, aux mots que je vous avais dits. Répondez-moi. J'ai besoin de vous. Vous êtes entré dans ma vie, que vous le vouliez ou non. Toutes mes nuits sont à vous. Je ne peux plus. Je n'en peux plus. Venez.

Léna. »

— Qu'est-ce que cela prouve ?

— Que votre jalousie n'avait aucune assise valable.

— Vous trouvez ?

— Et cet autre billet : « Cher délicieux... »

— Délicieux...

— Ne m'interrompez pas. « Cher délicieux Michel quand même (quand même, répète le juge), au sortir de la salle d'armes, mercredi, vous veniez de faire un assaut avec lui, admirablement, j'étais cachée dans les gradins, ne m'avez-vous pas dit que nous nous retrouverions le lendemain, chez Patissol ? Pourquoi n'être pas venu ? J'étais au milieu de vieilles dames devant un thé trop infusé, au milieu de gâteaux qui m'écœuraient. Michel, il ne faut pas jouer avec les vieilles dames, et j'en suis une déjà. Vos procédés me l'apprendraient si je ne le sentais pas. J'irai vous attendre tous les jours... » Alors ?

Le maître d'armes sursauta.

— Pardon ?

— Vous trouvez là-dedans, dit le juge en montrant les lettres d'un doigt dégoûté, de quoi nourrir une telle jalousie qu'elle vous pousse à tuer l'un de vos meilleurs élèves ?

— Le meilleur fleuret que j'aie jamais croisé, dit van Topen. Je n'ai fait que me défendre. Il me poussait à bout. Il devenait fou. Vingt témoins vous le diront. Il écumait. Un moment je lui criai : tout doux, Michel ! Il arracha son masque et je n'eus que le temps de me fendre.

— Et la colère vous prit, et vous lui avez transpercé la gorge, le plus courtoisement du monde.

— Non, Monsieur le juge, il s'est offert, d'une façon incroyable. J'affirme sur l'honneur que Michel Alliot s'est tué.

— Quand il est tombé, vous n'avez pas eu un geste. Vous vous êtes reculé, paraît-il.

— Je ne tenais plus debout. J'allais m'affaisser.

— Allons ! Vous, un homme que l'on n'a jamais vu fatigué ! Quel est ce conte ?

— Vous instruisez, Monsieur le juge, vous n'avez pas à juger.

— Je sais.

— Qu'on en finisse avec cette histoire...

— C'est bien mon avis. Enfin, Monsieur, votre ménage n'allait plus guère. C'est de notoriété publique. Le plus bizarre c'est que l'oncle du malheureux Michel, son seul parent, ne se porte pas partie civile et que ce soit votre femme qui accuse.

— C'est le monde à l'envers. Elle a d'ailleurs toujours eu la tête à l'envers.

— Madame van Topen vous accuse d'avoir tué, sciemment, l'homme qu'elle aimait, ajoutant qu'il n'y avait rien eu entre elle et votre élève.

— Est-ce votre avis ?

— En tout cas, ces lettres prouveraient assez qu'elle n'a jamais obtenu ce qu'elle désirait.

— Je ne sais pas, mais ce que je sais c'est que Michel est devenu fou furieux, en salle, et que l'accident lui incombe en totalité.

Le greffier tapait à la machine, à trois pas des deux hommes. Il s'arrêta dans un silence, et se mit à éternuer. Un verre d'eau tremblait dans une soucoupe sur le bureau du juge. Le maître d'armes secoua la tête brusquement. L'autre éternuait toujours.

— À vos souhaits, dit van Topen, excédé.

— Merci, Monsieur.

Van Topen se dressa en ressort, le cheveu en brosse, les oreilles rouges, qu'il avait longues et transparentes.

— Puis-je me retirer ?

— Calmez-vous, dit le juge d'une voix de jujube qu'il roulait dans sa bouche.

— Je suis calme, dit le maître d'armes et il se rassit en tirant de ses phalanges qu'il pressait des craquements à énerver la plus calme des pendules, cette justice de bronze qui porte dans les plateaux qu'elle tient à bout de bras, sur la cheminée du bureau, un cadran pour les heures et un baromètre.

— Je lis, monsieur van Topen : « Cher tourmentant, cher tourment, le comble est que je ne puisse parler de vous qu'avec mon mari. Il m'arrive de fermer les yeux pour vous croire assis à notre table, ou dans ce petit salon dont vous m'aviez fait compliment quand Jean vous a introduit chez nous pour la première fois. Jean est sensible. Il comprend bien que vous soyez là, mais il va loin. Il pense mille choses que nous devrions faire si vraiment vous le vouliez. C'est lui qui parle toujours de vous. Depuis qu'il ne m'aime plus, tout lui est bon pour me faire souffrir et je pense parfois d'une façon absurde que vous êtes de mèche l'un et l'autre pour me conduire jusqu'aux larmes. À quoi bon vous le cacher ? Je ne peux plus refaire ma vie. Il le sait, et vous aussi, sans doute, qui vous plaisez à me sourire dès que j'entre dans la salle d'armes, à me dire des mots à double sens, à ne pas refuser les rendez-vous que je fixe, moi qui aimerais tant ne jamais décider, et à me laisser faire le pied de grue, mais après tout, Michel, pour être une vieille femme on n'en est pas moins parfois une grue. Est-ce cela que vous pensez ? L'échec vous salit. Si vous le vouliez, je serais la femme la plus heureuse et vous, qui êtes seul au monde... »

— Il n'avait pas de petite amie ?

— Non, dit le juge, pas à ma connaissance, mais je continue : « ... vous me l'avez dit, ne mentez pas ! Vous auriez eu en moi tout ce que l'on peut trouver chez une femme. »

— Il n'aurait pas trouvé grand-chose. Si. Huit jours.

— « Pourquoi ne jamais me répondre ? Pas le moindre mot. Auriez-vous peur de laisser une trace ? Écrivez-moi, Michel. Je lirai, je relirai vos mots, je dormirai avec, je les effacerai avec mes larmes... Mais rien, rien, jamais rien. Pourquoi faut-il que mon mari vous ait fait entrer chez nous ? Voulait-il déjà me faire souffrir ? Je le crains. Il a tous les vices ! »

— Certes, dit van Topen, je dois être vicieux, pour l'avoir rencontrée et gardée ! Ma vie est un enfer, Monsieur le juge, depuis vingt ans. Je me sauvais par mes leçons d'escrime, par mes élèves, par les championnats que j'organisais. Ma vie n'était plus que là, dans ma salle.

— Michel Alliot est entré chez vous à quelle époque ?

— Il y a deux ans.

— J'ai cinq cents lettres de votre femme. Le seul point bizarre de votre victime...

— Non !

— Ne jouons pas sur les mots... c'est qu'il ait gardé toutes ces lettres, numérotées, dans des cartons à chaussures.

— Est-ce possible ?

— Cela devait l'amuser, finalement. D'ailleurs, elle le lui écrit. « Pourquoi m'obstiner à vous relancer ? Peut-être que cela vous amuse, et que vous finirez par vous lasser de papier, que vous viendrez à moi. Michel, je deviens folle, folle. Je vous vois dix minutes, ou je ne fais que vous apercevoir, les mauvais jours. Je rentre et c'est pour vous écrire. Je dors et c'est pour vous sentir en moi, si vainement. »

— Halte ! hurla van Topen.

Il s'était dressé de nouveau. Le juge le regardait par-dessus ses lunettes. Le maître d'armes bondit jusqu'à la table du greffier et lacéra la feuille que l'autre venait de taper. Un sourire très doux élargissait petit à petit la face du juge. Le maître d'armes alla jusqu'à la fenêtre et revint en martelant le tapis. Le greffier se mit à éternuer.

— J'aime ma femme, lâcha à voix basse van Topen.

— Asseyez-vous.

Il obéit et baissa la tête. La voix lui sortait comme une bile, par à-coups, amère.

— Je ne pouvais plus la voir souffrir. Si Michel avait voulu... Je savais que ma femme était dans les gradins de la salle. J'ai poussé Michel Alliot à s'ouvrir, à se battre, à faire le faraud. Il marchait, l'imbécile. Il se croyait le plus fort. Je lui ai sciemment coupé la carotide.

— Mais son masque?

— J'avais ôté le mien. Il ne pouvait qu'en faire autant.

Les amis

Poileux, Tercon et le fils Vauban, enfants du petit commerce, passeront leur baccalauréat. Cela les mène au service militaire avant de retrouver leurs pères dans le calicot, la photographie et le monument funéraire. Cela leur permettra une certaine aisance et l'à-propos avec la clientèle. Leurs pères les regardent avec un rien de jalousie. De leur temps... Poileux, Tercon et le fils Vauban connaissent la femme depuis plusieurs années. Il leur faut bien être en avance sur quelque sujet. On aurait pu croire que leurs sens calmés les laisseraient tels des bœufs cinq jours sur sept, bref, qu'ils seraient moins compliqués que la plupart de leurs camarades toujours à se ronger l'ongle et l'imagination. Non. Poileux, Tercon et le fils Vauban n'avaient qu'une attraction. Elle les aimanta au-delà de leurs périodes scolaire et militaire. Le fils Vauban, père de trois enfants, sous prétexte de marche de santé, s'absente encore vers le soir et file du côté du cimetière, comme autrefois. Il y retrouve Poileux, Tercon et leur plus vieux plaisir. Le soir tombe sur Vermont. Les uns jouent aux cartes, accolent leurs maîtresses. Les autres comptent et recomptent la recette de la journée. La plupart se couchent tôt. Vermont s'enlise dans le silence. Seule la gare vibre encore. Ses correspondances forment une étoile de fer. La vie se réfugie dans les deux hôtels de la place. Au *Nouveau Terminus*, trois étages de chambres bordent un chemin qui longe le cimetière tout en longueur. Autrefois la terre des morts, doucement inclinée, allait jusqu'à la voie ferrée, mais la gare de Vermont en s'agrandissant l'a repoussée. Une grille ferme la dernière demeure. En face le chantier Vauban aligne ses marbres à dégrossir, ses madriers et ses pierres. À l'étage de l'appentis une fenêtre donne sur le cimetière et sur le *Nouveau Terminus*.

Poileux, Tercon et le fils Vauban viennent saisir là ce que les voyageurs rassurés par ces voisins qui dorment sous terre, par ce chantier, par ces arbres au loin, offrent à leur insu. Parfois une femme nue se dévêt et s'étire à la fenêtre. Un couple s'oublie. Un solitaire se caresse. Tremblants, Poileux, Tercon et le fils Vauban en oublient femmes, amies et le reste du monde. L'âge vient, et les charges de famille et d'autres générations, mais le plaisir qu'ils partagent a toujours la même force. On dirait que ses racines s'allongent, s'agrippent plus profondément, retardant peut-être mais pressant à son comble la montée de la sève. Poileux, Tercon et le fils Vauban qui maintenant atteint la cinquantaine gardent leur secret. Le marbrier interdit à ses enfants l'accès du chantier. Les petits-fils Vauban ne seront pas poètes comme leur père et ne connaîtront pas le lent vertige qui mêle la lumière des chambres inconnues, la houle des couples, le vent sur les tombes, la fraîcheur de la nuit aux amis qui vous dédoublent et font de chacun le centre d'une haletante trinité. D'eux il ne reste qu'un œil fou, une voile, un haut triangle blanc qui tangue une fois encore au passage d'un rapide et sombre dans l'odeur de buis montant du champ des morts et de leur chair surprise.

Mouche

À V... il fallut près de quatre ans pour achever l'édifice et les jardins. On avait allumé toutes les lampes, ajouté des flambeaux aux fenêtres, éclairé les jeux d'eau pour l'entrée nocturne du propriétaire qui avait attendu que tout fût en place, ne pouvant supporter la vue des ouvriers ni l'idée qu'on dût encore poser la moindre targette. Du vestibule fusait un double escalier de marbre qui suivait dans ses révolutions la grâce d'une tulipe. Au premier, l'enfilade des salons opposait au canal en contrebas un parallèle chemin de fenêtres humides. Au second les appartements privés pouvaient tenir toute une garnison.

— Monsieur Laugras, dit le secrétaire, vous êtes chez vous.

Monsieur Laugras fit le tour du propriétaire de salon en office, de lingerie en haras, des combles à l'orangerie, des couloirs qui n'en finissaient plus en boudoir, alcôve et salle de danse. Quand il en eut assez il demanda un verre d'eau minérale et s'assit dans le premier fauteuil venu. C'était dans la salle de billard. Une mouche courait sur le drap vert. Monsieur Laugras la suivit des yeux. L'insecte s'arrêtait pour se frotter les pattes de devant comme faisait monsieur Laugras, à l'issue d'un marché heureusement conclu. Sa poignée de main célèbre dans la zone nord valait toutes les signatures, tous les papiers timbrés. Il avait acheté et vendu de cette façon parfois jusqu'à quinze cents têtes de bétail, d'un coup. La mouche avançait, s'aiguisait maintenant les pattes arrière, reprenait son petit moucheron de chemin. Arrivée à l'angle des bandes, elle tourna et suivit le petit côté du billard. Monsieur Laugras ne la quittait pas des yeux. À un moment il vit la mouche se dédoubler et il appela la servante, mais sa voix ne donna qu'un son bas et indistinct. Les deux images de la mouche s'étaient fondues et la bestiole venait vers lui, en diagonale, sur le drap neuf.

Monsieur Laugras crut que la servante était à côté de lui.

— Carmen, je ne sais pas ce qui m'arrive.

Ce furent ses derniers mots clairs. À partir de ce jour-là, Carmen le poussa dans une petite voiture à travers le château qu'il s'était fait construire. On le laissa dans un retiro le temps que les ouvriers fixassent un peu partout des plans inclinés pour supprimer les marches. La petite voiture put même emprunter, retenue ou tirée par un système de cordes, l'escalier d'honneur en forme de tulipe.

La poignée de main de monsieur Laugras gardait toutefois son pouvoir. L'infirme comprenait tout s'il ne disait plus rien. Son silence ajoutait à la grandeur des pactes. Les confrères, les marchands de bestiaux crachaient bien dans les coins, en se retirant, mais la puissance de Laugras restait intacte. En Europe, les Allemands reculaient sur tous les fronts, mais ils demandaient de plus en plus de viande. Laugras rêvait encore des trains entiers qu'il avait aiguillés vers l'Allemagne. Aujourd'hui, c'était impossible. Il arrivait encore à fournir quelques camions par jour. Les Alliés débarquaient en Normandie.

— Monsieur, dit le secrétaire, les domestiques sont partis ce matin. J'ai réglé leurs comptes car ils me menaçaient. Je voudrais à mon tour vous dire qu'il est temps de s'en aller. Moi-même je rentre en Limousin.

Les yeux de Laugras le regardaient fixement. Le secrétaire baissa les siens. Le mieux était de filer en emportant quelques bricoles. Il aurait fallu tuer Laugras pour s'emparer des clés du coffre, mais c'était au-dessus de ses forces. Il partit donc, ayant vu qu'il ne pouvait rien prendre. Pas un bibelot, pas un tableau, pas une bricole, pas un tapis, rien ! Des tables, des chaises, des meubles vides, des torchères ! Monsieur Laugras apprit ainsi qu'il était seul. Il était près d'une fenêtre. Au bout de l'allée la grille d'entrée donnait sur le village. Il était à la merci du premier venu, quelque jaloux, quelque maquisard... L'idée de se supprimer l'effleura, mais simplement, parce qu'elle se présentait parmi dix autres. Une mouche se promenait alors sur le carreau et monsieur Laugras eut une sorte de sourire. Si elle se dédoublait cette fois ce serait peut-être la bonne crise. Il fit effort, se secoua autant qu'il pouvait, mais la mouche allait et venait, ravie. Un bruit profond pénétrait l'infirme, une sorte de grondement qu'il attribua à la solitude et qui faillit lui donner le dernier spasme. Il souffla sur la mouche mais à cette distance et si peu, qu'il connut enfin le désespoir. Le bruit cependant augmentait, faisait vibrer un carreau. Laugras vit déboucher un tank dans l'allée, puis deux, puis une quinzaine qui se rangèrent sous les arbres. Des side-cars, des motos, des camions suivirent dans les pétarades, les ordres, les cris. Les hommes se dirigèrent vers le château et monsieur Laugras fut servi par l'un des Allemands de la troupe. Le soir, un officier à cheval pénétra dans le domaine et fit le tour du parc sur sa monture avant de rejoindre son état-major dans la salle de danse du château.

— Wer?

— Laugras. Il nous a toujours fourni la viande. Il est seul et infirme.

— Gut, répondit le général.

Laugras s'était fait pousser jusqu'à la salle des cartes, mais une sentinelle l'arrêta et injuria son infirmier bénévole. On roula Laugras jusqu'à la porte des cuisines. Un tankiste le fit boire en se pinçant le nez tant l'infirme manquait de soins, et

Laugras resta seul au bas d'un escalier. La halte des soldats ne dura qu'une nuit. L'un des derniers à partir fut un gros verdâtre qui remontait de la cave avec des bouteilles de vin. Il regarda Laugras qui remuait les lèvres sans pouvoir proférer un son. Les bouteilles dans les mains, le Bavarois s'avança. Laugras mit ce qui lui restait de force pour avancer sa main et toucher l'étui à revolver de l'Allemand. L'autre comprit et s'en fut.

— Dis, fit-il à l'un de ses compagnons, le pauvre type là-bas m'a demandé de le tuer. Ne ris pas.

— Tu lui as rendu service?

— Je ne peux pas.

— J'y vais.

Un gueulement fit s'arrêter le soldat. C'était l'ordre du départ. Tant pis! Laugras resterait seul. Le marchand de bestiaux ne vit pas s'éloigner les tanks. Il entendit seulement leur grondement s'évanouir et il s'assoupit un peu, espérant la mort. Une nouvelle rumeur plus vive, plus lointaine atteignit l'infirme au sortir de son demi-sommeil. Il entendit une vrille, un sifflement qui se gonflait à l'infini. Un éclat blanc acheva sa vie, un mur qui tombait sur lui, d'un seul tenant. Les torpilles alliées croyaient écraser le repaire des tanks. En une heure elles firent place nette. Il ne reste aujourd'hui à V... que la moitié d'une allée d'arbres.

Chassé-croisé

En quittant la rue des Petits-Miroirs le chancelier se dirigea vers la demeure de madame Jussieu dont la cheminée crachait une fumée si épaisse qu'il pensa qu'elle brûlait leurs lettres d'amour, toute une vie. Ne l'avait-elle pas menacé de le faire, lui qui tenait tant à ce courrier, peut-être plus qu'à sa destinataire. L'âme brisée, il enfonça sa clé dans la serrure. Elle entrait difficilement. Par un geste brusque il la coinça en même temps qu'il s'apercevait que ce n'était pas la bonne. Quand il l'eut retirée il essaya d'une autre qui pendait au trousseau. Cette fois il n'y avait plus à s'impatienter. Or la clé ne tournait pas et le chancelier découvrit à un éclat de bois que son amie avait changé la serrure. Il vint au milieu de la rue que l'après-midi d'hiver, sur sa fin, laissait déserte et il se mit à fixer avec des yeux de fou la fenêtre du milieu du premier étage où madame Jussieu se tenait d'ordinaire à l'attendre. Les rideaux ne bougeaient pas et les oiseaux que la brodeuse avait saisis dans ses fils paraissaient les gardiens et témoins d'un drame réduit à son souvenir. Au-dessus du toit la fumée poussait ses volutes qu'une chute de vent rabattait sur les maisons voisines et la rue. Le chancelier détacha l'ancienne clé des amours et frappa de son anneau la porte soudain terrible, puis, comme il n'avait pas de réponse et que le nom de madame Jussieu ne pouvait sortir de sa gorge alors qu'il eût voulu le crier, il jeta la clé dans les vitres de l'étage avec une telle violence intérieure qu'il ne se rendit pas compte du vacarme. Seule une tête apparut quelques maisons plus loin, qui rentra vite. Le chancelier revint chez lui par une longue marche à travers la ville. Dans chacune des pièces de sa maison qui comporte trois étages, des couloirs et une aile en retrait, plongeant dans un jardin de houx, il remonta la pendule, orgueil de la cheminée, conscience de ces cubes d'air vieillot où il aime à dormir, ici, puis là, chaque nuit, dans tous ces lits qu'il ne fait jamais fermer et qui lui donnent l'impression d'être multiple et environné d'amis.

Au premier cadran il laissa les aiguilles à l'angle qu'elles avaient choisi pour s'arrêter : quatre heures qui étaient presque la réalité, dans l'ombre presque complète de la chambre et l'odeur un peu rêche de châle des Indes de l'escalier, à ce moment que les feux tombent avant de reprendre pour la nuit. Dans la pièce voisine le chancelier prit dans ses paumes l'horloge-globe dont la ceinture tournante des tropiques porte les heures. Il sentit le disque tourner, le vit marquer sept et remonta le ressort. Au hasard des salles il fit indiquer aux autres cadrans des instants dissemblables et, la fumée du toit de madame Jussieu dans la tête, il se dirigea vers la plus lointaine pièce de la demeure dans l'intention d'y dormir, comme au haut bout d'un cap, pareil à celui qui déteste la terre et n'a pas de vaisseau pour la fuir. Faute de draps il alla frapper à la chambre de la domestique, une Normande qu'il a baptisée Dolorès et qui rend jalouse à mourir madame Jussieu. Personne ne lui répondit. Les couloirs tout à coup menaient à l'infini.

— Ouvrez donc, Dolorès ! Quelle est cette stupidité ?

Sans pouvoir se maîtriser le chancelier débita un grand nombre d'injures, assurant qu'il ne garderait pas une domestique de cet acabit, qui trouve chaque jour des nouveautés.

— Et hier, cette façon de répondre oui, et uniquement oui, à tout, comme si vous n'écoutiez pas ? Je vous parle !

Les paroles du chancelier l'allégeaient en s'envolant et il ne resta bientôt plus devant la porte close qu'un homme haut et irrité, à la tête inclinée, qui ressemblait à un point d'interrogation. La peur vient vite chez ceux qui ne supportent pas le silence, et le besoin de le briser, de le confondre avec un objet, avec cette porte par exemple. Il frappa une dernière fois, du dos de la main, et il la défonça d'un coup d'épaule. Dolorès n'était pas là, mais madame Jussieu qui paraissait rêver sur le lit, les yeux hors de la tête.

Le chancelier calcula bien vite les frais des obsèques et pressentit les confrontations avec le commissaire, la haie furieuse des curieux, la ville ennemie. Il lui revint alors que c'était le jour de sortie de la bonne. Madame Jussieu avait-elle voulu démontrer au chancelier en venant s'empoisonner là qu'elle était sa servante, la vraie ? Le chancelier la regardait, l'admirait encore, la haïssait une dernière fois et songeait à la détruire plus complètement. Il fallait que rien ne subsistât de leur correspondance et le chancelier, bousculant les tiroirs, brassant les documents jusqu'au sous-sol, se mit à lacérer les billets de sa maîtresse avant de les jeter au feu. Avec ceux que la femme avait brûlés s'en allait leur histoire que la ville allait réinventer, tout autre, sans rapport avec ce que le vent lui-même ignorait, maintenant qu'il se levait et qu'il emportait en cendres leur secret. Besogne faite, il sortit dans la rue et se plaça sur le trottoir d'en face pour s'assurer que la cheminée tirait bien et que son crachement n'était pas trop visible, mais la nuit grossissait. Quelle manœuvre de venir mourir chez lui ! Que voulait-elle donc ? Le froid le pénétra jusqu'à la pensée et il vit qu'il n'avait plus rien à faire là. Jusqu'où cette femme ne l'avait-elle pas relancé ? Et maintenant, vers qui l'appelait-elle ? Il ne se rendrait pas à cette dernière invite, non, mais il lui avait toujours cédé et l'idée faisait son chemin : d'abord cette rue des

Petits-Miroirs, puis d'autres rues, puis de nouveau la façade de la maison de celle qu'il avait aimée parce qu'ils avaient des habitudes. La ligne du toit de madame Jussieu formait une barre un peu moins sombre que le reste de la nuit. Le trait était tiré. Plus de fumée. Le chancelier contourna la maison et passa par la porte du jardin comme au premier temps de leur rencontre. En poussant le carreau d'aération de la cuisine il entra dans la demeure et monta jusqu'à la chambre du premier où le vent tombait en cristaux. Il ramassa l'un des morceaux de la fenêtre qu'il avait brisée quelques heures avant, puis il s'étendit sur le sol en gardant le tranchant de verre à la main, un long moment. Il fit en un instant le tour de sa solitude. Il n'arrivait plus à mettre en ordre ses souvenirs, ni même à retrouver intact l'un d'entre eux à qui il eût pu s'accrocher et remettre le passé sur pied. Sa vie n'était plus qu'un fil qu'il trancha facilement.

Le style

Les bombardements jetèrent bas la moitié de la ville, mettant au jour, au cœur des ruines, un cloître que les Entrepôts de l'Abbaye dissimulaient depuis toujours. Protégé par une barrière formidable de débris le carré des colonnettes évoquait avec une grâce insolente ce que la mort a de magique et l'éternité de frêle. C'était bien le seul intérêt qu'avait eu la guerre à C... Cela ne toucha que fort peu de monde, mais d'une façon surprenante. L'architecte Meslandieu aidé par son grand âge ne songeait pas à reconstruire. Sa promenade journalière dans les rues détruites était de contemplation. Elle aboutissait au cloître. L'artiste qui n'avait jamais pu éclater en Meslandieu perça là, tardivement. Dressant un chevalet le vieil homme couvrait furieusement toile sur toile. Il en acheva parfois deux dans son après-midi. Ce travail embarrassait déjà tout un couloir de sa maison. Meslandieu, cependant, n'était pas content de lui. Si le cloître, un fragment de fresque, quelques fleurs sur l'herbe constituaient son unique motif, chaque tableau relevait d'un nouveau style. Meslandieu approchait tantôt de Vlaminck, tantôt de Dufy, tantôt d'un autre, sans jamais approcher de Meslandieu. Le malheureux qui avait toujours eu des doutes sur soi fut de plus en plus convaincu qu'il n'arriverait à rien. Des passants le surprenaient à ricaner, solitaire, son matériel sous le bras, quand il rentrait chez lui. Il parlait seul et l'on entendait des injures. Cependant c'était plus fort que lui. Il retournait au cloître que des barrières de ruines protégeaient d'un curieux possible. Là, reprenant à chaque fois toutes ses forces et les jetant sur un désir original, il commençait à ordonner ses couleurs, à sortir des brumes qui l'oppressaient, des herbes, des fleurs, des pierres qui étaient en lui.

Pendant un moment Meslandieu retrouvait son sourire. Cela venait bien. Surtout cela ne ressemblait à rien. C'était du Meslandieu, enfin ! Puis un coup de brosse, un seul, subitement faisait basculer le tout vers du Marquet, du Rouault. La haine sous le bras, Meslandieu regagnait la maison. Sa maison ! La maison des voyous, oui ! L'architecte se demandait comment il avait pu se marier si tard et si peu, devenir père et rester seul avec une enfant de vieux, les plus vicieuses ! Cécile a dix-huit ans maintenant, et tous les jeunes gens de la ville, sûrement. Ils étaient toujours deux ou trois qui se sauvaient dès son retour. Parfois Cécile avait fermé la porte. Meslandieu carillonnait, carillonnait. Elle arrivait enfin, rouge, du rouge qui ne trompe pas, avec les yeux de brume. L'architecte ne tardait pas à entendre un pas furtif, la porte qui claque.

— Qui était-ce ? Je veux savoir qui !

— Personne.

C'était toujours Personne, le plus dangereux. Cécile alors courait s'enfermer dans sa chambre et le père mangeait seul, d'un morceau de fromage et d'un biscuit sec, mais il ne résistait pas à monter à l'étage, à frapper chez sa fille.

— Viens voir, mon lapin.

Cécile exigeait parfois que son père lui demandât pardon.

— Viens voir. Que penses-tu de cette toile ?

— Pas mal, pas mal ! Un vrai Utrillo. C'est formidable. Tu me la donnes ?

Il la lui donnait volontiers.

— J'aime surtout ce genre-là, dit Cécile. C'est ce que tu réussis le mieux avec Vlaminck.

Meslandieu allait se coucher, la mort dans l'âme. La nuit était longue et pleine de serments de faible. Non, il ne peindrait plus, non, il l'avait toujours dit. Non, on ne commence pas à son âge. Faire des enfants de vieux, des toiles de vieux, des manies de vieux ! Il s'accablait ainsi jusqu'à s'étourdir et tomber au sommeil. Le lendemain sa passion le reprenait. Les passions de vieux sont plus totales que les autres. Elles ont pour se parcourir un temps réduit. Il tenta bien de changer de motif, comme d'aller au bord de l'eau mais des badauds vinrent le flairer. Il fallait garder cet îlot de paix dans les ruines et se dire, à voix haute, qu'à force de creuser un sujet il finirait par le posséder et donc par se trouver. Il revint un soir, plus heureux que de coutume. Aucun nom ne venait signer d'évidence son œuvre. À peine avait-il tourné le coin de sa rue qu'il vit Cécile sortir de la maison, regarder de droite et de gauche, faire un signe et laisser filer un garçon qui emportait un tableau sous le bras. Meslandieu ne broncha pas et le jour suivant il n'alla pas au cloître mais derrière les rideaux du *Café de Paris* d'où l'on voyait son domicile. Il attendit une partie de l'après-midi et vit le même garçon entrer chez Cécile, et en ressortir une bonne heure après, avec une toile. Meslandieu qui notait toutes ses œuvres sur un long calepin de charpentier les dénombra le soir même. Cent quatorze depuis trois mois. Quand Cécile fut couchée il alla les compter dans le couloir-resserre. Il en restait soixante-dix.

Le lendemain il fit le malade. Cécile redevint la charmante enfant d'autrefois. Meslandieu finit par se demander en voyant ses attentions et ses craintes s'il n'était réellement pas tombé malade.

— Mon petit, pourrais-tu prévenir la cousine Ballu ? Veux-tu aller la chercher ?

— Tu ne te sens pas bien ? Tu ne pourras plus peindre ?

Il ferma les yeux. Cécile se rendit au bout de la ville chez la cousine.

Meslandieu, d'un saut, fut dans la chambre de

sa fille, l'examina comme un policier. Il sentait quelque chose, mais quoi ?

En ouvrant le secrétaire qu'il lui avait offert le jour de ses seize ans, il hésita, mais poursuivit son viol. Dans chaque tiroir des liasses de billets bien épinglés ressemblaient à des livres d'enfants. Meslandieu fit jouer le secret et allongea la main : des louis d'or ! Le cœur de l'architecte battait la breloque. Il referma le secrétaire et alla s'aliter.

Cécile et la cousine Ballu le trouvèrent bien bas.

— Je veux que tu restes cette nuit, dit Meslandieu à sa cousine.

La grande femme sèche ne demandait pas mieux. C'était pour elle comme un beau voyage. Le cousin, pensait-elle, ne pouvait pas l'oublier. Ils avaient des souvenirs. Elle restait seule de la famille et il devait avoir du bien. Meslandieu voulait qu'elle fût auprès de lui pour ne pas parler à Cécile. Il ne savait pas comment s'y prendre. Si la cousine restait, il trouverait aussi l'audace, plus tard, d'interroger sa fille. Sans la cousine, il s'ouvrirait trop tôt, ou jamais.

— Merci, dit-il. Tu as toujours été une sœur pour moi...

— Te rappelles-tu, reprit la cousine, quand nous n'avions pas dix ans... nous nous sommes perdus dans les bois et...

— Je me rappelle, coupa Meslandieu, mais laisse-moi me reposer.

Le docteur vint pour de bon, alors que Meslandieu devenait hagard. À la troisième visite du médecin un coup de sonnette à la porte de la rue fit sortir Cécile.

— Monsieur Meslandieu ?

— C'est ici, dit la jeune fille en pâlissant.

— Inspecteur Poret.

Meslandieu apprit ainsi qu'il était un faussaire et que l'on était sur sa piste depuis deux mois.

— Votre revendeur est arrêté. Plusieurs galeries sont dans de mauvais draps. Qu'avez-vous à dire ?

La question l'étonna si fort qu'il ne répondit qu'à Dieu, et sans doute rien. Plus droite que jamais, la cousine Ballu mena le deuil sur le même rang que Cécile qu'elle énerva jusqu'à la faire pleurer, enfin.

Le point faible

L'enfant ne vint pas. La mère cassa ses œufs vers le sixième mois. Napoléon Lampouillot se consola le soir même en vidant deux litres de genièvre en compagnie de son cousin Courtecuisse. Nieppe, le cafetier, les mit dehors vers onze heures du soir. Il gelait à pierre fendre et le bourg dormait depuis longtemps. Napoléon se mit enfin à rêver. Il faisait encore une mauvaise nuit grise. Or Napoléon croyait rêver. Il venait simplement de s'éveiller. Une pellicule de glace le recouvrait. Un cheval s'éloignait dans un bruit d'enclume, et là, tout près, un cadavre ronflait.

Napoléon ne reconnut pas tout de suite Courtecuisse.

— Hoo !

En poussant un appel un peu plus vif, il éveilla le cousin.

— C'est toi ? Nom de d'la, quoi qu'on fout ?

Debout, ils se frottèrent l'un l'autre et firent dix pas pour rentrer chez Nieppe.

— Deux jus, Nieppe, et de la blanche.

— Comment va ta femme, Napoléon ?

Un grognement lui répondit.

— Et la tienne, Courtecuisse ?

— J'ai pas d'femme.

— Fainéant, jeta Nieppe. Je sais.

Les deux betteraviers avalèrent leur mélange et partirent sans payer. Nieppe le marqua à la craie sur la porte de sa cuisine, déjà couverte de dettes. Des ouvriers silencieux boulaient jusqu'au zinc pour le café arrosé du matin. Il ne s'échangeait pas dix mots dans les premières heures, mais l'air de l'estaminet vivait comme du sang. On l'entendait battre. À sept heures vingt, un train de messageries compressait encore l'atmosphère molle et chaude qui allait s'épicer jusqu'au soir, faisant trembler les verres sur les étagères, libérant une multitude de petits éclats qui montaient en bulle dans l'épaisseur du café.

Quand Nieppe avait rincé les derniers verres à pied il regagnait l'arrière-salle où grabatait sa femme.

— Quelles nouvelles, Nieppe ?

— Tout est de vieux.

— Et Mauricette ?

— Elle va, répondait Nieppe, mais Napoléon je l'ai jeté dehors hier soir, plein comme un rot. Avec Courtecuisse. Vaut mieux qu'il n'ait pas eu d'enfant. Pour faire son portrait !

— Un homme, si on ne le dresse pas, c'est tout propre à rien.

— Il n'y a pas que des salauds !

— Toi, murmura l'infirme, tu n'es pas comme les autres. Tu donnerais ta chemise.

Le gros Nieppe ne répondit pas. Il avait peur de l'enfer. Sa femme continuait à grommeler Mauricette par-ci, Mauricette par-là, Mauricette est de la famille, à un lointain degré, mais quand même...

Le bourg d'ailleurs rempli de Lampouillot, de Nieppe et de Courtecuisse s'honorait de quatre idiots qui, la veille de Pâques, en costume rouge, allaient vendre des œufs, de porte en porte.

— Encore toi ?

— Encore, dit Napoléon. Une blanche.

Nieppe lui servit un genièvre et se pencha vers l'ivrogne.

— Le crédit est fini, Napoléon.

— Oui, maugréa l'autre.

— C'est le dernier verre. Bois-le lentement.

Lampouillot le vida d'un trait.

— Un autre. Un autre, vite ou je dis tout.

— Tu peux parler.

— Attention, Nieppe !

Napoléon élevait la voix pour qu'on l'entendit de l'arrière-salle.

— Mauricette me l'a répété, dans les douleurs, en me demandant pardon. Il fallait qu'elle se libère. Alors ? Un verre ou je continue !

Nieppe versa, et, comme d'habitude, pour que

Napoléon ne dît rien, il le laissa s'enivrer. Le malheur c'est qu'il en fallait beaucoup à Napoléon et que Nieppe à ce jeu-là finirait par se ruiner. Alors, le cafetier prenait la résolution de tout dire à sa femme, tout, et depuis combien de temps ça durait, Mauricette et lui. Bien trois ans. Il allait vers le lit de la malade.

— Quelles nouvelles, Nieppe ?

— Rien, disait-il lâchement.

— Je croyais que tu avais quelque chose à me dire.

— Tu n'as besoin de rien ?

Sans attendre la réponse il regagna la salle commune.

— Alors, dit Napoléon, tu as encore manqué d'avoir un fils ? Un fils Lampouillot ! On l'aurait baptisé au marc.

— File, Napoléon. File ! Prends ça.

Il lui tendait une bouteille à demi pleine.

— Pas de paille en deux, Nieppe ! Une entière.

Il allait la boire à dix pas, attendait, s'affaissait et dormait des heures, quel que soit le temps.

Un jour Nieppe prit enfin sa décision. Au vrai, il la saisit. Parmi tout ce qu'il avait imaginé, rien ne tenait auprès de l'idée qui venait de s'offrir à lui, dans le silence mou du matin, tandis que les hommes buvaient avant de se rendre au travail. Le train de messageries le traversa, noir, simple, efficace, total. Nieppe se leva plus tôt que de coutume. La nuit tenait encore aux murs. De sa fenêtre Nieppe guettait l'arrivée de Napoléon. Malheur, il était avec Courtecuisse. La belle paire ! Il fallut attendre le jour suivant, puis le lendemain, puis trois jours encore que Lampouillot vînt seul. Quand Nieppe le vit déboucher de la rue, il alla dire à sa femme qu'il ne se sentait pas bien, qu'il allait chez le médecin. « Réponds à ceux qui viennent. » Il sortit, deux bouteilles de genièvre sous le bras.

— Où vas-tu, Nieppe ?

— Ça me regarde.

Nieppe avançait. Il ne s'était pas trompé. Napoléon lui emboîta le pas.

— C'est de la gnaule que tu transportes ? En fraude ?

Nieppe avait envie de ralentir. Le train passerait dans trois quarts d'heure environ. Oui, ralentir. L'autre suivait. Le plan tenait bon.

— Je ne te lâcherai pas, Nieppe. On saura que tu remplis ma femme et, surtout, que tu la vides.

Ils arrivèrent près de la voie ferrée, au sortir du bourg, quand les rails tournent en bordure des champs. Gravi le remblai, dans la courbe, le pays s'étend à l'infini, un désert.

— Tu m'as trompé, Nieppe, c'est pas ici que tu venais. À qui tu *la* vends l'alcool ?

— Écoute, Napoléon, jure-moi que tu ne diras rien à ma femme. Ça l'achèverait. Et rien aux autres.

Nieppe s'assit, la mine accablée, sur le ballast.

— Jure-moi, Napoléon.

— Tu connais le tarif.

Napoléon empoigna la bouteille et commença de boire.

— Tu veux savoir, dit Nieppe, tu le sauras, mais si tu jures de ne rien dire. Tu peux même avoir plus de genièvre, avec ma combinaison. Bois, tu peux boire.

Il se mit alors à inventer un conte de fraude. L'alcool allait vers la Belgique. Le tabac venait de Flandre. Complicité d'une équipe de mécaniciens. Le train s'arrête en rase campagne, deux kilomètres d'ici. Ni vu ni connu.

— De quoi boire, fumer et gagner sa vie.

Les derniers mots de Nieppe étaient dits avec tristesse, à regret. Le gros cafetier ressemblait à un coffre vidé de son or.

— *Ach!* fit Napoléon en lui frappant l'épaule. Tu n'es pas la mauvaise viande, Nieppe. Trinquons, et bouche cousue.

Nieppe but un peu.

— Oui, murmura Nieppe qu'une seule gorgée portait à la nausée.

Il fit semblant de boire. Napoléon, l'œil vitreux, titubait assis.

— À la tienne, et bouche cousue, tu me le jures.

Nieppe se penchait sur l'ivrogne, larmoyait et faisait l'homme bu. Le train arriverait maintenant dans dix minutes. Napoléon se couchait déjà, le second litre entamé. Nieppe lui refusait la bouteille par crainte que la quantité ne révulsât l'ivrogne, ne le vidât d'un jet, lui rendant ses esprits. Napoléon s'étendit de tout son long. Nieppe n'eut qu'à le tirer très peu pour l'allonger au travers de la voie, puis il courut chez le docteur.

— Méfiez-vous de votre cœur, Nieppe, assura ce dernier, c'est le point faible.

— Vous n'avez rien entendu ?

— C'est le train. Il fait tout trembler, ici.

L'étranger

En tirant le rideau, Alvarez renversa la lampe qui s'éteignit en se brisant. L'air qui tournait autour de la maison entra par la fenêtre. Des phares, dit Alvarez, des phares au bout du champ. Il voulut descendre de son étage et gratta une allumette. Alors la chauve-souris qu'il avait épinglée contre l'armoire remua de nouveau. Il s'en approcha et lui mit l'allumette qu'il venait de griller dans une patte, mais le petit bout de bois tomba. Alvarez sortit un cure-dents de sa poche et le fixa à la bête puis approchant sa cigarette de la chauve-souris il la lui fit téter. L'oiseau ouvrit les yeux, ivre, et commença de s'agiter sous l'effet du tabac. Le cure-dents vibrait.

— Regarde, dit Alvarez, elle joue de la guitare. Chez moi en Castille, c'est un jeu célèbre. Mais qu'est-ce qu'ils font avec leurs phares ? Où es-tu ?

— J'arrive.

— Ce n'est pas notre champ, dit sa femme.

— Je le sais, mais j'aime savoir. Chez nous...

— Je commence à le savoir. Chez toi, chez toi... Si j'avais su !

— Tu ne m'aurais pas épousé.

— Je n'aurais pas épousé un étranger.

Alvarez se redressa, respira sec, descendit dans le jardin et franchit le fil qui borde les champs. Le fermier du Haut Bout rentrait ses vaches. Alvarez resta un bon moment, la bouche pincée. On ne voyait dans les phares que les pattes du troupeau et quelques ventres blancs et noirs. Une chauve-souris frôla l'Espagnol. Cela le dérida. Comme il allait rentrer il aperçut une taupe. D'une détente il se jeta dessus, la saisit avec douceur, lui chatouilla les petites paumes et caressa la fourrure. Puis il relâcha l'animal qui suivit sa course. Au moment que la taupe allait disparaître Alvarez, d'un coup de pied vif et doux, l'arrêta et la reprit. Le tracteur, au loin, poussait dans sa lumière la dernière vache. Alvarez rentra chez lui. Il traversa la maison jusqu'à la porte sur la route.

— Paulette ?

Elle ne répondait pas. À l'étage il gratta une allumette. La chauve-souris n'était plus sur l'armoire. Le cure-dents se trouva juste au bout de sa chaussure. Il avait toujours une bougie sur la cheminée. En grattant une nouvelle allumette... Alvarez fit ses petits yeux, redescendit, se rassit et grimpa jusqu'à la trappe du grenier. Il avait beau garder entrouverte la lucarne et semer des cubes de camphre, ça empestait, mais la tête de taureau, toute blanche, continuait de blanchir sur le plancher et les peaux de lapin bourrées de paille qui se desséchaient, de jaunir dans leurs dentelles grenat, et les boîtes pleines de petits ossements...

— Paulette ?

Alvarez se dit que c'était fini, qu'il n'y avait pas plus de raison aujourd'hui qu'hier, pas moins que demain, que Paulette l'avait supporté un an... Alors il sentit qu'il sentait le bouc, sec comme un nerf. La voix de Paulette l'envahit.

— Avec ton odeur de bouc !

Il décrocha le fusil et partit sur la route en direction de la ferme aux Porion, ses beaux-parents. Les pots de lait attendaient le ramassage, contre le mur. Les chiens hurlaient.

— Paulette !

Il secoua la grille. Un molosse arriva et il n'eut que le temps d'enlever sa main. Alvarez arma le fusil et le mit entre deux barreaux. Quand le chien ouvrit une nouvelle fois la gueule, il fit feu, mais personne ne bougea. Seulement d'autres chiens hurlaient un peu partout dans le village. Il rentra chez lui. Le lendemain le père Porion arriva avec Paulette.

— Diego, dit-il, tu n'étais pas d'humeur hier soir, mais la voici. Et toi, demande-lui pardon. Je ne vais pas perdre un chien tous les mois. Allez !

— Jamais ! dit Paulette. Je suis là puisque tout le monde veut que j'y sois, mais ce n'est plus pour longtemps.

Alvarez sortit une cigarette de son paquet et la tendit à son beau-père.

— Avant que je l'aie fumée, dit l'Espagnol, j'aurai retrouvé ma femme. Merci. Adieu.

Le père Porion accepta le feu et partit. Alvarez monta fumer sa cigarette. Paulette restait assise dans la cuisine, les bras dans les cuisses. Alvarez regardait son tabac se consumer. Il l'entretenait sans trop aspirer. La cendre avait près de trois centimètres. Il se réjouissait de cette performance. Avec délicatesse, souriant, il retourna sa cigarette, en sorte que la cendre qui s'inclinait reprit force et put accroître sa longueur. Quatre centimètres. Alvarez eut envie d'appeler Paulette pour lui montrer son record, bien plus fort que d'habitude, mais de peur que le souffle de son cri ne fît tomber la cendre il garda le silence. D'ailleurs, Paulette était toujours revenue de ses fugues, de-ci, de-là, pour un oui, pour un non, parce qu'il aimait jouer à tout et jouer de tout et qu'elle, ça l'énervait. Elle ne pouvait pas voir les chauves-souris guitaristes, les lance-pierres en os, les crânes de bêtes illuminés et peints, les guirlandes de vessies, les innombrables bêtes qu'il empaillait, les têtes de brochets vernies, les squelettes d'écureuils serrant une noisette, et cet air triste qu'il a quand il se met à chanter. Alvarez tenait une paume sous sa cendre et tirait du bout des lèvres la fumée. Il y avait bien cinq centimètres. Il ne pensait plus que Paulette devait monter, tout à son tour de force. Un coup de feu partit. La cendre tomba. Alvarez entra dans une colère folle. C'est en jurant qu'il découvrit sa femme écroulée dans l'entrée. Il jurait encore en se signant.

La fête

En avançant, la tête basse, les poings dans les poches, Pochet lançait tous les dix mètres la même bordée d'injures qui faisait se retourner ou s'éloigner les passants. Vous lâcherez votre fric, jusqu'au dernier rond. Bande de cons. La nuit poissait une petite pluie pleine de trous et Pochet avait encore aux semelles le gras du pavé de la rue Rambuteau et les débris d'une feuille de salade qui venait des Halles. Quand le patron qui le voyait changer à vue d'œil lui eut payé huit jours d'avance faute de pouvoir le garder, les frais, vous comprenez, tout augmente, un garçon de magasin de nos jours, vous me comprenez, Pochet ? Je suis une petite maison mais je garde de vous le meilleur souvenir, d'ailleurs voilà un certificat qui pourra vous servir, il est tapé, il est un peu là, sacré Pochet, ne faites pas cette tête. Je sais bien que vous aimiez la boutique mais il faut savoir franchir les mauvaises passes, dans la vie. — À deux pas des fêtes ? Et mes étrennes ? — J'y ai pensé.

Quand il eut entendu cela le soir se mit à tourner, avec les rayonnages de pâtes et de boîtes de conserve, les cageots d'endives, de mandarines et les bidons de lait rangés sur le trottoir, avec la rue pleine d'enseignes sur la moutarde, le beurre fermier, les voitures d'enfants. Pochet se revit devant le magasin *Les Enfants du Centre*. Il ne se rappelait pas avoir eu de gestes méchants et pourtant il avait sorti son couteau, celui qui servait à tout, aux repas, dans l'arrière-boutique de son patron, aux ouvertures de caisses, au curage des dents, et vlan ! il avait lacéré la capote d'une voiture d'enfant. Vous le lâcherez votre fric ! Il entra dans un premier café qui tournait, lui aussi, et il se mit à rire car, en buvant, l'idée lui vint que le monde était renversé. Le zinc prenait des virages d'oiseau. Il dut s'asseoir, attendre, se faire demander par une serveuse bonasse ce qui n'allait pas, mais tout va, la preuve, versez-moi un cognac double. Pendant un moment tout alla mieux, à part quelques rots difficiles, et même la rue redevint une rue d'hiver bien grouillante de l'approche des fêtes. Pochet pénétra dans un deuxième bistrot et se fit accoster par un homme qui lui ressemblait, dans les quarante ans. Il le reconnaîtrait, sûr. Il s'était même approché en lui demandant de se regarder dans la glace, près du percolateur. Ah ! le con ! Il lui ressemblait, maigre, un clou, un peu plus vieux peut-être, évidemment, cette barbe de huit jours. Non. Non ! avait dit l'autre avant de partir, c'est moi qui paye ! C'est ma tournée ! Et il avait mis un billet neuf. Ça l'avait frappé, Pochet, et le type avait filé, qui lui avait pris son portefeuille, sûr et certain. Il le retrouverait. Il n'avait qu'à lever le nez dans une glace pour se remettre en mémoire la tête du voyou, avec une barbe de huit jours, le salaud! Heureusement qu'il reste le porte-monnaie dans la poche du pantalon, de quoi entrer dans un autre débit, encore un autre, et maintenant que la pluie s'installe dans la nuit à tout boucher, de quoi regagner la rue Rambuteau à pied, en se garant de temps en temps de l'averse, des autos, des ombres. Or Pochet avait pris la direction opposée, tout occupé de sa pensée qu'il faudrait bien, à tous, rendre le fric un jour, qu'il le veuille ou non, qu'ils seraient, tous, tous, comme lui à cette heure avec quelque chose de moins encore, avec rien de rien, juste avant de se faire descendre au trou, comme un ver, comme un paquet de vers déjà, et il se mit à rire. La pluie l'avait dégourdi. Si la rue Saint-Antoine tournait encore c'était à peine et il pouvait très bien éviter cette bonne femme qui venait vers lui, sur le trottoir, à lui rentrer dedans, ma parole. Bande de cons.

— Savez-vous ce que c'est un con, mon ami? lui dit l'inconnue.

Pochet vit alors que c'était un prêtre et baissant la tête il poursuivit son chemin.

Une musique entra en lui, syncopée, qui s'enfla et devint d'une force à l'arrêter. Pochet s'arrêta et vit la place de la Bastille avec les yeux que l'on doit avoir au seuil du paradis, s'il est plein de lumière, de cotons en feu, de paillettes, d'éclairs et de trompettes, comme on l'a décrit aux petits Pochet. L'homme traversa la place et se retrouva sur la barrière d'un manège, dans le fracas d'un jazz, à regarder monter et descendre une chenille avec des cris, des rires qui pouffent, des stridences, un bruit d'express et mon Dieu, mon Dieu, que ça tourne. Il s'éloigne. Les vendeuses de nougat, de berlingots, de gaules à pêcher le trésor, montaient et descendaient. Pochet se retrouva le long d'une tente. Il ne sentait plus que ses yeux qui étaient devant lui, un peu en haut et en surplomb, lourds et mous, deux poches de pus, et en dessous un clapet, coincé, chaud, aigre, et tout s'arrangea subitement avec un éclair. La musique qui s'était évanouie dansait de nouveau, à ventre ouvert. L'homme du tir à l'arc l'appelait. Pochet dut cracher un reste de bile qui lui brûlait la bouche. Madame Azaïm, les yeux cernés de khôl, le regarda passer devant sa roulotte et il déboucha dans une avenue de lumière, enguirlandée d'ampoules, traversée de foudres régulières qui faisaient jaillir de la nuit à travers un voile d'eau des constructions de fumées bleues et de lointains immeubles cernés d'argent.

— Par ici la chance.

— Cent sous la voiture, deux parties pour une.

— À vous, mon brave !

Pochet s'arrêta devant un type qui soulevait un bouchon de champagne avec deux queues de billard sur une table, et qui semblait satisfait. Il ressemblait malheureusement au patron de la rue Rambuteau, et même s'il avait un peu plus de barbe, au salaud qui venait de payer la tournée. Pochet s'éloigna. Il y eut bien deux jeunes filles qui se retournèrent sur lui, pensant qu'il pleurait, et un homme qui pleure c'est toujours drôle à voir, ça vous fait réfléchir aussi, tout est possible quand un homme pleure, et au milieu d'une kermesse, mais est-ce que ce n'était pas la pluie qui lui barbouillait le visage ?

— Tentez votre chance !

Pochet tira son porte-monnaie et le posa sur le rebord de velours du stand. Les pipes, les poupées, les cartons de mire, la balle sur le petit jet d'eau et les râteliers de fusils couchés souriaient au ralenti. Bande de cons, si vous saviez, si vous pouviez savoir ! Pochet repoussa le fusil que l'homme avait chargé et montra du doigt un pistolet.

— Ah ! au revolver ? Parlez pas français ?

Pochet n'entendait pas l'autre marmonner. Il écoutait son cœur qui battait très vite, qui attendait, qui savait déjà. Le coup partit. On ramassa Pochet. Un car de police le conduisit à l'hôpital. Il y est toujours. On l'emploie aux cuisines.

Jeux de cartes

En rond et face au feu, sur la pointe des fesses et le petit doigt dressé au-dessus de la tasse à thé, les notables de la ville attendaient de passer au salon de bridge, mais chez les Raton-Jouteux qui recevaient ce jour-là il fallait d'abord parler des vacances, à venir et passées, encore et toujours. Justement les Foiret-Prunal, les Harengrix, le baron Superbois et les Ringuelblanc-Labidoux descendaient d'un même bateau, retour d'Asie. Il ne manquait plus pour bien parler de ce mois de voyage que les Bellier du Giron, mais lui était à Paris tandis que la comtesse souffrait au lit d'un tour de cou. Ils ne pouvaient guère se quitter, les uns et les autres. Du salon des Maton-Routeux à la campagne des Parengrix, de croisière en chalet de montagne !

— Ho ho ho !

— Vous riez, Marie-Thérèse ?

— Elle a toujours sa jolie voix.

Ils faisaient fabriquer les petits pois, les tissus,

les routes, le papier. Ils signaient et ils donnaient des ordres. Leurs femmes cherchaient toujours de quoi elles pourraient parler.

— Ha ha !

— Ce cher Roger !

— Eh oui ! répondait Roger.

L'Espagnol Jésus versait une nouvelle tasse de thé et présentait des gâteaux. Chez les Noiret-Prunel le valet de chambre était allemand. Ils l'avaient sauvé à la dernière débâcle.

— Mais, mais, mais ? mais ! mais ? ?

— L'eussiez-vous cru ? moi non.

— Adrienne est étonnante.

Jésus acheva son tour de piste et poussa vers le cercle l'appareil de télévision.

— Excusez-moi, dit Jésus, je vous rappelle que le chef de l'État parle à vingt heures.

— Il est épatant, votre Jésus, murmura madame Foinat-Prunel.

— Mieux que ça ! répondit l'hôtesse en fermant les yeux.

L'écran s'éclaira. Les amis posèrent leurs tasses à thé sur le plateau que Jésus passait avec la grâce d'un danseur. Ils se mirent comme au théâtre, par rangs, se collèrent dans leurs fauteuils en croisant les jambes, Jésus coupa les lumières au fond de la salle. Le baron Superbois effleura le genou de la belle Adrienne Ringuel-Pidoux qui lui répondit en écartant les cuisses. Jésus, sur le côté de l'assemblée, croisa les bras et avança le cou vers l'écran. S'il n'eût pas été là, personne ne se serait levé quand *La Marseillaise* éclata, mais tous, avec un regard vers l'Espagnol, se dressèrent. Superbois en profita pour mettre bras à bras le siège d'Adrienne et le sien.

— Eh bien, dit le chef de l'État qui était ce mois-là un petit homme rond, eh bien, tout va ! Tout va et je suis enfin heureux de vous l'apprendre.

— Vous me faites mal, murmura Adrienne.

— Quand ton mari part-il à son Conseil ?

— Jamais, reprit la voix du poste, jamais nous n'avions connu une telle stabilité. Monétaire. Militaire. Artistique. Au point. Au point que les autres. Les autres. Il faut bien le dire. Que les autres nous envient. Ah ! Françaises et Français !

Jésus entendit qu'on l'appelait à voix basse. Il se pencha. Madame Harengrix aperçut alors qu'il avait un assez joli profil et qu'il sentait l'eau de Cologne de l'hôtesse.

— C'est moi !

Jésus avança sur la pointe des pieds vers sa patronne et madame Caton-Couteux lui murmura en reniflant :

— Un mouchoir !

— Très bien.

— Ça me bouleverse, s'écria-t-elle.

Il y eut un ensemble d'approbation qui retomba vite au silence. Adrienne tira d'elle la main du baron Superbois et l'éloigna en la pressant.

— La France, poursuivait le petit homme rond, eh bien, les autres, l'on croyait la France ceci, la

France cela. Eh bien, la France, elle, elle est ce qu'elle est, elle vous dit qu'elle est là. Plus que jamais, là. En face.

Le chef de l'État s'épongea le front, tourna une feuille et regarda les Raton-Superbois, le baron Juteur, Adrienne, les Labidoux-Foiret, et secoua la tête gentiment. Jésus qui était au garde-à-vous se relâcha un instant et se croisa les bras différemment. Le silence était total. Le baron réparait le désordre de sa ceinture. Le chat des Raton-Juteux traversa la pièce et vint se lover sur le poste. Jésus s'avança pour le chasser quand la patronne en allongeant le bras :

— Laissez-le !

toucha le sexe de Jésus. Elle se retourna et lui adressa un sourire. Jésus baissa la tête et fit un pas en arrière, ému.

— Est-ce que le chat vous gêne ?

— Non, dirent plusieurs voix.

À ce moment *La Marseillaise* éclata. Jésus sauta sur le bouton électrique et chacun s'ébroua comme au sortir de l'eau.

— Il parle bien, dit le baron Superbois, mais j'aime les actes.

Il se tourna d'un air entendu vers Adrienne.

— Ah ! fit la maîtresse de maison. Nous avons donc vu Naples, Athènes, Bombay, Shanghai, Hong Kong, Nouméa, San Francisco et Dieppe le mois dernier. Je tiens à mon petit concours. J'ai cent quatorze rouleaux de trente-six poses et André a filmé, je crois...

— Il n'y a pas de je crois, coupa finement son mari.

— Moi, s'écrièrent ensemble les Lebidet, je crois que nous vous battons. Les photographies nous reviennent beaucoup plus cher que le prix de la croisière.

— Sont-elles toutes réussies? demanda Adrienne.

— J'ai vingt-sept rouleaux voilés mais sur la quantité...

— J'ai pris tout, tout, tout, tout ce que je voyais, assura madame Rinquer-Letondoux. J'en ai encore des vertiges.

— Moi aussi.

— Moi aussi. Tout!

— C'est prêt, dit Jésus d'une voix de tombe en indiquant les tables de bridge.

Le jeu marcha jusqu'à une heure avancée de la nuit, silencieux, enveloppé de tabac. Jésus apporta le médianoche, le café et les alcools. Madame Juton lui fit signe avec élégance qu'il pouvait aller se reposer. Elle lui sourit encore en hochant la tête. Le jeu s'enfonçait dans une sorte d'absolu, d'abstrait, précis et chimérique.

— Trois piques.

— C'est bon, dit le baron Superbois, mais je commence à étouffer. Ces dames veulent-elles que j'ouvre une fenêtre?

— Où est Jésus? dit monsieur Bouteux. Pas moyen d'être servi!

— Il ne tenait plus, répondit sa femme. Je l'ai laissé partir.

— Il faudra donc que je fasse tout moi-même !

Mais avant qu'il eût bougé un doigt, Adrienne Harengrix avait tourné l'espagnolette. De curieux bruits entraient, lointains, au-delà des arbres, au-delà des quartiers résidentiels, vers le centre de la ville et du côté du fleuve.

— Mais c'est le feu, s'écria madame Pénon-Bidal. Regardez !

Une lueur rose, très délavée, montait au-delà des arbres, en éventail.

— Et l'on ne sonne pas le tocsin ! s'écria le baron.

À ce moment la sirène d'incendie se mit à mugir.

— Tout de même !

— Mais, dites-moi, Lebidoux ?

— Ringueton ?

— Ne serait-ce pas du côté de votre usine ?

— C'est aussi dans votre direction !

— Appelez Jésus ! Qu'il sorte une voiture !

Ils ne trouvèrent pas Jésus qui était en armes avec d'autres sur la place de l'hôtel de ville.

— L'armée est avec nous, lui disait un voisin. Elle occupe la gare. Les tanks descendent vers Paris. Aux dernières nouvelles, nous tenons dix départements. T'as connu ça, toi, Jésus !

Les extrémistes

— Cordon ? Lambert.

Lambert entendit le concierge qui se retournait en tirant la poire et il se retrouva dans la rue. Tout avait très bien marché jusqu'ici, selon ses plans. Il se frotta les mains. Le froid était vif. Sa femme, étouffée par pression d'un coussin et couchée sur le carreau de la cuisine, sauterait demain à huit heures trente, quand il rentrerait de son travail de nuit. Toutes les ouvertures calfeutrées, soigneusement révisées depuis une quinzaine, l'installation électrique revue et corrigée, le gaz ouvert en grand, ses clés à l'intérieur, dans leur serrure, des bidons d'essence bien disposés, Lambert, le sifflet joyeux, plaisante avec son équipe, comme il a coutume de le faire, à l'usine. Le lendemain, après s'être protégé le visage, la poitrine et le ventre il appuya sur la sonnette. Il reprit connaissance à l'hôpital. On lui annonça alors, avec ménagement, que sa voisine était morte, que l'on essayait de dégager le concierge, que madame Lambert...

— Morte ?!

— Ayez du courage.

Il referma les yeux.

— L'immeuble a beaucoup souffert. Il ne tenait déjà plus. Il s'est vidé par l'intérieur. C'est terrible à voir.

— Et moi ?

— On vous a sorti le premier. Vous avez eu de la chance. Il ne vous manque qu'une jambe.

Lambert crut d'abord que ce n'était pas vrai puisqu'elle était là, qu'il la sentait. Il n'eut pas la force d'allonger le bras. Ce n'est que plus tard qu'il constata son absence.

La perte de sa femme le comblait à tel point qu'il eût encore donné un bras. Quand il vit sa photographie dans la presse son bonheur fut complet et il eut assez de présence d'esprit pour ne jubiler qu'intérieurement.

Il avait toujours eu un certain don de parole, mais la solitude retrouvée le lui accrut. Après sa convalescence, quand il se fut adapté une jambe articulée dernier cri, Lambert quitta l'atelier pour le bureau et le syndicalisme. D'un caractère d'acier il suivit des cours du soir, dut porter des lunettes et se retrouva sous son béret avec la mine au burin des militants. Il obtint un nouveau logement et commença d'écrire dans une feuille antigouvernementale. Sa probité n'égalait que sa frugalité. Il n'était pas bon de se trouver sur son chemin et il devint rapidement l'un des épurateurs de son parti. Porté à la députation comme victime du devoir et de l'impéritie bourgeoise, Lambert ne pouvait digérer l'affront que lui avaient causé sans le vouloir ses adversaires électoraux. Il revoyait toujours ses joues creuses sur une affiche jaune au-dessus de ses titres ingrats. Pour l'encadrer les panneaux voisins offraient une mère de famille de six enfants et un commerçant rebondi père de neuf enfants. Il sentait bien que c'était son point faible, le seul, même aux yeux des siens. Il se remaria donc avec une militante qui opérait dans les télécommunications. À peine plus jeune que lui et ne songeant qu'aux facilités de la retraite lorsqu'on double le salaire, elle ne voulut rien entendre quand il lui demanda de lui donner un héritier.

— Tu rêves ? Un enfant ?

— Pour commencer, Paulette ! Notre parti, comme tous les vrais partis, veut une famille.

— Jamais. Nous, militants, nous sommes ses prêtres.

Lambert la regarda et reprit à voix basse :

— Un enfant.

— Tu en demanderais six, je comprendrais.

— Tu as le temps.

— Pour vieillir avec les charges, jamais ! Si le parti trouvait le moyen de nous rendre enceintes à volonté, au choix et au nombre, d'un seul coup, je ne dis pas. Mais nous n'en sommes pas là.

— Tu méprises donc le parti ?

C'était dit d'une petite voix du nez, amère et coupante. Lambert s'avisa tout à coup que sa femme ne l'aimait pas, qu'elle n'aurait jamais choisi sans cela le congrès du parti à Angoulême pour y faire leur voyage de noces, et il lui posa une question qui lui brûlait les lèvres.

— Et avant moi, comment faisais-tu ?

— J'ai toujours tout fait de mes mains.

Lambert marqua le coup. Il ne releva la tête que pour dire sèchement :

— Alors ? tu n'as pas besoin de moi ?

Sa femme avait quitté la chambre sans qu'il l'entendît. Quand il passa dans la pièce voisine, elle venait de sortir. Il commença sur-le-champ à inspecter les lieux, à chercher la façon la plus efficace de calfeutrer les issues et de brancher les fils électriques. Il se fit livrer un appareil à gaz supplémentaire

— Merci, lui dit sa femme, moi qui ai toujours froid.

et, à l'insu de la militante, diverses drogueries, des bouteilles de benzine, d'alcool et de produits inflammables. Pendant ce temps il exerçait ses bras, ses mains, ses doigts, sa poitrine et retrouvait une force à écraser un ours contre lui. Le grand soir, différent de celui dont il parlait dans les meetings, arriva. Il avait bien fait les choses et la rude Paulette devant sa gentillesse céda et but. Il but aussi, lui qui n'en avait pas l'habitude et sa jambe flageola au point qu'il pensa tout remettre. Au vrai, sa femme, il ne savait pas par où la prendre. Le mieux était de se lancer dans les caresses et tout de suite de...

Il avait compté sans sa jambe d'acier, la moins résistante, et sans le flair de Paulette qui subitement changea les rôles et se retrouva avec un mort sur les bras. Elle l'avait achevé à coups de bouteille. Il est vrai qu'une idée plane, se répand et infeste au même moment des personnes que rien ne portait à la goûter. Paulette alla ouvrir la fenêtre de la rue, comme ça, pour voir, pour respirer, pour entendre... La fenêtre résista et elle découvrit le calfeutrage. Il en était de même pour la salle de bains où elle découvrit les bouteilles d'essence. Alors elle fit les gestes qu'aurait eus son mari, puis elle pria la camarade chez qui elle avait couché d'aller voir chez elle, le lendemain, si Lambert était de meilleure humeur. Paulette n'avait pas dormi. Le passé de Lambert (sa jambe, certains mots, des bribes de rêve à voix haute) devenait clair comme le jour.

— Nous avons, dit la fille, d'autres chats à fouetter que les nôtres! Que pèsent nos petites misères à côté de l'œuvre...

— Ça va, dit Paulette, garde ça pour les réunions.

La fille, ravie quand même de rendre service, courut donner le fatal coup de sonnette. La porte s'ouvrit subitement avec douceur. Un homme à lunettes d'or la regardait.

— Madame Lambert?

— Non. Elle m'envoie.

— Où est-elle?

— Chez moi.

— Je vous suis.

Chemin faisant, dans la voiture de police plus bruyante qu'un poulailler avec ses appels incessants de radio, l'homme aux lunettes d'or lui demanda ce qu'elle ferait, elle, si jamais ça sentait le gaz dans son escalier ?

La blouse grise

Paul Bonhommet arrivait à six et demie pour relever les rideaux de fer, donner un coup de balai au magasin et aux trois salles d'entrepôt. Depuis trente ans qu'il était le premier commis des Établissements Poncet, alimentation en gros, qu'il se levait avec le jour, traversait la ville, coupait en diagonale la place d'Armes, depuis trente ans, dès le coin de rue qui le séparait de son lieu de travail, Bonhommet sentait le plaisir lui monter aux narines, dès le coin. Alors par la porte ouverte sur les épices, les saucissons, les cartons de biscuits et de friandises, l'odeur épaissement vanillée, sensuelle, poivrée, marquetée d'angélique, de savon et de cannelle s'étirait jusqu'au milieu de la rue, enlaçait l'employé exemplaire, le poissait de térébinthe, de savon noir, d'osier et de chanvre. À sept et demie les frères Poncet arrivaient. À sept trois quarts la caissière, les huit vendeuses et vendeurs, les deux magasiniers et les trois rouleurs dont l'un gardait jalousement le service de ville avec chevaux. À huit madame Poncet mère qui allait tricoter toute la journée dans une sorte de loge vitrée, au premier, un œil sur les mailles, un autre sur les magasins. À huit heures cinq le chaland pouvait croire que les Établissements n'avaient jamais fermé, à peine réveillés deux fois la nuit par les coups de poing du veilleur dans les volets ondulés.

Bonhommet faisait tout et rien. Sa fonction allait du coup de balai au coup de main à l'heure de pointe, de la mission de confiance, poste ou banque, à la relève d'un employé défaillant, vacances ou maladie. On ne lui avait jamais donné de congés payés parce qu'il n'en avait pas voulu.

« Un petit supplément en nature, ça me suffira. »

On n'avait qu'à se louer de lui. Il était arrivé que l'un des frères Poncet passât la petite porte des Établissements le dimanche pour voir, pour goûter l'ordre des bocaux et des caisses et que Bonhommet fût déjà là pour les mêmes raisons. Il faisait partie des rayonnages, de la loggia où l'on remise les pâtes, de la main courante qui va jusqu'aux verrières de l'arrière-fond, au-dessus des tonneaux de vinaigre, des caves qui remontent à la guerre de Cent Ans, mouchetées de salpêtre, gonflées de bouteilles, à l'odeur fade d'intérieur humain.

— Alors, Paul ?

— Tout va, monsieur René.

— Alors, Paul ?

— Tout va, monsieur Raymond.

C'est à peu près tout ce qu'on échangeait avec lui. La vieille patronne ne le saluait même plus. Quand elle le rencontrait elle levait le menton en fermant les yeux. Bonhommet retirait son béret, à la va-vite, d'un coup de paume, comme il avait fait depuis l'école des Enfants de Marie, où il avait gagné des statuettes de plâtre, des saints qui ornent toujours sa chambre, dans le faubourg nord de la ville. Il n'avait qu'un défaut, Bonhommet, et qui lui gonflait les poches de sa blouse grise toujours impeccable et boutonnée de haut en bas. Il mouchait souvent et usait quantité de pagnolettes, ainsi qu'on appelle encore les mouchoirs dans certains coins de Flandre, en souvenir de l'occupation espagnole. Son plaisir était d'aller aux caracoles, aux escargots, dans les sentes herbues qui dominent la cité. Quand il en avait noué deux pleins mouchoirs, Bonhommet allait les porter à l'*Estaminet des Quilles,* où le patron lui servait un genièvre. La vie coulait ainsi, tranquille, fermée, descendant le faubourg vers les Établissements, dans le matin gai à petits pas vifs, remontant des Établissements au faubourg, dans le soir à petits pas fatigués.

Ce jour-là, les frères Poncet arrivèrent à sept et demie et trouvèrent la devanture fermée. Ils firent le tour par l'arrière. La petite porte de l'impasse des Anges était fermée.

— Tiens ! dit monsieur René.

— Tiens ! dit monsieur Raymond.

Aux heures rigoureuses de chacun l'étonnement augmenta.

— Il est peut-être malade, dit une jeune vendeuse.

— Allons donc, grommela la mère Poncet. Lui ? Un homme de ma race ? Allons donc.

Elle avait l'air dur, comme ça, mais elle imagina l'accident, la mort.

— Bonhommet a fait une fugue ! dit en riant un des livreurs.

On rit beaucoup, mais monsieur René s'était déjà assuré que le tiroir-caisse n'avait pas souffert ni le coffre que monsieur Raymond avait scellé à l'entrée de la cave.

D'ailleurs c'était un réflexe stupide et les deux frères s'en voulaient de l'avoir eu.

À midi, pas de nouvelles, et le soir pas davantage.

— Voulez-vous que je passe chez lui ? demanda le rouleur à cheval.

— Attendons demain.

Il ne vint pas davantage et l'on commençait à jaser dans les Établissements : pourquoi les patrons ne vont-ils pas voir chez lui ? Après trente ans à leur service ! Voilà comment on se soucie de nous. Les deux frères tinrent conseil avec leur mère et l'on décida de téléphoner à la police. Le commissaire en personne leur répondit que c'était étrange en effet mais qu'il allait faire le nécessaire, peut-être pas aujourd'hui, vu l'ampleur du service. Le troisième jour un inspecteur arriva vers midi chez les frères Poncet, l'œil noir, la lèvre mince.

— J'ai à vous parler.

— C'est grave ?

— Très grave.

Ils grimpèrent chez l'ancêtre dans la loge vitrée où les vendeurs jetaient de temps en temps un œil inquiet. L'inspecteur était assis, les Poncet debout.

— Vous auriez dû nous prévenir plus tôt, pour l'odeur. On l'a retrouvé devant son armoire à glace, nu, avec des dessous de femme. Une embolie.

Le coiffeur

Le vendredi, Lucienne Épinalie prenait le train pour Paris, dans sa plus belle robe, enveloppée l'hiver d'une fourrure qu'elle avait héritée d'une tante. Elle allait ainsi chaque semaine se faire coiffer, pour être la plus élégante des femmes de la Ferté des Ormes. Elle ne manquait ni le tour du marché du samedi, ni la grand-messe, ni le bridge du dimanche, partie qui se jouait chez l'huissier et qui était en tout point copiée sur celle du notaire, jusqu'aux tasses dans lesquelles on buvait le thé de même provenance : l'épicerie de l'église. Madame Épinalie ressemblait à l'une de ces petites femmes d'officiers qui ne vont jamais très loin dans la carrière, tout heureux de pouvoir sauter dans les concours hippiques. Toujours gantée de chevreau, la poitrine en chair, le soulier Louis XV, et la croix d'or au cou, elle n'était cependant que la femme d'un poseur de carreaux et de papiers peints. Elle n'était pas sitôt installée dans son compartiment de retour que les voyageurs mâles passaient et repassaient devant sa vitre, attirés et timides.

— Les places sont libres?

— Je n'attends personne, répondait-elle d'une voix brève qui retardait chez la plupart et parfois tuait dans le désir la conversation. On imaginait que cette blonde bouclée à la dernière mode regagnait son domaine après une escapade galante à la capitale et qu'une voiture l'attendait sous les tilleuls d'une petite gare, avec la complicité de son chauffeur qui patientait depuis le matin et ne saurait jamais la bonne adresse de l'amour. Que de rêveurs pendant le parcours échafaudaient un roman, descendaient avec elle, logeaient dans une auberge, oubliaient leur toit. Madame Épinalie n'en abusait pas. Elle répondait d'une façon distinguée à ceux qui finissaient par lui adresser la parole. L'œil toujours mouillé, elle faisait naître avec sa voix d'amazone un peu cinglante des idées qui serraient la gorge. Il arriva que certains lui prirent la main qu'elle leur laissait baiser, à distance, tout en regardant la propreté de leur chevelure, et sachant bien qu'elle allait descendre au prochain arrêt, incessamment.

Elle ne ressentait pas le plaisir des allumeuses et il lui arrivait de ne pas reconnaître la semaine suivante un voyageur qui la retrouvait avec empressement, qui voyait venir le jour qu'il ne pourrait plus se passer d'elle et qui se livrait à des combinaisons pour prendre ce train-là qui le déroutait de sa famille et de son travail. Lucienne Épinalie respirait la santé, la netteté, l'aisance, la liberté, bref les qualités d'une maîtresse rare. Il n'y a qu'elle qui l'ignorait, fidèle à son peintre en bâtiment qu'elle gavait de petits plats et caressait cliniquement, à heures fixes. Elle était beaucoup plus merveilleuse que ne se la dépeignaient les hommes toujours attirés si méchamment par une nature souffreteuse, mais si délicatement par la force. Ils rampaient à sa seule image, à ce parfum de savon frais, à ce regard humide. Madame Épinalie l'emportait en effet sur tout cela : elle n'avait aucune imagination. Elle ne souffrait donc pas et gardait l'œil le moins romanesque qui fût, mais cela ne suffit pas pour ne pas entrer dans le roman. Les autres se chargent de l'aventure.

— Ma femme? dit Épinalie. Elle doit être là-haut. C'est pour quoi, brigadier?

— Une convocation.

— Tiens?

Épinalie, qui délayait de la poudre, à genoux au milieu de ses camions, se leva pour appeler Lucienne et s'excusa de ne pas tendre la main au gendarme, à cause de la couleur.

— Bonjour, brigadier, dit madame Épinalie, en tailleur noir et corsage blanc, quel bon vent vous amène?

« J'ai toujours dit qu'elle était trop belle, songea le gendarme. Il n'y a qu'à voir son mari. »

Elle est raide, celle-là. Parce qu'un jeune homme descendu à contre-voie, hier soir vendredi, s'est fait écraser par un express, on la convoque, elle, Lucienne, ma femme!

— Je reviens, dit-elle. N'oublie pas d'aller poser le carreau de madame Pilat. Elle me l'a encore réclamé ce matin.

Les faits étaient simples. Robert Prédieu, de Rennes, vingt ans, n'était pas mort par accident puisqu'on venait de lire des lettres trouvées intactes sur son corps broyé.

— Elles vous sont toutes adressées, madame Épinalie, depuis trois mois. Certaines vont même très loin, mais enfin la passion nous égare. Il s'agit donc d'un suicide. Sale affaire. Quels étaient vos rapports avec Prédieu ? Vous le connaissiez depuis longtemps ?

Au chef-lieu comme à la Ferté des Ormes, à tous ceux qui l'interrogèrent, madame Épinalie montra le plus grand étonnement, mais il n'atteignait pas à la stupeur que son calme faisait naître. On y voyait une rouerie sans pareille. On sait ce que coiffer veut dire. D'ailleurs, si l'on ne possédait aucun écrit de sa main, elle était incapable de fournir le moindre emploi de son temps à Paris, en dehors de la séance chez le vrai coiffeur. C'était bien joli de dire qu'elle s'était promenée en attendant l'heure du train, qu'elle était entrée dans les grands magasins, qu'elle avait pris le thé ici et là, aux terrasses des cafés, mais au fait ! Lucienne Épinalie fit quand même un effort quand son mari lui demanda de bien réfléchir.

— Non, vraiment non, j'ai dû le voir deux ou trois fois dans le train, mais il y en avait d'autres, tellement d'autres.

— Lucienne, on n'écrit pas à une femme qui ne vous a rien dit, rien fait.

— Je n'ai pas reçu de lettres.

— Tu peux me parler, au point où nous en sommes. Les lui as-tu renvoyées ?

Puis il ajouta parce qu'il fallait que cela sorte :

— Avoue que ça t'est commode de ne pas pouvoir faire d'enfants.

Madame Épinalie se mit à pleurer. Elle ne comprenait plus rien. La thèse de l'accident finit par l'emporter. L'affaire avait tenu en haleine la Ferté des Ormes, fière de sa Maîtresse. Contrairement à ce qu'Épinalie avait pensé dès le premier jour, il n'avait pas moins de papiers peints à coller, au contraire, et l'on se serait arraché Lucienne et ses secrets si la malheureuse ne s'était enfermée dans sa maison pour ne plus en sortir. Elle laissa pousser ses cheveux qui devinrent gris et qu'elle taillait elle-même. Son mari qu'elle négligea tout à coup prit l'habitude d'emporter une gamelle sur ses chantiers. Lucienne lui refusant sa porte, il dressa son lit dans l'arrière-boutique. La santé de sa femme l'inquiétait. Elle maigrissait et ne parlait plus, mais ce fut lui qui mourut le premier. À l'église personne ne reconnut la Maîtresse sous ses voiles. On ne l'aurait jamais crue si petite. La maison du peintre fut mise en adjudication et madame Épinalie se retira chez les Dames de la Providence où elle vécut encore vingt ans.

Le château

Guillaume Mérod de la Noudière. Le commissaire principal Hallu tournait et retournait la carte de visite entre ses doigts. Guillaume Mérod de la Noudière. Le bristol donnait un petit bruit mécanique, continu. Si je m'appelais, moi, Hallu de la Noudière, Pierre Hallu de la Noudière ? Mieux, Alphonse. Mieux, Victor Hallu de la Noudière ? Ce si avec lequel je serais autre chose qu'un commissaire même principal, ce si, rapide et fouetté, qui n'est qu'un coït bref, si mon père, si ma mère, si la maigre maison de banlieue, si j'étais né à la Noudière, sur mes terres, au cœur de mes deux mille hectares, bois et blé ? Entrez !

Un inspecteur rompit un instant le charme douloureux. La carte de visite tomba sur le grand buvard sali qui servait de sous-main.

— Il est de la Noudière comme mes cheveux, dit l'inspecteur.

Hallu prit alors toute son attention.

— Oui, dit l'autre, c'est le nom d'un des

hameaux qu'il possède de son troisième mariage. En fait il s'agit d'un Guillaume Mérod comme vous et moi.

— Moins les deux mille hectares, les fermes, le château...

— ... de la Noudière, bien sûr, mais vous vouliez savoir et je vous le dis. Il se fait appeler ainsi sans y avoir le moindre droit.

Il sembla au commissaire Hallu que Mérod Guillaume perdait la partie, peut-être bien sa tête.

— Ce qu'il y a de sûr, dit l'inspecteur en regardant la feuille qu'il tenait à la main, c'est que Mérod, à soixante-cinq ans, en est à son quatrième mariage.

— La morte ?

— La morte.

Ils pensaient tous deux l'assassinée. L'inspecteur reprit :

— Au début, petit fermier, bel homme, fort comme un cheval, épouse la fille du plus gros cultivateur du coin. Le beau-père mort, il hérite. Pas d'enfants. La femme meurt deux ans après. Il se remarie.

— En noir ?

— Sept mois après, oui. La nouvelle épouse lui apporte quatre cents hectares d'un seul tenant, à peu de distance. Les terres qui séparent les deux domaines sont séparées par le château de la Noudière et environ un millier d'hectares. Le propriétaire, un certain Bordet, est en bonnes relations avec Mérod. Madame Bordet l'est davantage encore. Sa liaison avec Mérod, longtemps secrète, éclate, mais Bordet meurt, laissant un fils aventurier que sa mère aide à s'installer au Brésil où il tient actuellement un commerce de pierres semi-précieuses. La belle Madeleine Bordet et Mérod vivent ouvertement ensemble, à la Noudière. L'épouse de Mérod le supporte, accepte, renonce, ne sort plus de chez elle et meurt à trente-cinq ans. Le poumon...

— Le poumon...

— Mérod épouse la Bordet folle de lui. Le domaine est parfaitement régi. Il prospère. Nouvelles acquisitions de prés. Leur cheptel s'élève à deux cents vaches, trente chevaux et un millier de moutons. Trois fermiers, vingt ouvriers, toutes les machines agricoles possibles.

— Chasses, réceptions, bien entendu?

— Non, monsieur le Commissaire. Mérod vit seul, avec sa femme. Toutes les semaines un tour au chef-lieu. Tous les deux mois un passage à Paris. Au début ils y allaient ensemble, puis Mérod y filait seul.

— Je vois.

— Je ne sais pas, monsieur le Commissaire. Le ménage semble avoir été heureux.

— Des enfants?

— Aucun.

— Et vous appelez ça un ménage heureux?

— Mérod n'a pas d'enfant. Je suppose qu'il ne peut pas en avoir. Nous arrivons ainsi à la guerre de quarante.

— Ils sont mariés depuis combien de temps?

— Douze ans. Les troupes allemandes arrivent, inondent le pays...

— Je sais...

— ... et frappent au château de la Noudière.

— Reçus à bras ouverts, je m'en doute!

— Hélas non. Madeleine Bordet les injurie, refuse l'entrée, fait clore toutes les portes et, tenez-vous bien, relever le pont-levis. Un vrai récit!

— Je ne vois pas ce qu'un pont-levis arrêterait de plus que la ligne Maginot. Elle est idiote, cette femme.

— Je trouve ça plutôt sympathique.

— Si vous voulez.

— C'est assez...

— Vous voyez, vous ne trouvez pas vos mots!

— ... en panache... C'est assez beau.

— Continuez.

— Les Allemands pénètrent. Pas de Mérod dans la bâtisse. Il apparaît trois jours après, comme retour d'un voyage. Madeleine Bordet est embarquée. Elle finira à Ravensbrück.

— Encore veuf.

Le silence tomba, carré, blanc. La carte de visite tournait de nouveau entre les mains du commissaire. L'inspecteur s'était mis à songer, lui aussi, puis il rit nerveusement et reprit l'histoire.

— Le domaine n'a pas souffert, ni de la guerre ni de la libération.

— Il s'est remarié.

— Avec un prix de beauté, il y a deux ans.

— Celle qu'on a retrouvée pendue le mois dernier ?

— Oui, mais la pendaison remontait à deux mois.

— Alors ? Où en est-on ?

— L'enterrement a eu lieu, très simple.

— Vous voulez mon avis ? Qu'elle dorme en paix et qu'on ne me parle plus de rien.

— Les plaintes, monsieur le Commissaire. Mérod de la Noudière...

— Mérod, à ce que je sais, est en pleine dépression.

— Vous le défendez, aujourd'hui ? Il vous faisait vomir, vous me l'avez dit.

— Ce qui m'étonne, vous voyez, c'est que personne ne se soit montré pour étouffer l'affaire. Cela m'étonne...

— Il ne recevait personne, gros ou petits... On ne lui connaissait aucune passion politique, alors...

— Que personne ne le défende, que les plaintes soient anonymes et ne parlent que d'orgies, de débauches. À deux, mon cher inspecteur ! Des débauches sans partenaires ! Allons. Allons.

— La disparition de toutes ces femmes...

— Il n'aurait pas pendu ! Pendu ! !

— Tous les moyens sont bons.

— Justement. Vous représentez-vous la Noudière ?

Le commissaire Hallu se changea subitement. Une lumière nouvelle, éclatante, l'enflammait. Il se passa plusieurs fois la langue sur les lèvres, non par envie, mais par bonheur, comme s'il venait de manger ce qu'il aimait. Il en vivait. Tout lui appartenait, les prés, les bois, l'eau, les réserves de la Noudière, ses champs et ses machines. Un peu de temps, Hallu marcha du pas du seigneur d'un bout à l'autre du domaine.

— Quatre-vingts pièces, la Noudière, des escaliers à n'en plus finir, des salles de bal où l'on peut ranger l'artillerie, où l'on n'a plus dansé depuis un siècle. Des millions de corbeaux sur le parc. La vie reléguée dans un coin de cette immense caverne. Enfermée avec la peur, la jolie fille, votre prix de beauté. Enfermée avec un homme encore beau mais vieux, vieux, vieux, mon cher, vieux comme peut l'être un homme qui n'a fait que baiser, et qui sent que ça diminue, qui devient jaloux, qui n'a pas d'amis, qui n'en veut pas, qui n'a qu'un ami, son sexe, et qu'une idée hors ça, la bonne marche d'une entreprise qui veut qu'on ne la quitte pas d'une semelle.

— Sauf les fredaines à Paris...

— Pas besoin, mon cher ! Les voyages se sont terminés par la trouvaille enfin, par le trophée, par la gloire d'une femme sans rivale. Vous la voyez ? toute belle, toute tendre, toute grâce, couic ! Enfermée. Dans la forteresse. Les premiers temps ont dû être magnifiques.

L'inspecteur avait un petit sourire méprisant mais il écoutait son patron rêver à haute voix. Si les collègues pouvaient assister au spectacle. Incroyable !

— Mérod ne se rendait compte de rien, tout à sa passion. Au contraire, il étouffait sa nouvelle femme, d'amour. Il l'aimait, la verrouillait. Elle a voulu s'échapper de cette chambre au cœur des murs, respirer. Elle s'est enfuie.

— Dedans ! !

— Oui, dedans. La Noudière est infinie. Je suis sûr que Mérod n'est pas entré une fois dans toutes les pièces. Sa femme disparue, il est venu à Paris, il est allé au chef-lieu, il a fait toutes les auberges des petites villes proches de chez lui. C'est idiot, mais c'est ainsi. Jusqu'au jour où il a, méthodiquement et sans y croire davantage, fureté dans le château. Il l'a retrouvée dans un recoin, sous les combles, par hasard. Elle aurait pu rester là dix ans, vingt ans, au bout de sa corde. Et il est allé le dire à la gendarmerie. Ne me parlez plus de ça. Nous verrons demain.

Il s'était mis en colère tout à coup, comme si la découverte de la morte lui avait fait mal et peur. L'inspecteur s'était retiré. Maintenant le commissaire, en regardant le bristol, secouait la tête. Il pensait que si Mérod se pendait à son tour, ce serait dans l'ordre. Il avait la certitude d'avoir dit la vérité sur cette histoire. L'idée d'un nouveau déplacement, de l'enquête à laquelle on ne croit pas, de nouvelles plaintes, de menaces même, anonymes ou d'administration, lui soulevait le cœur. Un château, à quoi bon un château, un nom de château, une pierre au cou, une médaille qui pèserait le poids du globe... Entrez !

— Commissaire? Monsieur Mérod de la Noudière...

— Une minute.

Le commissaire était devenu blême. Il reposa la carte de visite avec douceur.

— Faites entrer.

Un homme magnifique apparut, grand, le cheveu d'argent, la moustache en triomphe, l'œil violent, l'odeur de cuir.

— Guillaume Mérod.

Il s'assit, souriant, très à l'aise.

— Je vous écoute.

— Monsieur, dit-il, j'ai aimé les femmes plus que de raison...

Le commissaire répondit à son sourire et Mérod continua :

— ... comme une bête, comme vous ne pouvez pas savoir, comme la terre l'eau. C'est fini. (Il ferma les yeux.) Fini voici trois mois. Je parle à l'homme. Je suis fini. Je ne peux plus rien.

Il eut un nouveau sourire qui gêna le commissaire.

— J'ai pendu ma femme.

comme doit être le chant de tout oiseau

Le premier jour

Il ne pleuvait pas depuis dix semaines. La mare aux bêtes n'était plus qu'une fosse craquelée, celle des gens, plus petite, une tombe d'argile vide. La mère Bacoup s'assit sur le bord de son lit et ferma les yeux, le ventre chaud, énorme, sur ses cuisses. L'enfant allait venir, sûr, pendant que Bacoup serait aux bois, à faire ses coupes, dans l'ombre pleine de moustiques. Elle se passa la main sur le ventre. Ça ne bougeait plus mais elle se sentait fendue en deux, et l'image du chêne, au bout du jardin, lui passa dans la tête. L'arbre avait reçu la foudre au début de l'été et son tronc s'était ouvert sous le coup. Les mains de la fermière s'agrippèrent au bateau du lit et elle se mit à geindre avec de gros soubresauts, pareille à une enfant qui ne peut calmer son chagrin. Pourtant, elle était dure, l'Émilienne, et elle avait déjà eu trois petits, mais cela remontait si loin qu'ils étaient déjà revenus du service militaire et qu'elle croyait bien que son homme ne la grossirait plus, à leur âge.

Il allait être midi. Bacoup au bois, avec l'aîné, les autres fils à l'usine, elle restait seule avec la vache, les poules et les trois chiens qui dormaient dans l'ombre courte. Émilienne se leva et atteignit difficilement, en s'appuyant au mur, la porte de la cour où la chaleur à ras de sol brûlait une paille invisible. Elle se tenait toujours au mur et, comme son fruit descendait, elle leva une jambe pour le serrer, pour l'empêcher. Elle mit le pied sur le grattoir de fer de l'entrée, puis elle prit son souffle pour appeler la voisine.

— Marguerite !

L'autre sortit, les mains mouillées, le tablier relevé en coin sur la hanche. Elle aperçut Émilienne et resta quelques secondes en suspens, les yeux plissés, à s'essuyer les mains. Quand elle arriva Émilienne avait réussi à se recoucher. La voisine trouva les baquets d'eau préparés par Bacoup, des pinces, les ciseaux, des draps et des linges.

Dans la clairière où le cheval dételé de son tombereau dormait debout, une cuisse fléchie, Bacoup, après son morceau de fromage arrosé de cidre, roulait une cigarette, assis dans les fougères et discutait avec son fils sur un stère de bouleau qu'ils avaient oublié de rentrer et que le régisseur du domaine avait découvert dans un taillis, au loin, à l'autre bout, vers le pays voisin.

— J'entends ta mère, dit Bacoup.

Cela fit rire l'aîné qui n'avait plus de dents et qui n'était pas de la première finesse.

— J'entends ta mère. Attelle Bijou.

Il était quatre heures, maintenant. Il leur fallait bien une heure pour rentrer.

— Si c'est fait, c'est fait, marmonna le fils en souriant.

— Et la traite ? Allons ! Il est temps.

Quand ils arrivèrent, ils trouvèrent un beau garçon couché à côté de l'Émilienne que coiffait Marguerite. Bacoup posa la main sur le ventre de sa femme, gentiment.

— Te voilà plate à présent !

Émilienne prit la main de son homme et la serra. L'aîné, les cheveux collés, avait enlevé sa casquette et regardait le nouveau-né en secouant la tête, la bouche ouverte, et tout heureux.

— Comment tu l'appelles ? fit Marguerite.

— Comme moi, répondit Bacoup. Victor.

La voisine retirait du peigne une dernière poignée de cheveux gris. Bacoup sortit la bouteille de goutte, frotta de prunelle les lèvres du nouveau-né et porta un verre à la santé des présents, des absents et des à venir.

— Ne m'en fais plus, dit Émilienne en vidant son verre. J'ai faim.

La voisine lui coupa une tartine et Bacoup sortit les rillettes. Ils restèrent un bon moment à manger et à prendre chacun son tour le nouvel enfant. Le docteur arriva comme Bacoup buvait son huitième verre et partagea la tournée. Tout allait bien. La Marguerite s'entendait au travail des femmes. Le docteur acheva son examen, nettoya les yeux du petit, et dit qu'il passerait demain. Il s'en alla dans le carré de lumière, sa trousse à bout de bras. Tous, assis, le regardaient partir, comme si c'était un être d'un autre monde.

— Maintenant, dit Bacoup à l'aîné, amène Rosette, c'est l'heure.

Rosette, une normande un peu sauvage, ne se laissait traire que par Émilienne. Personne autre, jamais, n'avait pu lui tirer une goutte de lait. Le fils aîné poussa la vache jusqu'au pied du lit. On aida Émilienne à se mettre en place. Bacoup prit le nourrisson dans ses bras et Marguerite posa le seau sous les pis. L'accouchée commença de traire, le souffle court, avec des haltes et des soupirs. Énorme et balançant la queue qu'il fallut attacher à la patte, la vache tournait de temps en temps la tête vers l'enfant. Émilienne à l'abri de la masse tiède ne voyait plus l'éclatant rectangle en feu de la porte. Bacoup ordonnait à son fils de chasser les mouches apportées par la bête et qui dansaient autour d'elle.

— J'espère que tu nous en feras autant, dit Bacoup à sa femme en regardant le lait mousser dans le seau.

Elle s'arrêta pour lui sourire. La chaleur augmentait, accumulée par les murs, doucement battue par les flancs de Rosette. L'aîné s'approcha, la bouche ouverte, du tout petit, mais le père le repoussa.

— Les enfants on n'y touche pas, fit Bacoup.

Occupe-toi des mouches. Ce Bon Dieu de temps, quand même !

La voisine mouillait le sol avec la wassingue, pour rafraîchir l'ensemble. Elle avait étendu derrière la vache deux sacs à pommes de terre, en cas. Rosette était si grosse que la salle était toute petite.

Le casseur de chaussures

— Où est Pinceloup ?

— Je ne sais pas, monsieur le Directeur.

— Monsieur le Baron, dit le directeur en se retournant vers le client qui venait d'entrer, mon personnel et moi-même l'avons vu partir ce matin, pour votre bien.

— Ce que je vois, fit l'autre, c'est que je comptais sur mes chaussures à seize heures. Vous me l'aviez promis. Il est dix-huit heures. Ma soirée est à vingt. Je ne vais tout de même pas faire le poireau dans vos rayons.

— Monsieur...

— ... C'est moi, Monsieur, qui suis navré. On ne peut plus compter sur personne.

Le baron regarda ses pieds et fit jouer ses orteils dans le veau. Il irait donc à la soirée dans cette vieille paire de chaussures, toute cuisinée d'oignons. Évidemment il y était à l'aise, mais comme on aimerait user sur-le-champ ce que l'on désire ! Cette paire de bottines qu'il avait achetée

la veille et qui l'avait tant fait souffrir en l'enfilant devait être encore à se faire casser par un nommé Pinceloup, quelque part dans Paris.

— Puis-je me permettre? hasarda le directeur. Je connais Pinceloup. Pinceloup est un employé que j'utilise depuis plus de trente ans, monsieur le Baron. Il m'a cassé plus de douze mille paires de chaussures, au gré du client. Il compte une matinée par paire pour un pied normal, mais un après-midi entier si le client présente quelque déformation. Nos clients exceptionnels...

Le baron ne se rangea pas tout de suite parmi ces derniers.

... je veux dire ceux que la nature s'est plu à déformer, et Dieu que je les plains, exigent de Pinceloup parfois une journée entière...

Le baron appuyait malignement du bout de sa canne sur l'œil-de-perdrix qui couronnait le pouce de son pied droit gonflé par la goutte.

... Pinceloup d'ailleurs est un physionomiste que je regretterai. Il saisit d'un seul coup d'œil s'il lui faut marcher en dedans ou à la palme, glisser un bouchon dans la chaussure au bon endroit, enfin à l'endroit... Monsieur le Baron?

— Oui.

— Nous ne trouverons plus beaucoup de Pinceloup dans les temps à venir! L'amour du travail s'en est allé. L'amour de l'art s'en va. Asseyez-vous, il ne peut tarder à revenir.

— L'art? s'écria le baron. Laissez-moi m'asseoir, en effet.

— Pinceloup, poursuivit le directeur, appartenait à mon père avant que je reprisse le magasin.

C'était un langage que savoura le baron. Ainsi le temps s'avançait. Les vendeurs allaient et venaient portant des piles de cartons, s'agenouillant, jouant de la corne, laçant le richelieu, vantant le crocodile et, vers le rayon des Dames, prenant pour s'asseoir à leurs pieds des poses féminines, reclaquant les jambes à la baigneuse et n'hésitant pas à fermer les yeux dès qu'un écart de cuisses leur offrait des vues interdites. Le directeur regardait son monde tout en ne quittant pas le baron qui n'était pas un fameux client mais un homme de grande renommée. Les Petit-Chablis tenaient encore la moitié des chemins de fer, il ne faut pas l'oublier, et c'est ce qui honore une clientèle.

— Décidément, je ne comprends pas.

— Et voilà la nuit, soupira le baron.

Ils étaient tous deux sans espoir quand la porte s'ouvrit, poussée par Pinceloup, vert et les bras aux genoux.

— Ah, vous voilà !

Le baron regardait ses bottines aux pieds du casseur. Elles ne ressemblaient plus à ce qu'il avait acheté, mais bien à ses bonnes vieilles tiges qui le chaussaient présentement. Ses yeux allaient d'une paire à l'autre.

— Mon brave, s'écria-t-il en posant sa main sur l'épaule de Pinceloup. Tout a bien marché ?

— Tout, monsieur le Baron. Il reste peut-être un soupçon de renfort au talon gauche extérieur.

Veuillez m'en excuser. Est-ce que je vieillis ? Est-ce que l'on perd un liant dans le tannage, ou l'émincage ? Ou, peut-être, une exagération dans les piqûres et le doublé ? Chaque paire nouvelle m'est une fatigue.

— Déchaussez Pinceloup, ordonna le directeur à l'un des vendeurs.

— Je veux bien, dit Pinceloup d'une voix faible.

— Et vous en êtes content ? demanda le baron Petit-Chablis.

Il montrait du bout de sa canne les deux bottines déjà boursouflées d'où venaient de sortir, avec les pieds de Pinceloup, des petits bouts de carton, des œufs de coton, des lamelles de bouchon, des rondelles de caoutchouc.

— Elles ont dix-huit kilomètres, fit Pinceloup. Je vous conseille de les passer pendant qu'elles sont chaudes. Nous obtiendrons un contact plus généreux. Le talc...

— Le talc ! cria le directeur.

— ... le talc sera mon excuse.

Le baron se fit chausser, lacer et remettre sur pied. En serrant la main du directeur, il allongea l'autre qui tenait la canne vers Pinceloup, d'une façon qu'il voulait discrète, et faillit l'éborgner en lui glissant une pièce.

Le casseur regarda s'éloigner le baron, à petits pas hésitants. Il le vit qui s'arrêtait au milieu de la chaussée, un pied douloureux et il eut mal, et même un peu honte.

— Monsieur, dit-il au directeur, ce n'est plus possible.

— Quoi donc ?

— Je ne vaux plus rien. Regardez !

On voyait le baron disparaître claudicant.

— J'ai fait ce que j'ai pu, murmurait Pinceloup et il se penchait sur ses pieds déformés, douloureux, dont la chaussette semblait par endroits incrustée dans la chair, avec des zones sombres, comme des taches de sang.

— Allons, allons, du courage, que diable ! Vous êtes le premier casseur de Paris, Pinceloup. L'important dans la vie c'est d'être le premier quelque part. Rappelez-vous...

— Et demain ? coupa Pinceloup que l'honneur reprenait.

— Vous me ferez deux paires. Elles sont sans histoire.

— Mais je ne les ai pas vues ! Je n'ai pas vu ces messieurs les essayer !

Le directeur alla tirer d'un fichier deux feuilles de bristol.

— Tenez.

Il sait bien que Pinceloup ne sait pas lire et Pinceloup sait tout cela. Si le directeur redevient méchant c'est qu'il l'estime, qu'il a besoin de lui et qu'il peut se vanter qu'il n'y a plus deux casseurs de cette taille sur la place de Paris.

— À demain, murmura Pinceloup.

Comme il avait mal il mit des chaussons, des cordes de prisonniers qu'il garde pour les mauvais

soirs, et le directeur, n'oubliant pas le retard de Pinceloup et la crainte qu'il avait eue de gâcher la soirée du baron, bien que ce fût la fermeture, le fit sortir par la petite porte.

Dans les campagnes

Il faisait plus de trente à l'ombre. La plaine à blé en paraissait d'argent. Dans l'arrière-salle de l'épicerie-buvette Cochepain, au village de S..., la fille du mastroquet jouait du piano, en combinaison, et regardait son père entre deux trilles.

— Ne bois plus. Respecte au moins la santé des autres.

— Je la respecte. À preuve, santé !

Ivre, Cochepain leva le coude en fermant le seul œil qui lui restait. Il voulut se lever pour aller jusqu'à son lit, mais il glissa et tomba près du piano. Yvette Cochepain poursuivit sa romance sans faiblir. Quand elle l'eut achevée, elle abaissa le couvercle du clavier, ferma le dessus de l'instrument et y replaça la carafe à guêpes. Quelques mouches couraient à l'intérieur de la cloche de verre en attendant de tomber dans la rigole de cidre déjà noire de cadavres. Sous l'ouverture-trappe Yvette remit le sucre, à même le bois noir du piano. Son père ronflait à terre. Yvette resta un instant debout à regarder le bombillement d'une guêpe autour de la carafe, puis la marche de l'insecte entre les pieds de verre, et l'envol dans le globe, la lutte avec les prisonnières, la recherche d'une issue, le tournoiement mortel dans les vapeurs de cidre.

— Tu ne pouvais pas le conduire à sa chambre ?

La voix sèche de madame Cochepain qui remontait de la cave fit sursauter la belle Yvette.

— Je n'ai pas eu le temps. Il est tombé tout de suite.

— Prends-le.

Elles saisirent chacune une jambe et tirèrent la masse vers la chambre. Au frottement sur le carrelage les boutons qui retenaient, dans le dos, les bretelles de Cochepain s'arrachèrent.

— Tu les recoudras, dit la mère, avant qu'il se réveille.

Comme elles ne pouvaient pas le soulever elles le tournèrent sur le côté et le calèrent avec des oreillers et des coussins. Yvette, les dents serrées, obéit à sa mère et recousit à genoux les boutons. Madame Cochepain défit son corsage et s'affala sur l'unique fauteuil. La sonnette de la boutique grêla sec et fêlé. Qui pouvait marcher à cette heure, par cette chaleur !

— Va voir.

Yvette, avant d'entrer dans la boutique aux rayons garnis de bocaux vides, au plafond tout cloué de crochets à quoi rien ne pendait plus, ni saucissons, ni balais, ni cordes, souleva le rideau.

Deux soldats allemands, les jambes écartées, le casque à la ceinture, s'épongeaient le front en silence. Yvette se retourna vers la chambre, en enfilade au bout de la maison basse.

— Des Allemands, dit-elle en chuchotant.

— Eh bien ? répondit sa mère. Ils ne te mangeront pas.

Les soldats étaient jeunes, à belle tête carrée, à cheveux courts en épi. Ils sourirent à l'entrée d'Yvette.

— Mademoiselle. Boire ! Boire !

Yvette montra les étagères de la buvette où deux bouteilles de sirop gardaient l'une un fond vert, et l'autre un rose. Elle levait les yeux, les épaules, les mains pour s'excuser.

— Prima, dirent les hommes en s'emparant des bouteilles. Avec l'eau !

Yvette la fit couler un moment dans le bac de zinc, laissant sa main sous le jet, attendant la fraîcheur. Les deux soldats regardaient la jeune fille, la pauvre épicerie, un tonneau vide où Cochepain entassait tout papier après l'avoir plié. Yvette regardait sur la route, dans la fournaise, le side-car des soldats. Quand ils eurent bu et payé ils sortirent de grands mouchoirs, s'en couvrirent le crâne et la nuque en riant et se coiffèrent du casque. Ils riaient de la même façon, avec des dents à ne plus les compter. Yvette pensa que ce devait être des frères pour se ressembler tellement.

— Jolie.

— Jolie, reprit l'autre en levant le bras.

Leur véhicule pétaradait qu'ils riaient encore, en faisant un signe de la main. Yvette ferma la porte, mais quand ils démarrèrent, elle sortit sur la route, dans une poudre de brasier. La nappe de chaleur formait comme un élément nouveau dans lequel ses jambes s'enlisaient, prenaient un frisson qui remontait jusqu'aux épaules. Il n'y avait rien à voir sur la route qu'un nuage de poussière qui montait plus haut que le toit des granges.

— Combien leur as-tu demandé ?

— Rien. Ils ont laissé un billet.

— Montre.

Madame Cochepain était tout heureuse. Yvette sortit par la cour, tira le baquet du hangar, le roula jusqu'à la pompe, à l'entrée du jardin et prit un bain. Le rire des soldats montait en elle. Elle ne bougeait plus, à genoux dans le baquet, attendant que le miroir de l'eau lui renvoyât son image, calme, sans ride. Le reflet de son visage formait une caverne noire, enfouie dans les cheveux tombant sur le disque en nacre du ciel. Yvette se sourit, approcha le nez de son reflet et brouilla tout en s'asseyant.

Ce rire, n'était-ce pas qu'ils se moquaient d'elle ? Quand la chaleur fut moins forte, Yvette et sa mère collèrent sur des feuilles les tickets de rationnement et préparèrent leur envoi. Cochepain, lui, se trouvant maintenant sous la pompe du jardin, revenait en bâillant vers ses femmes, essuyait son orbite creuse avec un grand mouchoir à carreaux.

— Dire qu'on aurait pu rester à Arras !

Il se félicitait chaque jour de sa décision. L'occupation ennemie n'est supportable que dans les campagnes. Il avait acheté in extremis cette boutique de village dès la drôle de guerre. Ils arrivaient à manger, à trouver de l'eau-de-vie. On ne voyait presque jamais les doryphores, les verts-de-gris, les frisés, comme il appelait l'Allemand. Sa fille qu'on avait remarquée pour ses dons de musicienne, mais c'est de famille, allait une fois par mois prendre sa leçon en ville. Que demander de plus ? Attendre.

— Joue-nous quelque chose.

Yvette ne se faisait jamais prier. Il n'y avait qu'un ennui. La musique attendrissait son père et le rendait blet au bout de dix mesures. Il sortait l'eau-de-vie. Il écoutait. Il se noyait. Attendre. Plus tard, après l'orage, Yvette serait professeur de piano. Elle donnerait un récital à la veille des vacances.

— Elle se mariera, disait madame Cochepain à son borgne, avec un ingénieur, avec je ne sais qui. Tu ne l'auras plus. Ne te fais pas d'idées. Et je parle au mieux !

Ils bavardaient dans leur chambre, en chemise sur leur lit, la fenêtre ouverte sur la nuit chaude.

— Sais-tu ce que j'ai pensé quand les Allemands sont venus boire ?

— Qui ça ?

— Tu dormais. Au début de l'après-midi. Yvette est en âge d'homme. Elle ne me parle plus. J'ai bien vu sa tête après leur passage.

— Yvette et un Allemand !

— Ce n'est pas tant l'Allemand que l'homme de passage. On ose avec un passant ce qu'on ne fait pas avec les connaissances. Ni vu ni connu.

— Avec un Allemand !

— Pourquoi pas ?

Cochepain était si surpris par sa femme qu'il se leva pour se verser une goutte. Une rumeur roulait au loin, grossissait.

— On dirait des chars, dit Cochepain. Ils nous préparent encore quelque chose. Ils s'agitent depuis quelque temps.

On entendait maintenant la reprise des moteurs.

— Ce ne sont que des camions.

Cochepain respirait la nuit sur le jardin et regardait de droite et de gauche les amas d'étoiles. Une vache meuglait au bout du village.

— Ils approchent. Ils vont tout réveiller.

On entendit distinctement des ordres, des hommes qui marchaient. Des coups dans le volet de l'épicerie firent descendre Cochepain. Il arriva pour voir voler la porte. Deux soldats l'empoignèrent. D'autres envahirent la maison. Devant la mairie Cochepain vit d'abord, à terre, dans les phares d'une voiture allemande, deux corps allongés côte à côte, puis ébloui, le borgne se sentit jeté contre un mur, à côté du fermier Malenfant. Il y avait aussi Bacoup, Mongrand, Pluvinage, leurs femmes, les enfants. Cochepain ne pouvait détacher son œil des deux soldats étendus sur la route.

Il ne vit pas arriver madame Cochepain ni Yvette qui reconnaissait les deux beaux rieurs de l'après-midi.

Un officier vint se placer à côté du maire et dit à voix forte, en français, qu'on avait trouvé ces deux hommes dans un fossé de la commune, dans cet état. La route, les champs étaient fermés par un cordon de troupe. Pendant que l'officier parlait, un soldat désignait ici et là quatre hommes parmi les alignés, les tirait du rang et les poussait en face, sur l'autre bord de la route. Les otages se trouvaient ainsi devant le monument aux morts du village, dominés par un coq de bronze. L'officier les fit pousser vingt mètres plus loin, à deux pas de l'épicerie. Puis tout alla très vite. Un cri partit d'en face, du milieu des femmes. Le peloton était prêt. Cochepain ne se vit pas mourir, car il se retourna vers la porte brisée de sa boutique, machinalement, au moment du feu. Il y eut ensuite un trou de silence que l'on n'oublierait jamais.

Les dames Cochepain quittèrent S...

Yvette ne s'est jamais mariée. Elle donne des leçons de piano et, le soir, fait un tour de ville avec sa mère.

Quand j'étais Marcel

Beau parleur, Félicien Lourdebie commença par débiter des tissus au mètre sur les marchés. Les ménagères attirées par sa voix se laissaient séduire et coupaient tabliers et robes en pensant à leur fier vendeur de cretonne, de béatrice, de tartanelle et de grisette. En trois ans, Lourdebie allongea ses tréteaux, songeant à prendre femme tant il avait à faire, et finit par s'installer en boutique, dans la rue de la Fosse, à Pontméry. Parmi ses habituées, madame Bouret fut d'abord la moins remarquée. Elle n'était guère jolie, comparée aux autres. Veuve, tenace, trop fardée, elle s'était mis en tête de posséder le calicot, mais Félicien paraissait ne pas la comprendre. Madame Bouret trouva la bonne explication : les autres, la Jognot, la Truquand, Célestine la bonne des Martin, la Poiru, en faisaient plus qu'elle et plus directement. Alors la veuve se voulut encore plus discrète et commença d'augmenter ses achats chez Félicien, sans les payer. Quand la somme fut assez importante, Lourdebie lui réclama ses dettes et la veuve se fit tirer l'oreille. Un après-midi le commerçant éleva la voix. Madame Bouret n'attendait que cela. Elle sortit de son sac une liasse de billets de banque et passa derrière le comptoir couvert de rouleaux de tissus.

— Comptez, dit-elle sèchement.

— Il y en a trop, remarqua Félicien.

Il n'avait pas plus tôt levé les yeux que madame Bouret lui prit la tête dans les mains, lui baisa la bouche et sortit sans un mot. Félicien n'en revenait pas. Pendant une semaine la veuve ne reparut pas. Ses billets étaient épinglés sous un presse-papiers, sur la caisse. Félicien les regardait à chaque instant de la journée.

— Monsieur Félicien ? dit Célestine en entrant. À qui rêvez-vous ? Je vous vois ce soir, comme à l'habitude, derrière l'église, à dix heures ?

— Oui, répondit-il.

Il n'en fit rien. À l'heure de la fermeture, il empocha les billets de la veuve Bouret et se dirigea vers la maison de la brave dame. Il s'apprêtait à sonner, refoulant une suprême hésitation, allons, si j'allais jusqu'au coin, si le nombre des pavés est impair, si trois de ces petits nuages ronds passent sur la lune, si... quand la porte s'ouvrit.

— Vous hésitiez ?

Félicien Lourdebie la laissa prendre son pardessus. Madame Bouret lui saisit alors la main qu'elle posa sur son cœur et Félicien sentit qu'elle était brûlante et ferme. Il ne fut pas étonné de trouver une table mise avec deux flambeaux et un seau à glace d'où sortait une bouteille de champagne.

— Tous les soirs je les ai préparés, dit madame Bouret.

— Et si je n'étais pas venu?

— Aujourd'hui? J'aurais attendu jusqu'à la sortie du cinéma et j'aurais éteint jusqu'à demain.

— Et je serais venu?

— Mon gros rat. Je le voyais à ton nez. Je savais. Assieds-toi.

Félicien était plus ému qu'il n'aurait voulu. La veuve fit sauter le bouchon, se passa un doigt de mousse derrière l'oreille et soufflant sur les bougies vint s'affaler aux genoux de l'élu. Il ne s'en alla qu'au matin. La glace était fondue depuis longtemps dans le seau. Ils n'avaient rien bu et le premier soin de madame Bouret, son amant parti, fut de tailler un bouchon pour l'étroit goulot.

Le calicot attendit avec appréhension le soir suivant. Tout cela était très joli, certes, mais la veuve lui paraissait un peu harcelante, un peu trop travailleuse en soupirs, grognements, râles, griffes et pâmoisons. Rien qu'à se remémorer les extravagances, les outrances, le délire et les fards de madame Bouret, Lourdebie se retrouvait dans un état qu'il n'avait guère connu avec les autres femmes dont la machine était peut-être trop neuve, trop simple, bonjour, au revoir. Il alla donc goûter le champagne dès qu'il eut baissé le rideau de fer de sa boutique.

Six semaines après, la veuve Alice Bouret devint

madame Félicien Lourdebie. Elle se tenait à la caisse du calicot comme dans un confessionnal, recevant des secrets, rendant la monnaie, sévère mais juste. À la fin de l'année on refit les peintures du magasin. Alice suggéra qu'ils prissent un commis. Elle le choisit parmi dix concurrents attirés par des annonces qu'elle avait rédigées de sa main, timbrées et collées dans la vitrine des commerçants et connaissances. Raoul Morosin fut élu un mardi matin. Il commença sur-le-champ. Le mardi soir, madame Lourdebie expédia Félicien à son ancien domicile qu'ils avaient transformé en réserve, sous le prétexte d'inventaire. Félicien ne douta pas de ce qui allait se passer. Il jugea qu'une heure d'absence suffirait. C'était juste mais suffisant. Il attendit quinze minutes de son plein gré, dans l'encoignure des Établissements Facheur, la sortie de son employé. Raoul Morosin parut le temps d'un éclair sur le pas du magasin. Félicien aperçut le bras de son épouse qui semblait pousser dehors le jeune homme.

— Alors? demanda-t-il en rentrant, s'efforçant à peine à cette question par un dernier sursaut de coq.

— Il fera l'affaire, dit Alice, si je m'en occupe un peu.

C'était bizarre. Félicien ne comprenait pas pourquoi il n'arrivait pas à en vouloir à sa femme. Elle lui paraissait d'un autre monde, maniant d'autres mots, pressant d'autres pensées, toujours inattendue. Ne lui avait-elle pas encore dit, la veille, après l'avoir réveillé au milieu de la nuit et serré contre elle :

— Appelle-moi ta veuve.

— Ma veuve.

— Encore.

Elle avait rallumé la lampe à abat-jour de soie saumon pour mieux voir son Félicien.

— Tu es heureux avec ta petite veuve ?

Ne lui avait-elle pas dit aussi, dans un sursaut du réveil :

— Joli Raoul.

Et ne le chapitrait-elle pas constamment sur la clientèle ?

— Tu n'es plus comme avant. Tu ne leur souris plus. Tu ne leur dis plus rien. Est-ce moi qui t'empêche ? Il faut parler aux femmes. Tu sais si bien.

Félicien ne trouvait plus les mots d'autrefois. Madame Bouret ne laissait de lui qu'une écorce, l'ayant en quelques mois desséché, ridé, jauni. Elle aurait pu le ranger dans l'armoire aux balais, de ce geste sec qu'elle a pour les soies de porc, les crins, l'osier, la tête de loup et les plumeaux. Félicien ne pesait plus, ne se sentait plus, se prenait à rêver à ses anciens marchés, à ses bonnes fortunes d'entre deux voitures, jadis. Une seule chose l'étonnait encore : le rajeunissement de la veuve, son embonpoint qui lui affinait l'œil, les dentelles dont elle accablait sa gorge, les faveurs, ses cheveux, et maintenant cette chaînette qu'elle attachait à sa cheville, et la bouche humide de plus belle.

— Tu n'as pas l'air bien, Félicien. Veux-tu que Raoul aille à la pharmacie ? Raoul !

— Il est parti livrer les Ponce.

— Il n'y arrive plus, je sais bien. Nous ferions bien d'engager un second commis.

Madame Lourdebie le prit plus jeune que Raoul, car elle pensait loin. Les bruits de guerre devenaient alarmants. On ne tarda pas à la déclarer et ce fut pour Félicien une bouffée d'air, le large, la vie enfin, et même l'éternité, car au premier bombardement, le calicot en reçut sa part définitive. Si elle n'a pas de fin, l'éternité a tout de même un début. Alice songeait à ce mystère, fit dire une messe spéciale, en dehors de celle que la municipalité avait offerte à ses neuf victimes. Elle revint à grand-peine, appuyée sur Raoul et sur le jeune Marcel qui bientôt resta le seul homme dans la boutique. Raoul cependant n'avait pas l'intelligence de Félicien Lourdebie. Il ne disparut qu'à moitié. Requis pour le travail forcé chez l'ennemi, il n'eut de cesse de s'évader de l'usine où il tournait des obus. Après deux mois de fuite, de nuits dans la campagne, traqué par les ombres, les passants, les bêtes, trahi par sa langue, poussé aux rapines pour subsister, il réussit à passer frontières et barrages, à déjouer les polices de toute sorte, à frapper un soir à la porte de la rue de la Fosse. Mais non, personne ne répond. Il insiste. La fenêtre du premier finit par s'ouvrir. Le premier étage, les draps lilas, la lampe saumon, les seins énormes de l'amour !

— Qu'est-ce que c'est? demanda Marcel.

Raoul subitement se vida. Il se sentit tournoyer, telle une fronde, avec une cervelle en cuir pour caillou.

— Qu'est-ce que c'est? dit une nouvelle fois Marcel. Il y a quelqu'un?

Le nouveau referma la fenêtre. Raoul traversa la chaussée. Aucune lumière ne filtrait à travers les persiennes bourrées de journaux. La rue de la Fosse s'enfonçait dans la ville sans lumière, une impasse, un trou. Raoul divagua dans le noir jusqu'à la Kommandantur dont les deux sentinelles sous une ampoule passée à la couleur bleue commencèrent par le faire circuler. Non. Il voulait entrer, dire qui il était, d'où il venait. On le fit attendre jusqu'au matin sur une banquette qui se trouvait dans un passage.

— Alors, lui demanda un officier qui mangeait une saucisse enveloppée dans un carré de journal, vous voulez repartir? On entre, on sort, on retourne. L'Allemagne est un moulin?

Raoul ne répondit rien. Il passa quinze jours au pain noir dans le sous-sol d'une caserne et se retrouva dans un wagon à bestiaux qui roulait vers l'est.

Personne n'en entendit plus parler, sauf, un soir, la veuve Lourdebie devenue maîtresse d'un feldwebel. Ce dernier venait de déposer sur le comptoir du magasin son ceinturon, un litre de schnaps, un kilo de sucre et un pain de saindoux. La veuve lui avait retiré les bottes et pris la main pour monter l'escalier en lui recommandant le silence car elle avait un neveu, son petit Marcel, qui dormait au second. L'Allemand lui demanda l'âge du gamin.

— Oh ! je sais, dit Alice, je sais que vous allez me le prendre bientôt. Laissons-le donc dormir ses dernières nuits en paix.

— Ne croyez pas, dit l'homme en se glissant dans le lit, chère Alice, que tous les garçons n'aiment pas voir du pays !

Et il lui conta ce que venait de lui dire l'un de ses amis de la Kommandantur, l'histoire d'un drôle qui voulait regagner sa cage.

— Il y en a ! soupira la veuve.

Elle ne sut pas qu'il s'agissait de Raoul, mais son cœur avait été si remué par cette histoire que sur le second versant de la nuit, quand l'officier se fut retiré, elle alla réveiller Marcel et le fit descendre dans le grand lit pour lui donner, en prévision des mauvais jours qui ne tarderaient pas, une provision de souvenirs.

Aujourd'hui que la paix est revenue, Alice a vendu son fonds. Elle s'est retirée dans le Midi. Elle a teint ses cheveux en lilas. Un pharmacien la courtise. Il semble qu'elle va lui céder.

La fête de Montécôt

Aristide ouvrait la marche dans son habit de pompier qui sentait la naphtaline, suivi d'une dizaine de vélos fleuris et de la fanfare du Maigrelin qui se compose de son chef, l'horloger-clarinette Ponard, de quatre clairons, trois trombones, une flûte, deux tambours, une grosse caisse et un saxo-femme, la buraliste de Chamfond. Hélas, le nez sur leur carton, les uns suivaient la marche du 165e régiment d'infanterie, d'autres un pot-pourri de *La Belle Hélène* et chacun devait sauter à cloche-pied pour reprendre le pas général. Avant le carrefour du monument aux morts Aristide éleva la voix.

— À droite, droite !

Il tourna sur sa gauche, ce qui était le but visé, et le cortège se mit sur deux rangs pour laisser passer le maire qui portait un bouquet serré dans du papier de boucher. Il y eut un moment de silence que Ponard utilisa pour essuyer l'intérieur de sa casquette. Quand il jugea suffisant l'hommage au souvenir il leva le bras et la musique repartit dans tous les sens. Ce n'est pas que les musiciens manquassent de répétitions mais Ponard n'avait pas d'oreille. Par chance la population connaissait le cérémonial et chacun pensa que ce que l'on entendait là devait être *La Marseillaise.* Dès qu'il eut donné l'élan, Ponard emboucha sa clarinette et l'on entendit en marge du bruit principal une sorte de liseron, de feu follet dont l'ardeur déconcertante tenait du prodige à voir le masque impassible aux yeux fermés qui la provoquait. L'hymne devint supranational et finit par toucher le surnaturel avant de se transmuer en une façon de polka qui remit le cortège en marche arrière vers la place où l'on attendait les autorités pour l'ouverture des jeux.

Sur un espace de quelque vingt mètres de côté grillé par le soleil d'août, il allait être permis de connaître le mouvement péristaltique de la foule. Chaque déplacement d'un citoyen ne dépendait que de ce grand corps en sueur, bruyant, heureux. Si l'on arrivait à se déporter d'un pas, c'est qu'à l'autre bout quelque puissant venait de tirer un mouchoir de sa poche et d'ébranler ainsi la suite de ses voisins. Chacun rêvait enfin de dépenser l'argent qu'il avait sur lui, mais il était donné à quelques privilégiés seulement d'encercler une bouteille pour gagner un porte-plume et de pêcher dans la sciure le droit d'aller faire un tour au ciel, c'est-à-dire de monter gratuitement dans l'une des quatre balançoires dont la nacelle passait au-dessus des têtes, livrant leurs noms qui changent d'une année sur l'autre, aujourd'hui : Madeleine, Suzanne, Roberte et Lulu. Il fallut donner un coup de coude à Ponard pour qu'il retire son engin de la bouche. Il fit signe alors à ses troupes de se taire, mais elles l'avaient déjà fait d'instinct. Alors une voix sortant d'un haut-parleur annonça le gagnant du prix des vélos fleuris : Manon Brassière, la fille du cabaretier. Elle apparut portée par son père qui était à l'ordinaire d'un rouge à toute épreuve. Avec Manon sur ses épaules on sentait bien qu'il voulait sourire mais il devenait noir et il dut faire passer son fardeau de main en main par-dessus la foule. Ceux qui le connaissaient ne l'aimaient guère et suivaient sur sa face la marée de la congestion, mais Brassière qui pensait à la limonade sortit encore indemne de l'épreuve. On murmurait sur la nouvelle victoire de sa fille, or il était juste qu'elle l'emportât sur les autres enfants de la commune et même sur le grand flandrin de Machenoix qui concourait encore à quarante ans passés, car les Brassière confectionnaient deux mois à l'avance les roses de papier pour la monture de leur enfant.

Tout de même l'alerte avait été vive et l'on suivit en grand nombre le cabaretier vers ses tables où le cidre allait couler jusqu'au soir. Déjà, les désirs se tournaient vers la tente en bordure de la place où dès la nuit l'orchestre de Notre-Dame de Cèpe allait effacer le cri des balançoires, les chants de chez Brassière et le redoutable souffle de Ponard.

Toutefois dans les pétards des carabines, avant d'en arriver là il restait la course en sac et l'envol de poules, offertes à qui les saisirait, donné du clocher voisin. Le maire demandait de prendre garde aux enfants et le curé qui sortait enfin de sa cure où il avait laissé froidir les heures chaudes s'étonnait une fois de plus en secouant la tête de la désaffection de son église. Comment de toute cette masse n'y venait-il que cinq à six personnes, il allait dire cinq à six garnements ? Pourtant il ne voyait pas d'un mauvais œil cette bousculade de couleurs et l'on venait toujours lui demander de prêter son clocher, ce qui le flattait.

Quand l'ombre à peine traversée d'un suprême égarement d'aubépine avait pris possession de toute la terre et qu'il ne restait plus de rivales aux étoiles que la lampe du carrefour et les rayures d'or de la tente du bal, Ponard revenait du Maigrelin où il était allé ranger sa casquette à trois galons et, chaussé d'espadrilles, il glissait d'arbre en arbre essayant de surprendre un couple qui s'éloignait pour chercher sa nuit.

L'œil d'Abel

Abel de Frisch avait clos une fois pour toutes les ouvertures de sa trop vaste demeure. Il avait trouvé, un beau matin, qu'il lui restait encore une vingtaine d'années à vivre, au rythme de trois litres de vin par jour, sans compter les petits verres de spiritueux, en vendant tous les deux ans quelque lot des bois qui lui appartenaient encore, autour de sa maison. Il appelait ainsi quelque soixante pièces et dépendances qui tombaient de plus en plus en ruine et qui s'effaçaient même de sa pensée selon le rythme de leur décrépitude. Depuis dix ans Abel avait ainsi fermé un à un des greniers, des chambres, des salons, selon que les toits s'affaissaient. Il resterait toujours le cœur du château, pensait-il, exactement le centre de la bâtisse où l'horloge du fronton reste sans aiguilles depuis la naissance du monde, depuis la naissance d'Abel. Son seul devoir consistait à gravir encore l'escalier d'honneur, puis les marches de bois qui mènent au grenier central dont il surveillait les tuiles, les remplaçant par celles des ailes détruites et des communs effondrés. Le reste du temps, Abel le passait à traquer les oiseaux, les bêtes, les feuilles, les arbres dépouillés, les paysans, les ciels d'orage, le dessin innombrable des murs, les sillons, les charmilles du pays, avec le dernier cri des appareils photographiques. Il développait, tirait, projetait les images qu'il avait saisies et les classait dans des boîtes à la place des volumes qui avaient fait la gloire de la bibliothèque, que son père avait commencé de vendre et qu'il avait dispersés jusqu'au dernier.

— 80 000, dit l'ancien inspecteur des Eaux et Forêts.

— Bien.

— Vous ne pouvez guère en demander plus.

Abel croyait en ce vieil ami de la famille qui lui estimait ses coupes de bois tout en ressentant un grand chagrin d'assister à la fin d'un domaine qu'il avait couru enfant.

— Et par ici ? dit Abel.

Ils s'engagèrent dans une chênaie.

— Non, dit le vieil homme. Celle-là il ne faut pas, monsieur Abel.

— Qu'a-t-elle donc de particulier ?

— Le plus jeune des arbres a deux cents ans. Je ne veux pas voir ça. Il vous en reste assez du côté de Gresson, et du côté de Saint-Vaast.

— C'est pour savoir, dit Abel.

— Oh ! !

— C'est-à-dire ?

— Ça n'a pas de prix. Des chênes comme ça il n'y en a plus guère chez nous qu'à la réserve Colbert, et en Autriche.

Abel avançait à grands pas d'homme sec. Le vieux le suivait difficilement. De retour au château ils trinquèrent en silence. Abel suivait sa pensée. Dans le mois qui suivit, les chênes furent vendus à perte et la grande salle transformée en cinéma. Monsieur de Frisch pouvait se passer toutes les sortes de films. Il entretint pendant une semaine un opérateur venu de Paris lui enseigner le maniement des appareils et la solitude revint dans le domaine. Abel avait acheté des films qui ne présentaient aucun intérêt. Il se les passait au long de l'après-midi, gardant son rythme de couche-tôt. Puis il se mit à courir le pays et les champs avec une caméra, expédiant les bobines impressionnées à des laboratoires de Paris. Le reste des chênes fut vendu l'automne suivant.

Seul, dans la cabine de projection qu'il avait fait construire par un menuisier d'Amiens, Abel ne se lassait pas de ces paysages qu'il filmait à longueur de matin, et qui pour tout autre eussent été d'une fadeur insigne. Des branches agitées par le vent qu'il surprenait par en dessous, couché dans le terreau, remuaient à l'infini sur l'écran, appelant déjà sur la grande salle la forêt future, ces feuilles qui recouvriraient tout un jour. Abel éprouvait cela jusqu'au spasme, et que l'herbe serait en définitive la reine du monde. Il était d'un soin extrême, comme tout être l'est pour son vice, et il n'eut jamais à déplorer d'objectif rayé, de pellicule mal impressionnée, d'incendie. Les fenêtres à jamais fermées de la demeure ne faisaient pas jaser le village depuis toujours tenu à distance, au bout de l'allée d'ormes et des grilles qui ne s'ouvraient plus et qu'il fallait contourner par l'ancien potager, à travers le mur d'enceinte éboulé. Abel était heureux. Depuis dix ans déjà il n'éprouvait plus le besoin d'une femme, et il n'avait jamais ressenti l'amitié de quiconque. On le voyait parfois passer dans la rue du village avec sa lourde caméra portative et il lui arrivait de la poser sur la toile cirée du *Café de la Croix des Routes*, un midi qu'il avait faim, car à l'ordinaire il se contentait d'une omelette qu'il faisait sauter chez lui, et d'un morceau de fromage.

Ce matin-là, il partit très tôt et descendit l'allée des ormes. Ce matin-là ! C'est toujours à l'improviste que la vie tourne. Il y a toujours dans une vie ce matin-là, que l'on ne distingue pas encore des autres. Abel atteignit la Mare au Curé, une sorte de petit étang où la tradition voulait qu'un prêtre se fût noyé avec sa charrette, au retour des sacrements donnés à un moribond, une nuit sans lune. Abel n'avait jamais filmé les rides de ces eaux au ras d'un chemin de terre, ni les roseaux, ni les bulles qui montent de leur vase, ni les ondes qu'une aile d'oiseau gobeur fait naître dans un sifflement. Il s'assit, lança un caillou et appuya sur la gâchette de son appareil. Il serait resté ainsi jusqu'à la dernière décharge de son magasin s'il n'avait senti une présence derrière lui. C'était la gamine du boucher, quinze ans, des genoux qui battaient le briquet sous la robe trop courte. Elle lui souriait. Abel était aussi primitif qu'elle et ils n'échangèrent pas un mot d'un long moment. Il se remit l'œil à l'objectif tout au bruit de son moteur, et sur la surface d'ébène de l'eau à un soudain ricochet de soleil. Doucement, son appareil bien épaulé, il commença une lente rotation, ce panoramique qu'il affectionnait, couchant, croisant l'une sur l'autre ses jambes pour que son torse reste droit et c'était une merveille pour un buveur de son espèce qu'aucun tremblement ne vînt faire grésiller les images qu'il captait. Il avait maintenant dans son cadre la fille du boucher qui ne souriait pas et le regardait en fermant à demi les yeux, à cause de la clarté. Abel descendit le long de la robe, des jambes, et la gamine les recla-qua sans malice laissant voir qu'elle était nue. Abel vit très bien cela mais n'en fut pas autrement retourné. C'est un mois plus tard en se projetant le film qu'il éprouva la plus bizarre sensation de sa vie. Trois jours durant il repassa ces mêmes images, puis il alla déjeuner chaque jour de la semaine qui suivit à la *Croix des Routes,* s'arrangeant pour être à la grille de l'école, à la sortie des classes mais la gamine n'était pas là. Le boucher fut très étonné de l'avoir par la suite comme client.

— Ah ! monsieur de Frisch. On ne vous voyait jamais. C'est-il que vous ne mangiez pas et que l'appétit est revenu ?

— Il y a des périodes, dit Abel.

Mais de fille, pas. Elle était en pension à la ville voisine. Aux vacances de Pâques Abel l'aperçut, alors qu'elle allait aux fleurs, à la lisière du domaine. Il l'aborda, sa caméra à bout de bras.

— Savez-vous que vous êtes belle sur l'écran? Venez donc voir.

Elle n'hésita qu'un peu et dans l'obscurité de la salle, Abel lui posa la main sur l'épaule au moment que l'on découvrait ses secrets.

— C'est moi??

— C'est vous, dit Abel en rallumant.

Il lui offrit un verre qu'elle refusa.

— On ne se connaît jamais, dit monsieur de Frisch. Par exemple, savez-vous comment vous courez? comment vous dansez? Non!

— Vous allez me garder? dit-elle, et comme il faisait l'étonné, elle ajouta : Vous allez garder ça, ce qu'on a vu? On me voit!

— Bien sûr qu'on vous voit!

— On me voit toute. Il ne faut pas.

— Personne ne le sait que vous et moi. Quand vous voudrez vous voir vous n'aurez qu'à venir, qu'à passer par le jardin, la buanderie est toujours ouverte. Ce sera notre secret.

Elle le regardait changer un magasin de pellicule.

— Et vous me prendrez encore?

— Si vous voulez. Vous pourriez même jouer la comédie, vous pourriez par exemple... mieux... Ce qui serait amusant ce serait d'écrire une histoire, une jeune fille, la campagne, le château, ce serait très beau. Comment vous appelez-vous?

— Marceline.

— Eh bien! Marceline...

Une chaleur lui serrait les tempes. Il avança vers elle et lui prit la main. Elle ne la retira pas et, l'après-midi même, monsieur Abel commençait un film. Le lendemain il la posséda en bordure des champs, étonné de ce qu'elle ne fût plus vierge et il apprit que le garçon de ferme des Pluvinage l'accolait depuis un an. Marceline, au moment de regagner son collège, eut un grand chagrin. Quand elle monta dans le car, le garçon de ferme était là, à la regarder bouche serrée. Elle détourna la tête et embrassa distraitement son père. Elle n'avait qu'un désir, revenir au château dès le premier jour des vacances. Il y avait un an maintenant que monsieur Abel filmait Marceline et dans tous les modes et sur tous les tons. Les premiers temps, quand il lui demandait de faire tel ou tel geste, fût-il le plus naturel des besoins, la gamine n'arrivait pas à le contenter, mais petit à petit, avec la patience dévergondée que la solitude avait emmagasinée dans son vieil et grand ami, elle s'était mise à toutes les poses qu'il désirait, si longues, si fréquentes fussent-elles, à leur tourner l'âme à tous deux. Leurs corps ne pouvaient ensuite que se joindre et se dissoudre de fatigue. Bientôt les miroirs entrèrent dans leur vie. Monsieur Abel possédait maintenant une redoutable cinémathèque. Marceline sur ses conseils s'abandonnait de temps à autre au garçon de ferme, car l'homme devenait dangereux et la menaçait.

— Je sais où tu vas ! grondait-il.

— Je suis libre.

— Et ce que vous faites !

— Et qu'est-ce qu'on fait ?

Il ne savait rien, mais Marceline finit par le lui dire. Un après-midi les gendarmes entrèrent, à la suite du valet, dans la grand-salle. Sur l'écran la polissonne cherchait son chemin à quatre pattes, égarée par un jeu de miroirs. Elle se regardait avec de grands yeux, assise au fond de la pièce vide sur les genoux d'Abel.

— Bonjour, dit avec étonnement monsieur de Frisch aux hommes de l'ordre.

Il n'eut que le temps de se rajuster et se retrouva en prison. Le premier jour il se sentit à l'abri et regretta de n'avoir pas aménagé une cellule de cette taille au centre du château. Ce doit être d'un entretien facile. Le second jour la tête lui tourna faute de vin. Il finit par la perdre et par lécher les murs dont les dessins dansaient.

L'homme des bœufs

Je me promenais du côté de Senonches. Une longue marche dans la tempête m'avait rompu, et je cherchais, comme il m'arrive souvent, un mot tombé dans un mauvais repli de la mémoire et que tous mes efforts n'arrivaient qu'à gommer complètement. Voyons, me répétais-je sans arrêt, le cheval hennit, la grenouille coasse, le faisan... que fait le faisan ? Je le savais, j'en usais depuis toujours, mais je ne l'avais pas, ce mot, sur le bout de la langue, comme on dit si faussement. Une boisson chaude me ferait du bien, et je soupirais après un débit de vin. Dans un grand quart d'heure je serais à Senonches, et là...

Un garde forestier sortit à bicyclette d'un layon. Je tenais mon homme. « Excusez-moi, dis-je, comment appelle-t-on le cri du faisan ? » J'avais dit cela avec un sourire, gentiment, d'une façon un peu timide. Le garde qui n'avait pas mis pied à terre et m'avait dépassé, je crois, avec l'intention de s'arrêter, se retourna sur moi, hocha la tête, et appuya ferme sur ses pédales.

Enfin, me disais-je, tu n'as pourtant pas l'air d'un fou ?

Le café que je rêvais, à l'entrée de la ville, forme un angle, entre rue et route. La tempête soufflait dur, derrière moi. La forêt craquait. Je me trouvais déjà dans ses vieux meubles futurs, ces hauts salons glacés qui geignent et se froissent, où des assis tout en os se mettent eux-mêmes à craquer, à déchirer leur mémoire, à gratter, à chercher un mot... J'arrivai *Au Bon Coin.* Quatre hommes discutaient sur le pas de la porte, et sans me retenir :

— Pardon, messieurs ? Un petit renseignement. Le cheval hennit, l'éléphant barrit...

— L'éléphant ?

— Oui, comment dit-on pour le faisan ?

— Hein ?

Je répétai, un peu moins souriant. L'un des hommes, l'œil mou, m'envoya son haleine au vin.

— Le faisan ?

— Oui, le faisan.

Il se retourna vers les autres et je les vis échanger un regard bas.

— Excusez-moi, dis-je en m'apprêtant à faire demi-tour.

Une main me retint le bras, durement, et je me retrouvai au milieu des quatre hommes, avec un fond d'échalote, de sueur et de toile au purin. Un court instant je fus à cette odeur tout en me rendant compte que mes ivrognes ne plaisantaient pas, surtout celui qui portait un béret noir sur des petits yeux rapprochés.

— Par hasard, dit le plus jeune, par hasard...

— Laissez-moi passer, dis-je.

— Par hasard... reprit l'autre sans pouvoir aller plus loin.

Le vieux dont les yeux n'en faisaient plus qu'un me toucha du doigt.

— Vous ne seriez pas l'homme des bœufs, par hasard ?

J'avais entendu le déclic. Le plus jeune avait armé son fusil, et le tenait à bout de bras. Je demandai, maintenant que le mot m'était revenu d'un coup, le faisan craille, le faisan craille :

— Dites-moi, le cheval hennit, l'éléphant je sais, mais le faisan ?

— Hier, dit le tenancier qui portait diversement échancrés sur la poitrine trois tricots aplatis par le temps et la sueur, hier, au carrefour des Épinglants, c'était pas vous ? Avec le camion noir ? Et les chiens ?

— Vous devez faire erreur, allez, c'est ma tournée !

— On ne boit pas avec l'homme des bœufs.

— Je n'ai jamais vu refuser un verre ! ajoutai-je, jaune.

— Vous n'avez pas répondu, fit le patron en versant une bouteille.

Un crissement de pneus nous retourna tous vers la porte. Des gendarmes descendaient d'une voiture à antenne.

— Salut!

— Salut!

— Combien vous dois-je?

— Rien, répondit le tenancier. On se reverra.

Je saluai l'assemblée, marchai vers le centre de la ville et demandai l'heure du car, vers Chartres.

— Paraît, dit un voyageur assis sur la banquette voisine, paraît qu'on est sur la piste du voleur.

— Les bœufs?

— Quelle idée, hein! Il paraît qu'il en a abattu une bonne douzaine, d'ici et de là. On n'a retrouvé que les têtes.

— Un boucher?

— En tout cas, un solide gaillard.

J'eus un frisson, mais à la crainte et au dégoût se mêlait en moi une certaine fierté.

La bonne

Quand la voisine de sa mère, affolée par les cris, demanda du secours sur le pas de sa porte on vit arriver le garde champêtre et non le médecin. Il était d'ailleurs trop tard pour aider la bonne à venir au monde. Reliée encore à sa mère elle n'en était pas moins tombée dans le grand seau d'émail à rebord plat sur quoi l'accouchée, à bout d'idée et de volonté, s'était assise. Le garde champêtre s'empara des ciseaux et puisque la pompe de la cour était accidentée, il alla chercher de l'eau au fond du jardin, où coulait plate et claire, dans ses roseaux couchés, l'Avre.

La mère retourna faire des ménages à Dreux tandis que la petite restait chez une nourrice du pays où la bonne partageait une cuisine de brique, un jardinet de cassissiers bordé de lys et la route devant la maison avec trois nourrissons parisiens. La guerre vint et la mère ne reparut plus. Quelqu'un assura qu'il avait aperçu une grosse femme de son signalement dans la rue qui monte à la gare de Dreux peu avant le bombardement allemand de 1940 à la place même où quelques heures après, dans la poussière encore flottante des maisons détruites, hôpital et demeures de rentiers, le témoin tombait sur deux chevaux de labour, qui agonisaient sur le trottoir, les jambes raides.

On retrouve trace de la bonne dans une usine de Montreuil où la gosse aidait à la fabrication des encres. Une entreprise de sauvegarde et d'emploi de la jeunesse vit arriver un beau jour madame Potet, commerçante mère de famille, et la bonne inscrite à cet office par une camarade plus âgée débarqua donc chez les Potet, devant monsieur Potet coiffé de sa toque de pâtissier, le fils aîné Potet à qui l'on avait peine à faire sortir les mains de son pantalon, les trois filles Potet coiffées à la religieuse, anglaises et nœud de satin. L'encre, les acides, l'air méphitique avaient intoxiqué la bonne. Sur le visage, le cou, les bras, les mains de l'adolescente, l'eczéma se le disputait à l'acné. Madame Potet lui dit tout à trac qu'elle était trop jeune, avec un bon sourire, et la bonne en retraversant la pâtisserie regarda longuement les gâteaux.

La chance souriait à la bonne. À peine avait-elle remis le pied à l'office de placement qu'un médecin se trouvait là et s'en saisissait aussitôt. À cette seconde la bonne n'était plus la bonne mais un cas de médecine. Il fallut un an pour atténuer les traces de l'usine et le médecin dirigea une enquête sur ces gamines que l'on empoisonnait comme il est dit qu'on exploitait dans les manuels d'histoire au début des machines, dans le temps. Puis la bonne devint femme. À torcher les enfants des autres on ne se dégoûte que des autres, non des enfants. À quinze ans la bonne en paraissait vingt. À seize ans elle annonça qu'elle avait des nausées presque en même temps qu'elle mettait au monde une fille. Elle chercha de quel bal elle pouvait provenir. Onze mois après, une autre fille naissait et rejoignait sa sœur chez une nourrice dont le sort voulait qu'elle biberonnât aux environs de Dreux, entre deux lessives. Un dimanche par mois la bonne allait voir ses petits et leur apportait des jouets qui la mettaient en dette avec son employeur car elle choisissait les plus beaux.

— Monsieur, dit-elle au médecin, il faut que je parte.

— Depuis que vous êtes chez moi, lui répondit-il, vos mois et vos assurances payés, vous me devez cent mille francs, pour ceci et pour cela. Je ne vous l'ai jamais reproché, mais comment allez-vous faire ?

— Sais pas.

— Où allez-vous ?

— Me marier.

— Avec qui ?

— Il conduit des camions. Il gagne bien sa vie.

— Et les enfants ?

— Il les a vues dimanche dernier.

— Alors, bonne chance.

Il fit de la dette une dot si bien que la bonne se retrouva sans un sou, la nuit même, sur le carreau des halles. Son homme faisait la route de Bretagne. Pour l'heure il buvait avec les copains et la bonne déchargeait le camion. Le travail supprime le sexe. Elle travaillait comme un homme qui travaille. Vers la fin de la nuit le routier lui faisait l'amour. Elle attendait le mariage. Son grand espoir était d'aller s'installer à Quimper, à Saint-Pol-de-Léon, auprès d'un grand marché d'où partirait son mari vers la capitale comme d'autres vont au bureau, mais il ne voulait pas l'emmener dans la cabine du 15 tonnes, tendue d'une percale à fleurs. Elle en rêvait comme d'un navire. Pour l'instant, entre les nuits de déchargement, elle faisait la plonge dans un restaurant voisin. Vers onze heures elle se rendait dans un café du square des Innocents, parmi les filles à fantaisies, pour attendre son homme.

Un soir il ne vint pas. Elle l'aperçut une semaine plus tard, qui entrait à l'hôtel avec une femme à sac à main. Elle attendit qu'ils descendissent. Ne voulut-il pas la voir? Elle se précipita sur lui. Le camionneur injurié par les deux femmes se trouva subitement au centre d'un groupe de badauds qui riaient. La bonne aurait voulu pleurer, mais rien ne venait. Elle partit.

Le lendemain, comme elle quittait le café, le camionneur arriva. Ce fut le seul temps heureux de sa vie. Trois jours après elle était à Quimper. L'homme la présenta à sa famille, à deux lieues de là. Le mariage se célébra devant des têtes dures, au débit de cidre du foirail et l'oncle Georges qui était aussi le parrain du marié déchaîna le seul rire en laissant échapper dans le silence qu'il avait réclamé un bruit prodigieux bien que de mauvais aloi. Le drame cependant couvait. On laissait toujours les deux enfants à leur nourrice. Pour fléchir le beau père qui ne voulait pas les voir et chez qui elle logeait moyennant quelques travaux de ferme, la bonne s'usait les sangs sur place et ne trouvait même pas le temps d'aller leur rendre visite. Seul le camionneur faisait un crochet de temps en temps pour aller remettre de l'argent à la nourrice et toucher du doigt le menton des petites filles. Ce qui devait arriver arriva. Le beau-père fut pris comme les autres à l'engrenage des passions, dans cette machine qui se met en branle à notre insu. Sa bru lui céda, une fin de juillet, au fond d'une chaleur butée.

Le garçon qui naquit ressembla à ses deux pères et tout se serait doucement effacé si le vieux avait accepté de laisser venir les petites. Un jour de lassitude et peut-être parce que la méchanceté de son sort la rendait pour une fois épineuse, la bonne éprouva un curieux plaisir à tout avouer à son mari. Les gens simples ont parfois des complications inconnues des dépravés. Un conseil de famille la relégua à Paris où elle entra dans une congrégation à tout faire.

En ce temps-là, je m'intéressais, pour l'histoire d'un film, à la vie d'une communauté. C'est par le confesseur des religieuses que j'appris la vie de la bonne et comme je m'étonnais qu'une laïque pût vivre au milieu des habits...

— Elle est heureuse, me dit-il.

— Tant mieux.

— Ne soupirez pas, ajouta le bon père. Elle l'est de la seule façon qu'on puisse l'être.

— La foi?

— Non, dit-il en parlant soudain très bas. Elle a l'air d'avoir cinquante ans, parfois plus, parfois beaucoup plus, et elle ne comprend plus ce qu'on lui dit.

Les jumeaux

Les villes ont toutes leurs merveilles. Les immédiates : climats, sites, monuments, odeurs, parler. Les profondes qui ont leur sécrétion et pour ainsi dire leur habitude : certains de leurs habitants. Telle cité engendre des têtes épiques, telle autre des avares, ici des esprits dévorés par le passé, ailleurs des âmes glanant sur l'avenir. Parfois ces extraits passent au bronze et leurs statues veillent dans les jardins publics.

Je suis né dans une ville de cheval, où tout n'était que cheval, garnison, musée, cours, concours, promenades et marchés et je fréquentais deux maisons dont le vestibule était gardé par des pur-sang empaillés. Dans la haute société qui bordait l'hippodrome et la forêt je connaissais quatre femmes dont la tête était chevaline et j'appris plusieurs fois à mes dépens le nom de leurs amants, mes successeurs, par les baptêmes qui se célébraient à l'écurie. Julius Deux, Petit Canif, Porte du Sud, autant de bêtes qui me livraient des secrets d'alcôve et que j'allais quand même longuement caresser, les innocentes...

Il nous faut toujours un confident. J'allais conter mes peines et mes plaisirs à un vieil homme qui demeurait non loin des abattoirs où il trouvait ses modèles. Amateur de chocs de cavalerie, je l'ai vu dresser son chevalet des jours entiers dans l'angle des tueurs, au fin fond de l'enceinte et chasser les mouches qui tourbillonnaient jusqu'à sa toile. Je l'avais toujours connu, depuis l'enfance, et ce n'est qu'à la veille de partir pour l'armée que j'appris son secret. Il habillait ses chevaux et ses hussards à la mode du Premier Empire et ne voulait pas entendre parler d'une autre époque. Ç'avait été le sujet de nombreuses discussions entre nous. Mon peintre avait un frère jumeau qui ne quittait jamais son logis, que je voyais à peine et qui n'avait plus qu'un œil, au regard courbe. J'allai lui dire adieu, la veille de mon départ car je savais que je ferais plaisir au peintre.

— Venez, me dit le borgne.

J'entrai dans sa chambre qui était inviolable. C'était une vaste pièce à longues solives, trouée de fenêtres rondes, d'où partait vers le haut un escalier à vis. Les ouvertures donnaient sur les toits de la ville et les tours d'église. Pas un feuillage, pas une fleur, et dedans, une odeur de colle, de carton, de cheveux...

— Mon frère ne vous a jamais dit?

— Jamais. Quoi donc?

— Il peint depuis cinquante ans, Monsieur, et

depuis cinquante ans c'cst moi qui paie les couleurs, les pinceaux, les toiles, et les modèles. Je lui ai bien offert cent chevaux ! Et il ne vend rien. Et il s'obstine !

— Il est heureux.

— C'est mon seul dédommagement.

Il m'entraîna vers ses tables collées aux fenêtres, vers les vitrines, vers des perruques qui pendaient comme des tresses d'oignons, aux solives. Des diamants de vitrier, des coffrets, de la dentelle, des plaques de verre, des coupons de satin, des boutons, aiguilles, règles, ciseaux, chaufferettes à colle...

— C'est un art aussi complet que le sien, allez !

Le borgne ouvrit alors une armoire et j'aperçus cinquante coffrets de différentes tailles avec la même petite boucle de cheveux au centre, sur capiton de soie, sur feuilles écrites, entre des découpages de papier, maintenue par des sceaux de cire, dépassant de minuscules sachets, au pied d'un autel, coiffant enfin la tête, la silhouette fameuse...

— Napoléon, Monsieur, on en voudra toujours. On m'en demande de partout. J'en ai expédié au Paraguay, au Japon. Quel Français, Monsieur ! Quel homme !

— Et ce sont de vrais souvenirs, de vrais cheveux de l'Empereur ?

— Hélas, il n'en avait pas.

— Vous les vendez avec certificat ?

— Il le faut.

— Et personne ne se plaint ? Vous n'avez jamais eu d'ennuis ?

— Pourquoi voulez-vous ?

— Et ça se vend ?

— Je ne sais pas où donner de la tête ! Sans mon frère, il y a longtemps que j'aurais cessé, mais c'est un enfant. Il faut l'entretenir. Moi-même, avec deux ou trois boucles de l'Empereur par an, ça me suffirait, table et impôts. Mais lui !

J'avais pris une boîte à la main dont la boucle de cheveux roux m'avait attiré.

— Le roux vous gêne ?

— Pas du tout.

— Il en faut pour tous les goûts. Napoléon était brun, comme vous savez, mais le public a une préférence pour le blond. D'ailleurs celle que vous tenez là est de l'Empereur enfant. Regardez.

Je lus, en effet, écrit à la ronde, d'une encre presque effacée : « Souvenir de Buonaparte à sept ans, transmis par sa mère Laetitia au cardinal Fesch, et resté dans la famille jusqu'en 1843. »

— Vous faites aussi les expéditions ?

— Mes antiquaires, mes spécialistes s'en chargent. Avant je les envoyais, mais ma vue baisse. Ils viennent chez moi depuis trois ans. D'ailleurs je sens que c'est la fin. Je suis fatigué, fatigué... Ce qui m'ennuie, c'est que mon frère est en progrès. On commence à voir enfin que ce sont des chevaux sur la toile, de vrais chevaux. Peut-être que c'est lui qui finira par nous faire vivre...

En sortant, je trouvai aux rues pourtant passantes un goût d'ancien, d'arrêté, une odeur de colle et de vieux crottin, quelque chose d'historique et de faux. En marge. Je croisai le dernier camion de brasserie tiré par deux chevaux et vite, tandis qu'un avion traversait le ciel à basse altitude, je levai la tête, trop tard, comme si j'étais pris en faute.

Sainte Mémoire

Élisabeth Mouillot enterra son mari fort religieusement. Ce qui restait de la famille avait débarqué la veille dans la crémerie de la place du Précieux Sang. Le cercueil était sous ses tentures au milieu de la boutique, entre les casiers de sardines et de petits pois, les cloches à fromage où des mouches emprisonnées tentent une impossible sortie et les paniers d'œufs d'où sortent de longues étiquettes à chiffres tournants. Élisabeth ne pouvait faire autrement que d'embrasser ses belles-sœurs, cousins, cousines. Elle leur rendait un baiser de côté mais sonore et bien que ses lèvres n'eussent jamais effleuré une joue au cours de ces politesses elle les essuyait à la dérobée d'un coup de mouchoir que sa nervosité avait transformé en boule.

Il n'était pas question de loger tout ce monde encore que la boutique eût à sa disposition trois étages de chambres. Elle évalua rapidement la dépense et se résigna à louer des lits à l'*Hôtel de la*

Gare d'où, pensait-elle, la famille repartirait plus vite. Certes, trente ans de vie commune avec Raoul Mouillot n'ont rien de bien réjouissant, même survolés après coup, ce n'est tout de même pas une raison pour ne pas mener le deuil et laisser les cousins Longueval en tête, au premier rang. Cela, Élisabeth ne devait jamais l'oublier, pas plus que sa condition de femme. C'est elle qui tenait les rênes, les cordons de la bourse, les bretelles, le bec-de-cane et le volant de la voiture, du temps que l'épicerie en avait une. C'est à elle qu'on s'adressait d'abord pour les commandes, les soumissions, le simple bonjour, les réparations de la toiture, pour tout. Raoul avait été long à comprendre mais Élisabeth avait trouvé dans le vin son meilleur soutien. D'un œil elle faisait taire son mari et lui remettait d'un geste impérieux une bouteille et un verre. Raoul n'avait plus qu'à boire. Il avait réussi à tenir jusqu'à l'âge de cinquante-huit ans.

— Comme ça, le voilà parti, dit sa sœur aînée.

— Il n'en restait plus, répondit Élisabeth, à peine quarante kilos.

On la savait dure, mais les circonstances réclamaient un peu de tendresse. Elle n'en montra pas et l'on sut quand même qu'Élisabeth avait bon cœur, sous ses airs, quand on pénétra dans l'église Saint-Merry. À peine installée dans ses chaises, à deux pas du chœur, la famille se retourna d'un seul bloc. Les orgues donnaient à tout vent, une tempête, un enfer. Oui, Élisabeth avait bien fait les choses. Le vacarme était tel qu'elle pivota elle aussi pour regarder l'organiste, un nouveau sûrement, mais on n'apercevait que le droguiste, les ameublements Dubollet, le chantre habituel, le gérant du Garage des Nations, les sœurs Millet, madame Bunard et les demoiselles Saint-Maixent, bref la chorale des grands jours et le miroir incliné où passait et repassait un reflet des cheveux du musicien.

Élisabeth se retrouva seule après la dernière promenade. Elle versa ses premières larmes en ouvrant le placard de Raoul mais elle ne sut pas si la vue des costumes du défunt en était la cause, ou ses nerfs que sa famille avait tendus à l'extrême, ou la certitude qu'elle allait être enfin ce qu'elle avait toujours été, rêvé de devenir : toute-puissante chez elle. La toute-puissance est solitaire. Élisabeth se regarde dans le miroir. Le noir lui va. Elle avait mis son monde à l'aise depuis si longtemps qu'il n'y eut pas de pleurnichards dans le magasin qu'elle avait rouvert le lendemain des funérailles. Raoul Mouillot semblait au ciel depuis une éternité. Vive, moins souriante qu'une louve, debout à l'aube, débardant les caisses, rendant la monnaie, la crémière tirait ses volets à la nuit, passait aux écritures et supputait placements et coups de Bourse.

Aussi loin qu'elle remonte dans sa vie passée tout n'est qu'ordre, travail, honnêteté. Au-dessus des livres de comptes le lustre en forme de roue couronne Élisabeth. Elle s'étire, lève les bras. Il suffirait d'un effort pour qu'elle atteigne ce volant et, levant la tête, pilote les trois étages au travers de la nuit. Aucune force ne l'arrête. L'avenir se coupe comme du beurre. Ce n'est pas madame Mouillot qui se demande d'où elle vient ni où elle va. Elle existe et cela lui donne sa grandeur et ses lois.

Elle en était à découper un quatorzième bon d'une rente à trois pour cent quand lui parvinrent des éclats de voix. Elle pensa à quelque ivrogne, sans plus, mais des coups dans le volet de fermeture suivis de cris lui firent dresser l'oreille. Alors Élisabeth entendit l'impossible.

— Mouillot de mes mouillots de salope qui ne peut pas avoir d'œufs comme tout le monde !

Elle éteignit les lampes, défit ses chaussures et courut à pieds nus vers la porte de la rue. Des œufs s'écrasaient un à un sur la devanture, lancés avec force, avec la même violence que les injures de l'olibrius dont elle ne reconnaissait pas la voix échauffée par la colère.

— Des œufs à ce prix-là, j'ai le droit de les avoir frais. Frais, vous m'entendez, Mouillot ? Chère madame Mouillot, mais la fraîcheur savez-vous ce que c'est que la fraîcheur ? Avez-vous jamais su ce que c'est, la fraîcheur ?

Élisabeth retenait son souffle, sa main qui déjà pressait le bec-de-cane de la porte. Empoigner l'individu, lui retourner une calotte, ha !

— Vos œufs, vous pouvez en faire du vernis, dit la voix subitement calmée.

La crémière reconnut Bachol, l'homme du monde à pochette, historien de la ville, une vraie croix, Bachol dont le pas s'éloignait, Bachol, incapable à gourmettes, mari de cette idiote de dentiste à grands airs, d'où descendent-ils je vous le demande et ça porte des armes au doigt, un chapeau vert, des guêtres, parce que ça se croit! Madame Mouillot tourna sa clé et jeta un œil. Seule se balançait au milieu de son étoile de fils la lampe de la place. Élisabeth regarda les maisons d'en face. Il était difficile de voir si quelque rideau bougeait. Certains devaient goûter le raffut. Le mieux était de faire vite, comme l'on ramasse les débris d'un pot qui vous a échappé. Douze éclats d'œufs maculaient la devanture et la commerçante se rappela qu'elle avait en effet ensaché douze œufs pour l'historien Bachol, mais alors où était l'œuf mauvais, ou les œufs mauvais? L'aurait-il, les aurait-il apportés dans un bol avec les intacts et jetés aussi sur les volets? Ou alors, les œufs venaient-ils bien de chez elle? Bachol en tout cas avait une singulière façon de faire ses remarques. C'était la première fois qu'arrivait une aventure de ce genre. Élisabeth se trouva tout étonnée de songer à ce pauvre Raoul et de se demander ce qu'il en aurait pensé. Un quart d'heure après, madame Mouillot promenait le faisceau d'une lampe sur la façade. Elle était comme neuve. Elle ne put s'empêcher de sourire du conseil de cette buse de dégingandé de Bachol. Eh bien oui, elle s'en était servie, de ces œufs, en vernis.

L'affaire en serait restée là si le fanfaron de Bachol — non mais regardez ces guêtres à boutons, cet air de privilégié en dépit de l'œil qui tombe, bon à rien qu'à faire du genre, dites-moi qui lit les brochures de ce monsieur, pas moi en tout cas —, si Bachol dont la plume a besoin de briller n'avait fait passer un écho dans *La Gazette*, la semaine qui suivit. Élisabeth lut l'article, après avoir fait ses comptes : « Mésaventure d'un honorable citoyen qui pense que la forme de l'œuf est parfaite et que l'intérieur doit l'être aussi. »

— Qu'est-ce que ça veut dire ? se demanda la crémière. C'est signé Porteron de Limel, où va-t-il chercher tout ça, Bachol, avec son air, vraiment j'ai tort d'aller plus loin.

Deux jours après, la servante du curé de Saint-Merry pénétra dans la maison Mouillot avec des mystères, en regardant derrière elle. Elle se pencha à l'oreille d'Élisabeth.

— Non ? fit cette dernière.

— Comme je vous le dis.

— Ce n'est pas possible !

— Moi-même je n'en suis pas revenue. Un choc, madame Mouillot, monsieur le Curé m'en a pincé la main !

— Qu'en pense-t-il ?

— Ça ne lui a pas fait plaisir, évidemment. Il comptait dessus.

— Cela peut s'arranger.

— Non. Il était d'autant plus furieux que c'était vendredi et qu'il avait un invité de marque.

— Mademoiselle, dit tranquillement madame Mouillot, quand on a un invité de marque on ne lui offre pas des œufs. De toute façon je vous les remplace.

Les mots d'Élisabeth furent rapportés au curé de Saint-Merry. Il pria sa gouvernante de reporter à la drôle les œufs qu'elle avait offerts en remplacement des avariés. Madame Mouillot fut si blessée par ce geste qui suivait le tapage de l'historien qu'elle n'en dormit pas de deux nuits, mais le plus étrange c'est que sa foi qui n'était pas vive se raffermit. Il arrivait à madame Mouillot de réciter encore son Pater, un soir sur deux. C'est tout ce qui lui restait, et mécanique. Or au passage : « Pardonnez-nous nos offenses comme nous pardonnons à ceux qui nous ont offensés », Élisabeth s'arrêta, surprise. Non. Plus jamais ! Elle supprima ce passage et dit à Dieu qu'Il la comprendrait, sans autre explication ni demande. Il lui vint à cœur, par retour, de ne plus passer de soir sans Pater. Huit jours avant Noël, pour ne pas faire la queue en y allant la veille, madame Mouillot qui ne fréquentait plus Saint-Merry traversa la ville pour aller trouver un confesseur, à Saint-Germain. Elle eut à dire pour sa pénitence trois Pater mais ne faillit pas à sa règle. Elle n'osa donc pas se rendre à la sainte Table et ce fut le premier Noël qu'elle ne communia pas. L'insistance qu'elle continuait à mettre dans son omission de la prière la taraudait encore au bout d'une année. Elle s'en libérait par un vœu qu'elle s'était fait après avoir remercié avec violence le fournisseur des œufs qui lui avaient valu ces histoires. Chaque semaine madame Mouillot offrait aux pauvres de la Congrégation des Affligés une douzaine d'œufs. Une religieuse venait les prendre à la boutique, le samedi soir.

Un jour, madame Mouillot fit tirer un agrandissement de la seule photographie de son défunt et elle le plaça sur le comptoir-caisse du magasin. Parfois il lui arrivait d'échanger un mot sur le disparu avec une cliente.

— Il était bien discret, avoua madame Chenu.

— Oui, dit Élisabeth, maintenant il se revanche. C'est justice.

Elle épingla au cadre un ruban noir qui coupait en diagonale l'estomac de monsieur Mouillot. Le commerce allait tant bien que mal. Élisabeth vieillissait et l'on reparlait d'une guerre. Il y avait bien dix ans que l'aventure des œufs avait eu lieu. Seule madame Mouillot se la rappelait. Bachol lui-même l'avait oubliée, Bachol qui n'a pas plus de tête que ce qu'il en faut pour un mannequin, un homme de façade, tout pour le décorum, et voyez-le qui sort maintenant avec des œillets à la boutonnière comme si c'était encore de son âge. Non, ce n'est pas possible ! Il ne va pas faire ça ? Bachol traversait la place en songeant à Jeanne Hachette, sa grande thèse, l'œuvre de sa vie. Pour lui Jeanne était un travesti, un homme. Il en avait pour ainsi dire les preuves. Bachol se dirigeait vers l'épicerie, la tête encombrée de faits d'armes qu'une femme ne peut pas s'approprier. Je sais bien que la mienne est dentiste, une poigne admirable, un caractère, une force, elle me fait vivre, c'est entendu...

— Sortez, Monsieur !

Bachol leva le nez, l'esprit ailleurs. Il n'y avait personne dans la boutique. Madame Mouillot serrait le bec-de-cane à s'en arracher les ongles.

— Sortez !

Bachol obtempéra et ce n'est que sur le trottoir qu'il comprit ce qui lui arrivait. Il remonta les deux marches de la boutique, mais Élisabeth avait tourné le verrou. Bachol regarda l'intérieur, les piles de conserves, les cloches à fromages, les paniers d'œufs. Il avait le front contre la vitre et ne bougeait plus. L'histoire remontait en lui. Ses yeux maintenant fixés au plancher de la boutique revoyaient les éclatements, les coulées brillantes, la lampe qui éclairait si mal la place et la force qu'il avait alors. Il sourit. Il aurait voulu dire un mot gentil à madame Mouillot qui s'était assise à sa caisse et tripotait, nerveuse et pâle, une photographie.

Un instant leurs regards se croisèrent. Bachol le prétentieux, cet entretenu, l'histoire de la cité, une fameuse gloire, oui, on peut en parler ! Bachol souriait à madame Mouillot. Est-ce qu'il allait bientôt s'en aller ce jean-foutre, cet insolent, ça se croit tous les droits, quelle éducation !

Bachol descendit les deux marches à reculons, et haussa les épaules. Les femmes sont incompréhensibles, crémière, dentiste ou chef d'armée. Il faut les prendre comme elles sont.

Madame Mouillot remettait le ruban noir qui s'était détaché du cadre. Elle respira jusqu'en dessous de son second corset et rouvrit la porte de la boutique. La place était déserte. Élisabeth descendit jusqu'au milieu des pavés, se retourna sur sa maison et lut, comme elle ne l'avait pas fait depuis longtemps, les caractères gothiques dont la couleur s'efface :

MOUILLOT
Crémerie du Précieux Sang.

M'ra

Le père Ranson rentra des colonies peu avant leur débâcle. Depuis quelques années il n'y croyait plus et il restait de longs soirs sous l'auvent de sa case à regarder les Noirs descendre et remonter le fleuve en pirogue. Hier encore, pour un coup de fouet au jardinier qui en méritait vingt, n'avait-il pas eu à se défendre devant le tribunal ? Lui, Ranson, devant le tribunal, pour un coup de fouet, alors qu'il avait rendu la justice pendant trente ans de brousse, la vraie justice de l'œil pour l'œil, immédiate, sans palabres ! Les trente ans de savane, de forêt, de marigots, de caillasse à l'infini, de moustiques, de soif, de fièvre, de solitude, de stridences d'insectes, de nostalgie passaient par toutes les couleurs, là, en même temps que le ciel énorme, les masses d'oiseaux, le fleuve, avant de basculer d'un seul coup au noir, à la nuit qui aggrave les odeurs, les cerne, les poivre et donne à l'étendue un fumet de sexe. Ranson ne sentait pas le froid qu'attisait un tam-tam lointain. Il songeait au Valois qu'il n'avait pas vu depuis six ans, à la maison isolée qu'il avait achetée pour la retraite entre Senlis et Villers-Cotterêts, non loin du village où il était né. Dans trois mois il y serait. Il rentra dans sa case où l'attendait M'ra, une jeune négresse qu'il avait eue à la mission protestante et qui parlait bien le français, maintenant. Ranson allait-il se décider à l'épouser ? Cela signifierait le retour. M'ra dévouée, travailleuse, le suivrait partout. Il la regarda qui préparait sa moustiquaire et il eut envie d'elle, comme toujours à chaque entrée de la nuit.

Ranson dormait peu. M'ra se roulait en boule sur un lit voisin. Le colonial se demandait une fois de plus s'il faisait bien de vouloir l'épouser, mais le mépris qu'il avait des Noirs en général n'arrivait pas à toucher le talon clair de M'ra. C'était l'exception. Le pasteur les unit et le couple s'envola du Tchad à Brazzaville. Ranson voulait que son voyage de noces fût à l'envers de son premier déplacement en Afrique. Ils prirent donc le chemin de fer pour Pointe-Noire. À Dolisie, sous une lune de coco, ils achetèrent des bananes aux indigènes qui couraient le long du train et Ranson offrit à M'ra un instrument de musique grand comme la main : trois lamelles de fer que l'on fait résonner avec l'ongle, tendues sur une sorte de noix. Ils cabotèrent jusqu'à Dakar, attendirent une marée pour entrer en Gironde. À Paris, Ranson conduisit M'ra aux Caleries Lafayette et lui choisit des vêtements pour l'hiver qui s'annonçait. Enfin

M'ra pénétra dans la maison de son mari. Elle en eut peur et pendant quelque temps ne quitta pas le fourneau de cuisine qu'elle bourrait de bois.

Ranson retrouva quelques pays, bien vieillis, but le verre, mais ne présenta pas sa femme qui devint dans l'esprit des campagnards une créature au mauvais œil. Ils la découvraient au hasard des marchés de la région qui provoquaient les seules promenades de Ranson. Le reste du temps il bricolait à sa demeure, la retapait, classait ses collections de lézards, d'insectes et d'oiseaux empaillés. La première maison du village était à dix minutes de marche. Ranson y allait un jour sur deux chercher le lait. M'ra de temps en temps chantait, faisait résonner son embryon de guitare, écoutait des musiques militaires sur le phonographe du colonial et des disques de comiques troupiers. Ils allèrent ce jour-là au marché de Crépy où Ranson bourra sa guimbarde de gouttières, de tuyaux pour le toit à porcs qui en avait besoin. En rentrant il trouva sa porte grande ouverte.

— Reste là.

M'ra frissonnait sur place. Elle n'avait pas entendu sa voix méchante depuis longtemps. Un carreau de la porte de la cuisine fracturé avait permis de tirer le loquet, d'entrer, de... Ranson sentit la colère l'envahir et lui retirer le sang. Sa collection d'oiseaux gisait à terre, brisée, sauvagement foulée. Il se retourna. M'ra s'avançait, les yeux blancs. Elle prit le bras de Ranson. Sans dire un mot, ils se mirent à nettoyer, à sauver ce qui pouvait encore l'être.

La semaine qui suivit, la maison était garnie de serrures, un chien trottait dans la cour et Ranson, dans le hangar à bois, sur une mire dessinée au charbon, s'exerçait au fusil. Il plaça l'arme au pied de son lit.

— Peu de chance qu'ils reviennent maintenant, avec la neige.

— C'est ma faute, disait M'ra. C'est moi qui les gêne. Ce n'est pas toi.

— Je leur apprendrai à vivre, jurait le colonial et il lui arrivait de regretter ses violences de jadis contre les frères de M'ra.

En décembre, trois fois le chien le fit se jeter à bas du lit et courir à la fenêtre. Trois fois Ranson crut voir une ombre et tira, mais la neige du matin était sans tache sur toute l'étendue de la cour et sur le faîte du mur d'enceinte. En janvier les cauchemars furent plus fréquents et Ranson tira bientôt un soir sur deux, blessant le chien. Il dut aller chercher une autre bête. Une nuit, un coup de feu lui brisa le sommeil. Il allongea le bras pour saisir son arme et se précipiter dans l'ombre, vers la fenêtre. Sa main rencontra le mur. L'arme était de l'autre côté du lit, sur M'ra qui venait de se tuer. Il bazarda maison, voiture et terrain. Je le rencontrai sur le *Formose*, avec sa longue moustache grise et ses yeux froids, comme j'allais prendre mon poste dans la dernière Afrique.

vivant en solitude.

Faite en fiacre

J'avais douze ans. Deux fois par semaine j'allais prendre une leçon de piano chez mademoiselle Ponsard, qui était toujours assise au même bout du clavier, du côté des notes aiguës. S'il m'arrivait d'être en avance, j'attendais debout le départ de l'élève qui me précédait, car nous n'avions pas le droit de nous asseoir ailleurs que sur le tabouret à vis de l'exécutant. Mademoiselle Ponsard interdisait ses sièges de la façon que l'on a dans les musées, en reliant les accoudoirs des fauteuils et en barrant ses chaises du dossier aux pieds avant par une corde. J'attendais donc la fin des souffrances d'un jeune bourgeois qui ne pensait qu'à fuir, à qui j'allais ressembler et que mademoiselle Ponsard accablait de remontrances d'autant plus méprisantes qu'elles étaient portées par une voix basse et châtiée. Ainsi ne nous disait-elle jamais que nous venions de commettre une fausse note, mais secouant la tête et pointant l'index sur la partition elle annonçait avec découragement que nous venions une fois de plus de mentir.

— Arrêtez, Frédéric, vous mentez.

Dans la dernière semaine de juin l'audition générale des élèves Ponsard attirait parents et amis au théâtre municipal. Mademoiselle Ponsard revêtait en cette occasion une robe de mousseline noire ornée d'agates et des bottines recouvertes de soie. Elle avait grande allure sous son chignon transpercé d'aiguilles à boules d'argent. Quand après cinq heures de martèlement nous apercevions le maire qui s'enfonçait dans son fauteuil, la bouche ouverte, mademoiselle Ponsard se dressait tout à coup et venait essuyer le clavier avec son mouchoir qu'elle tirait d'entre ses seins. Elle nous donnait alors un échantillon de vélocité. Le maire s'éveillait à temps pour lui baiser la main et la remercier d'honorer la ville. Je me retrouvais entre mes grands-parents qui n'avaient plus qu'une envie : celle d'entrer chez Soulier, le pâtissier. Cette année-là, mon grand-père Auguste que l'on appelait Nogusse, n'avait pu supporter la *Lettre à Élise*, les œuvres de Rhené-Baton et autres morceaux de choix.

— C'est bien la peine d'être emperlée et de faire la Maintenon, quand on vient d'où elle vient.

— Voyons, Nogusse, disait grand-mère, tu en dis plus long que tu ne sais.

— Elle n'a pas été faite en fiacre, peut-être?

— Le petit...

— Quoi, le petit? Tu sauras, mon petit, ajoutait-il en se tournant vers moi, que l'on sait dans la famille qui a fait qui, depuis 1515.

— Mais avant 1515? disait grand-mère.

— Ne m'interromps pas pour essayer de quelque insanité. Cela ne prend pas.

Il y eut un silence bourré de religieuses et d'éclairs, puis nous rentrâmes, incapables de toucher au dîner. Ma mère prit mes grands-parents à part et leur dit que ce n'était pas sérieux de couper l'appétit à ce petit qui n'en a déjà pas tellement. Je montais à ma chambre où j'entendais encore l'éclat des voix, dans la salle du bas. Seul mon père ne disait rien, enfoncé dans son éternelle songerie, tirant sur sa pipe à très lentes bouffées. Je rouvris doucement ma porte et ce fut pour entendre qu'il y avait d'autres professeurs que la Ponsard, qui, je le répète, n'est qu'une faite en fiacre. En descendant quelques marches j'apercevais par le haut d'une porte vitrée l'assemblée de mes parents. Il était rare que je me livrasse à les guetter mais je n'avais jamais entendu mon grand-père s'énerver de la sorte et sur mademoiselle Ponsard qui était une femme d'âge et de maintien. De plus cette expression de faite en fiacre que j'entendais pour la première fois et que je voyais un peu comme une fête en fiacre, tant l'image que se forge un enfant est souvent juste, m'annonçait quelque surprise défendue. J'ouvris l'oreille.

— Nogusse, dit grand-mère, ne dévoile pas ainsi la faiblesse et l'étendue de tes regrets.

— Elle est excellente, celle-là, comme si mademoiselle Ponsard avait jamais pu m'intriguer !

— Nous finirions par le croire, dit ma mère, et je ne vois pas que tu aies été sur la banquette, dans ce fameux fiacre, du moins ce jour-là.

Nogusse accusa le coup. Je n'entendis plus rien et je m'apprêtais à remonter quand sa voix repartit de plus belle.

— Je sais ce que je sais. La Ponsard est une garce.

— S'agit-il d'elle ou de sa mère ? Tu as, si j'ose dire, de curieuses conceptions. Serait-ce qu'elle n'a pas répondu à tes avances ? demanda ironiquement grand-mère. Voilà du nouveau.

— Si vous voulez tout savoir, écoutez-moi bien.

Je vis mon père tenir sa pipe à distance.

— La Ponsard, je dis bien, la Ponsard, a-t-elle mon âge ?

— Peu s'en faut.

— A-t-elle toujours ses grands airs ?

— Oui, bien sûr, mais...

— Un instant, je te prie. Lui confie-t-on notre jeunesse, n'est-elle pas à un coude de notre petit Frédéric quand il va prendre ses leçons ?

— Mais que...

— Attendez ! Autrement dit, si l'envie lui en prenait, et je ne veux pas en savoir plus, si cela s'est passé ou non, mais cela peut se produire, et si vous voulez mon avis, cela *doit* se produire, cette vieille pommade peut lui mettre la main où je pense, se faire embrasser...

— Nogusse !! Papa !!

— Papa, reprit mon père d'une voix douce, il me semble que vous allez bien loin.

— Bien loin ? Ha ! Pour une fois que je dépasse la grille du grand parc et que je m'aventure dans les taillis de lilas, entre le terrain de manœuvre et l'ancienne faisanderie, j'ai vu, de mes yeux vu, la Ponsard se couler dans un buisson avec une recrue.

Je me rappelle l'effet du mot recrue que je ne connaissais pas et je pensai à la blanchisseuse de la maison qui venait une fois par semaine faire la lessive dans notre sous-sol.

— Tu t'es trompé, dit ma mère.

— Quand on les prend à vingt ans, on peut les désirer à seize, à douze, il n'y a plus de borne, et vous voulez que je salue ça ? Si je suis allé au théâtre perdre un de ces après-midi qui me sont comptés, c'est que j'ai voulu la voir longuement, de près, et la regarder, et qu'elle voie que je savais.

— Tu t'es endormi, n'exagère pas, dit grand-mère.

— Mais elle m'a vu, elle sait, nos regards se sont croisés.

— Tu lui as souri, en effet, au début.

— Attrape-t-on les mouches avec du vinaigre ?

— Il me semble, dit mon père, que mademoiselle Ponsard est au-dessus de tout soupçon. Si je m'étais aventuré vers le terrain de manœuvre et que je vous eusse pris à filer cette dame, mon cher père, moi aussi j'aurais pu croire...

— Et cela vous fait rire ?

— Papa, reprit ma mère, avoue que le piano t'ennuie, que Frédéric te casse les oreilles, à propos il faudrait faire accorder le piano, que tu cherches une raison pour interdire ici la musique, mais tu nous as habitués à plus d'imagination. Mademoiselle Ponsard et un soldat !

— Un enfant ! souligna grand-mère.

— Vous ferez comme bon vous semble. Après tout, dit Nogusse en se levant, je vous aurai prévenus. Si Frédéric y passe, je ne vois pas, oui, après tout, je ne vois pas où serait le mal ? Mieux vaut une femme qu'une main de petit voyou. Vous ne me ferez pas taire. Si Frédéric...

Je n'entendis pas la suite car ma mère avait ouvert la porte et moi regrimpé les marches pour me tenir à croupetons sur le palier de ma chambre. Ma mère montait maintenant. Je me dressai d'un bond et fis mine de sortir de chez moi.

— Où vas-tu ? Tu ne dors pas ? Tu es malade ?

— J'entendais du bruit, j'allais voir.

— Nous parlons entre grands. Va te coucher. Tu as été assez énervé par cette audition. Je regrette de n'avoir pu y aller.

— Moi aussi, dis-je en lui mettant mes bras autour du cou. Pourquoi n'es-tu pas venue ?

— Lucienne est arrivée à l'improviste.

— Tu pouvais venir avec elle.

Je n'en voulais pas à ma mère ni à son amie, mais j'étais triste de son absence, habitué toutefois que je fusse à ne jamais avoir auprès de moi, dans les promenades et visites, que Nogusse et grand-mère.

— Couche-toi. Nous parlerons demain.

Elle n'avait guère l'instinct maternel. C'était toujours demain que nous allions nous voir, nous dire des secrets, échanger enfin de longues caresses, et des baisers qui ne seraient pas mouillés comme ceux de Nogusse. Le matin suivant c'est naturellement grand-père qui me conduisit à l'école, me serrant la main à la broyer, pour traverser les rues.

— Qu'est-ce qu'une fête en fiacre? lui demandai-je.

— Où as-tu appris cela?

— Je t'ai entendu, hier soir.

— Que crois-tu, toi, que c'est?

Il était devant moi, énorme, avec sa moustache en pointe, dont le cosmétique laissait toujours quelque mica dans le soleil.

— Mademoiselle Ponsard aime la musique, le carnaval, les voitures.

— C'est exactement cela, dit Nogusse en me reprenant la main. On a la musique dans le sang ou on ne l'a pas. Mademoiselle Ponsard est d'une famille qui a toujours aimé la musique. Dommage qu'elle soit aussi laide. Tu la trouves belle, toi?

— Je ne sais pas, mais elle joue bien.

— Certainement, dit grand-père, certainement.

Il poussa un soupir et, devant la porte de l'école, m'embrassa longuement.

Le fils des ténèbres

— Cela devait arriver, dit mon père.

Il avait de ces phrases que personne n'osait retoucher et qu'à distance, après tant d'arabesques et de recherches en profondeur sur les sujets qu'elles évoquaient, je trouve encore parfaites. Il reprit :

— J'ai rencontré le curé de Saint-André qui bien sûr ne m'a parlé que de l'Affaire. Il n'a rien trouvé de mieux à me dire que ce n'est pas faute de religion si la famille Bucrat éprouve ces angoisses. Au vrai, ajouta-t-il, chez nous comme ailleurs, nous ne savons le tout de rien. Je lui ai donc demandé comment il pouvait continuer à faire ses prêches. Il a levé les yeux au ciel.

— Le fils Bucrat a tout avoué ?

— Oui.

Je me souviens du regard que posa mon père sur mon frère et sur moi. Sans doute imagina-t-il un instant que peut-être l'un de ses fils pourrait devenir un meurtrier, car il se passa la main sur les yeux.

— Alors, dit ma mère, explique-nous.

— Déjà, je n'aime pas la façade de leur boutique.

— Si tu vendais des monuments funéraires...

— Je n'en vends pas, chère amie.

Quand il traitait ma mère de chère amie, nous pouvions être certains que le repas allait s'éterniser, qu'il allait se perdre dans une fulmination qui ne réjouissait que lui, dans des éclats de rire amer.

— Soit, ils se transmettent le marbre de père en fils, mais qu'ils aient installé au milieu des couronnes, des urnes, des croix, un tiroir-caisse noir, avec des moulures dorées, des lys, y a-t-il rien de plus laid ? Bon, j'admets toujours, mais comment la mère Bucrat peut-elle s'y tenir en permanence, comme la bouchère ou l'épicière, toute la sainte journée ? Vous ne me direz pas que c'est normal, qu'on y défile autant que pour acheter des petits pains ?

— Enfin, Victor, Bucrat est un homme travailleur et digne, un bon patron, sa femme n'est pas une pimbêche, une cancanière, elle se tient à sa place. Ce sont des commerçants honorables. Tout ce qui touche à la mort semble te hérisser.

— Parfaitement.

— La craindrais-tu ?

— Pas le moins du monde, mais ce que l'on met autour. Quand ce serait si facile de constater la chose et d'aller l'enfouir au plus vite !

— Mangez, mes enfants. Votre père a l'art de nous couper l'appétit.

— Vous n'avez plus faim ? lança-t-il en se tournant vers nous.

Nous répondîmes que si, humblement.

— Ce qu'il y a de triste, reprit ma mère, c'est que les Bucrat se sont saignés aux quatre veines pour élever leur fils, dans une maison tenue par les Pères.

— Joli résultat. D'abord ils ne se sont pas saignés. Ça n'a jamais chômé chez eux. L'argent rentre sans odeur. Ils me dégoûtent. Non, ce qui arrive ne m'étonne pas. Ce petit voyou a tué une vieille, et pourquoi ? Pour voir. Pour voir ! Voilà ce qu'il a dit à ses juges. Et tu as encore envie de saluer ces gens-là ?

— Ils n'y sont pour rien.

— As-tu envie de les saluer ?

— Non.

— La preuve est faite.

Je pensais au nombre de fois que mes parents m'avaient seriné le : dis bonjour, voyons ! quand madame Bucrat venait faire des emplettes à la maison et que je regardais avec une insolence étonnée son début de moustache au milieu de la face molle. Mon frère demanda la conduite à tenir quand il passerait devant leur boutique, ce que nous avions déjà fait cent fois avec le frisson depuis l'annonce du drame, en nous arrêtant même devant la caisse vide et ses lys d'or au milieu des pierres posées sur des rouleaux de bois.

— Vous n'avez rien à faire par là. Il existe assez de coins, que diable !

Dans la chambre que je partageais avec mon frère et que par une inexplicable fantaisie ma mère pourtant pleine de goût avait badigeonnée, sol et plafond, d'une acide couleur orange, nous eûmes pendant quelque temps de longues frayeurs. La silhouette du fils Bucrat hantait l'escalier, et nous la confondîmes souvent avec celle de mon père qui venait sur la pointe des pieds, avant d'aller se coucher, voir à travers la porte vitrée si nous étions bien endormis.

Où que nous allions dans la ville il n'était question que du père et de la mère de l'assassin, de la maison et de la rue de l'assassin, beaucoup plus que de la famille de la morte et du lieu du crime, qui se trouvait toucher l'abside de l'église Saint-André, un jardinet plein de fleurs. Toute la ville fut brûlée par ce meurtre et beaucoup doivent encore en porter les marques. Les seuls qui ne s'en remirent pas furent le père et la mère Bucrat, amoureux d'ombre et de silence, tout à coup portés à la lumière implacable d'un phare de police et dépecés sur toutes les tables de la cité. Pour tous, subitement devenus des monstres, ils n'avaient pu qu'enfanter un monstre, et ils ressemblaient assez aux parents d'une carmélite dont le père avait par dérision épinglé le portrait dans le couloir qui menait à la cave. Je crois aujourd'hui que mon père avait peur de sa semence. Bien des choses inexplicables qui me jettent aux extrémités ont dû souvent le faire vaciller. C'est un maçon qui venait du Midi, un étranger, qui osa reprendre la maison de l'assassin. Les meubles des Bucrat furent vendus, ainsi que la caisse aux lys. Mon père nous emmena le jour de la vente, mais nous ne pûmes entrer dans la salle comble où des curieux étaient même assis sur des échelles. Le trône de madame Bucrat fut acquis par le pâtissier du pont. Je le vis jusqu'à la guerre, entre le salon de thé et les étagères de sucreries, non plus noir mais du rose des dragées.

Les précautions

Angèle Cavaroc se leva au milieu de ses cheveux gris. Des crins. Elle enfila sa robe de chambre pleine de trous et dut s'y reprendre à trois fois pour en trouver les manches. Le matin bien droit dans les rideaux mal joints s'élargit tout à coup sous la poigne de la vieille fille et envahit la pièce. Mademoiselle Cavaroc alluma la cigarette à demi consumée qu'elle avait laissée sur sa machine à coudre, à la fin de sa dernière insomnie, aspira et garda la fumée en elle, longuement, froide, rêche, bourrée de crins pareils à sa chevelure. Elle eut un éblouissement. Quel jour allait commencer au milieu des cactus et des roseaux qui envahissaient la pièce et ne laissaient qu'un passage de la fenêtre au lit? Des pots de verdure baignant dans des bacs encombraient aussi le couloir et les plus fragiles des plantes vertes attendaient dans la cuisine leurs soins du matin. On frappait à la porte et mademoiselle Cavaroc mit l'œil au judas de l'entrée, une loupe encastrée dans le battant qui livrait en miniature le corridor et l'amorce de l'escalier éclairé par un vasistas.

Il y avait un homme, là, qui attendait mais ni le facteur, ni le releveur du gaz, un inconnu. Angèle Cavaroc toussa, de cette toux grasse et rauque des fumeurs qui se réveillent. Elle s'étranglait presque et dut ôter l'œil du judas. Elle le remit dès qu'elle eut craché dans son mouchoir de grenadier, une grande toile quadrillée rouge. L'individu était toujours là, sans parler. Mademoiselle Cavaroc haussa les épaules, regagna son lit qu'elle ferma nerveusement et servit aux plantes leur petit déjeuner. Elle leur fit ensuite un brin de toilette avec des ciseaux de différentes tailles et quand elle eut jeté de l'eau frisottante sur son thé elle posa comme une dînette de poupée sur sa machine à coudre. On entendait au-delà du ciel la rumeur d'un train et l'appel des remorqueurs qui s'annonçaient aux écluses. Angèle roula une nouvelle cigarette et laissa « froidir » sa deuxième tasse. Avant de démêler sa chevelure qui lui tombe encore sur les reins, mais jaune, grise et givrée, sa chevelure blonde autrefois, sa gloire, elle se leva pour aller voir au judas. L'homme était toujours là, mais qui tournait le dos, assis sur la marche du palier, et mademoiselle Cavaroc fixa longuement ses épaules larges, sa nuque épaisse sous le chapeau à grands bords. En cherchant bien, en fermant les yeux, en fouillant le passé, non, elle ne pouvait pas retrouver la silhouette qui lui rappelât cet inconnu, et dans l'immédiat, dans les derniers jours, en faisant les courses ? Pas davantage. Un malandrin qui l'aurait repérée, suivie, sans qu'elle y prît garde ? Angèle appela une nouvelle quinte de toux pour qu'il se retourne et qu'elle pût l'examiner de face. Est-on encore un malandrin à quarante ans bien sonnés ? Angèle se posait en même temps d'autres questions en regardant l'homme, et elle sut tout à coup qu'elle était vieille. Déjà sa main tournait la clé dans la serrure, sans attendre, mais mademoiselle Cavaroc l'arrête comme une étrangère, une insolente, une dangereuse. Elle remit l'œil. Le visiteur s'était avancé et regardait la minuscule loupe du judas. Angèle dut faire effort pour soutenir son regard et la pensée lui vint que la distance réelle qui la séparait de l'inconnu n'était que d'un mètre, que de l'épaisseur d'une planche de sapin, que d'un kimono troué. Elle s'écarta et remonta le col de sa robe, frileusement. Il lui semblait que l'autre, dehors, avait pris le relais du guet et la suivait à l'intérieur de sa minuscule cage. Le mieux était de se mettre au travail, et la chose allait s'effacer. Pourtant, mademoiselle Cavaroc se demanda si elle ne rêvait pas et retourna à la porte. L'inconnu n'appelait pas. Sa voix peut-être lui dirait quelque chose, la voix qui reste plus fidèle que les cheveux, le regard et le sourire, car il semblait sourire à présent, comme si c'était une bonne farce qu'elle lui jouait. Mademoiselle Cavaroc eut un regard amical pour sa clé dans la serrure, aussi froide et décidée qu'une arme, puis elle alla faire basculer sa machine à coudre, retrouver ainsi une table lisse, et sortir les cartons du vendredi, car nous étions vendredi et vendredi est le jour des cartons de mademoiselle Cavaroc. Elle en fera toute la journée. C'est un travail modique, mais cela rapporte plus, en proportion, que les travaux de couture. C'est une amie qui lui a procuré cette petite manufacture, une amie qui était à la mairie et arrondissait de cette façon ses fins de semaine.

Mademoiselle Cavaroc ouvrit le premier carton, en sortit de petits étuis qu'elle ouvrit comme des boîtes d'allumettes puis de minuscules bracelets de cellophane, puis une bonbonnière de talc, et enfin le plus gros carton qui contenait en vrac quelques centaines de préservatifs. Mademoiselle Cavaroc, les doigts poudrés et précieux, sortit le premier et commença de le rouler. Elle avait acquis une grande dextérité. Les membranes de caoutchouc qu'elle allongeait en soufflant d'un petit air sec, d'entre les lèvres, semblable à ce pff! qui est l'onomatopée du mépris, prenaient subitement leur prestance avant de s'aplatir en pièces de cent sous. Elle en avait déjà roulé une vingtaine de boîtes quand il lui sembla qu'on respirait derrière elle. Elle se fit encore plus étroite, la tête dans les épaules. Un chat miaulait dans la cage de l'escalier et donnait une dimension nouvelle à la crainte de la vieille fille. Elle qui n'avait jamais connu la peur en ciselait une bien acérée, bien silencieuse, dont elle voyait la lame en attente, derrière la porte, ou là, déjà, dans la pièce voisine. Elle se leva. Le temps d'un éclair dans le miroir, entre deux portraits de famille qu'elle avait épinglés au mur, elle aperçut son reflet comme le bond d'un inconnu puis elle revint à sa propre image aux yeux cernés, à la lèvre supérieure ravinée dont les plis en éventail devenaient une moustache à la lumière des lampes. Derrière elle il n'y avait que des sièges de jardin couverts de plantes, la froide tombée d'un mur vert, la pendule qui marquait midi. Mademoiselle Cavaroc était seule mais elle alla revoir son lit, soulever la cretonne de la penderie-fourre-tout, allumer l'ampoule de la cuisine, s'assurer qu'il n'y avait bien qu'elle de ce côté-ci de la porte, avec ce cœur en délire qui frappait des coups de théâtre. Quel drame allait se jouer dans l'étroite scène du judas ? Angèle aperçut de nouveau l'homme qui remontait l'escalier, se dirigeait sur la porte, d'une démarche dansante et souple de gros. Elle s'attendait à un choc, à un appel, à une claironnante annonce.

« C'est moi ! Quelqu'un ? Ouvrez ! »

S'il ne faisait rien de tout cela c'est qu'il n'avait pas la conscience nette, c'est que pour rien au monde il ne fallait lui ouvrir, mais mademoiselle Cavaroc, l'œil rivé au visage du mâle, à la fois rouge et lisse, trouvait qu'il n'avait pas une tête d'assassin, se trouvait tentée de tourner sa clé, et de plus belle se remettait à trembler. D'ailleurs, dans cette tenue, comment le recevoir ? La concierge l'avait-elle vu monter ? Pourquoi ne se trouvait-il aucun locataire dans l'escalier ? Sa propre voix la quitta.

— C'est pour quoi ?

L'autre ne répondait pas.

— Dites quelque chose, reprit Angèle Cavaroc, dites ! Ou je n'ouvre pas.

Elle le vit tourner les talons, regagner simplement l'escalier, regarder une nouvelle fois la porte et revenir. Mademoiselle Cavaroc tourna sa clé, de la façon qu'il arrive à tous, parfois, d'être subjugués et de se voir agir malgré soi. Elle s'effaça pour laisser passer cette masse que la lentille du judas ne laissait pas prévoir.

— Monsieur ?

Elle tremblait, serrant à pleine main sur sa poitrine sa robe de chambre. Un sourire très doux adoucissait l'inconnu qui écartait les mains d'un geste de prêtre. Il s'assit, sortit une carte de sa poche et commença d'écrire.

— Excusez ma tenue, dit enfin mademoiselle Cavaroc.

L'autre ne bronchait pas et finissait de griffonner. À ce moment, Angèle aperçut une forte chaîne qui sortait de la poche de l'homme et montait à sa ceinture.

— Mais enfin, Monsieur ? dit-elle encore.

Elle en avait les jambes coupées. Rien n'est plus terrible que de rester sans réponse, devant un sourire commercial, devant une main qui tend vers vous d'un geste sec un papier. Elle lut : « Je suis le nouveau commissionnaire de la Maison Perfecta. Je relève les travaux le vendredi. » Il souriait, montrait sa bouche ouverte, muette, ses oreilles sourdes, secouait la tête.

— Ha ! dit mademoiselle Cavaroc en s'asseyant. Il fallait le dire. Pauvre garçon. Vous appelez ça des travaux, moi des précautions.

Elle écrivit au dos du papier qu'il lui avait donné :

« Travaux en cours. Passez plus tard. »

Il regardait les boîtes prêtes et la masse transparente et jaune des petites gaines encore en vrac. Mademoiselle Cavaroc surprit son air gêné. Il lui était sympathique soudain, beaucoup plus que celui qu'il remplaçait, un vieux qui ricanait en faisant le ramassage et qui ne pouvait pas s'empêcher de toujours lancer une gaudriole. Le sourd-muet venait d'écrire :

« Je ne vous gêne pas ? J'attends. »

Elle acheva ses manipulations, lui fit signer le reçu et le regarda partir.

Maintenant elle brossait, en tremblant de sa peur, ses longs crins en cape autour d'elle, puis elle se mit à penser au prochain vendredi. La pendule marquait deux heures. Elle n'avait pas faim.

La table du soir

— Mon « perce-oreille » ça fait « père chéri » quand on va vite.

— J'ai vu une girafe.

PAPA. — Une girafe ?

— Oui.

— Moi, j'ai vu un éléphant.

— Moi, j'ai vu, moi j'ai vu...

MAMAN. — Qu'est-ce que tu as vu, toi ?

— Un homme, il avait une figure de lion, il courait comme un singe.

— Mais moi j'ai vu une girafe, c'est vrai.

— Moi aussi, c'est vrai.

— Moi aussi.

MAMAN. — Et toi, finis ton potage.

PAPA. — Mange proprement. Eh bien ! moi je n'ai rien vu, même pas le chat, ni le chien. Où sont-ils passés ?

QUATRE ENSEMBLE. — Sais pas.

MAMAN. — Un chat n'est pas fait pour être mis dans la glacière.

PAPA. — J'espère que vous avez compris. Que je ne vous y reprenne plus !

QUATRE ENSEMBLE. — Oui.

PAPA. — Oui qui ?

QUATRE ENSEMBLE. — Oui, Papa.

— C'est pour ça qu'une girafe c'est mieux, on ne peut pas la mettre dans une armoire.

— Est-ce qu'on peut manger de l'éléphant ?

PAPA. — J'ai mangé de l'éléphant.

— Tu as fini de me donner des coups de pied, il m'a donné des coups de pied. Oui, c'est vrai.

MAMAN. — On ne rapporte pas et on se tient bien.

— Il a mis ses étoiles de soupe dans sa poche.

MAMAN. — Tu n'as pas honte d'être sale ? Et la poche trempée !

— Ce n'est pas sale puisqu'on les mange.

PAPA. — Parle bien à maman. Où êtes-vous allés avec grand-père ?

TOUS. — Au cimetière.

PAPA. — Quelle idée !

— C'est plein de morts, plein, c'est vrai.

— Grand-père a lu tout ce qu'il y a d'écrit.

MAMAN. — Où ?

L'AÎNÉE. — Sur les tombes, les fleurs. « À notre oncle chéri », « À ma femme chérie ». On n'enterre que les gens qu'on aime ? Ceux qu'on aime pas, où les met-on ?

PAPA. — Il n'y a pas de gens qu'on n'aime pas.

— J'aime pas mon maître d'école.

— Ma maîtresse est gentille. Elle me donne des bonbons.

MAMAN. — Finissez votre soupe, elle est déjà froide.

— Tu as mangé de l'éléphant?

— En Afrique.

— C'est bon?

— La trompe ressemble au pot-au-feu.

— Raconte.

— Pas avant de savoir où est le chien.

— La dernière fois que je l'ai vu il mangeait sur le trottoir. Peut-être qu'on l'aura empoisonné.

— On a sonné.

LA VOISINE. — Excusez-moi de vous déranger. Vous n'avez pas vu mon chat?

TOUS. — Non. Où il est?

LA VOISINE. — Restez assis. Finissez tranquillement.

PAPA. — Vous n'auriez pas vu notre chien par la même occasion?

LA VOISINE. — Vous avez perdu votre chien?

QUATRE ENSEMBLE. — Vous avez bien perdu votre chat.

MAMAN. — Taisez-vous quand les grands parlent.

PAPA. — Je vais aller voir dehors.

LA VOISINE. — Merci. À tout à l'heure.

MAMAN. — Tu n'iras pas. C'est encore une invention de cette folle.

— Elle veut sortir avec papa?

— Elle a plein de rouge. C'est vrai, je l'ai vu.

PAPA. — Qu'est-ce qui remue comme ça? Ah! il était là, sous la table. Viens, Médor.

MAMAN. — Tenez-vous tous bien. Ne vous penchez pas sous la table. Et celui-là qui dort debout !

— Il est assis.

MAMAN. — Fais-toi obéir.

PAPA. — Obéissez.

Le monde est petit

En 1939, dans la boutique que tenait ma mère, à N..., un homme entra, qui arrivait de Vienne où sa fabrique de parapluies venait d'être saisie par les hitlériens. Il était juif et ressemblait à Bismarck, mais Bismarck a-t-il jamais pleuré ?

— Pierre ?

— Maman !

— Toi qui parles allemand, viens me traduire.

À la fin de notre conversation, monsieur Rautner cessa de verser des larmes. Je le reconduisis à son hôtel. Pendant huit mois, je l'accompagnai chaque soir. Mes progrès dans sa langue étaient considérables. Vienne, pour moi, était devenue la ville des parapluies. Nous faisions une marche dans la plaine et monsieur Rautner me déclamait les vers et les histoires qu'il aimait. Il avait une belle mémoire et me débitait des récits entiers.

— Je vous ai dit qu'il me restait un frère. Je viens d'avoir de ses nouvelles. Il quitte la Hollande. Pierre, je pars cette nuit.

— Pour où ?

— Je ne sais pas. Dites à votre mère, si gentille pour moi, combien je garderai bon souvenir.

Le monde s'assombrit le lendemain. Pour la première fois de ma vie j'éprouvai la solitude. Nous étions à la mi-mai de 1940. Des réfugiés belges arrivaient chaque jour, prenaient un repas, répondaient à nos questions que c'était la fin des jours heureux, qu'ils ne nous comprenaient pas de ne pas prendre comme eux la route du Sud. En deux jours, notre ville se vida de la plupart de ses habitants. Ma mère ne bronchait pas quand arriva devant chez nous un homme de Laon.

— Je les ai vus, dit-il.

— Les Allemands ?

— Leur avant-garde. J'ai vu les tanks.

Une heure après, nous quittâmes la ville. Ma mère qui ne disait jamais rien que de pratique m'étonna de nouveau.

— Pierre, prends une cravate.

Elle bourra notre voiture de conserves et de bouteilles d'eau minérale. Il ne restait plus de quoi loger nos petites richesses dont une collection de timbres en sept volumes que j'avais héritée de mon parrain.

— Et maintenant, dit ma mère en prenant le volant, nous allons toujours mettre entre nous et l'ennemi une centaine de kilomètres.

— Mais où nous arrêter ?

— Il n'y a plus qu'un endroit possible : les presbytères.

Ainsi fut fait. J'en connus une dizaine, tous propres, solitaires et bien pourvus. Alentour, les colonnes de réfugiés se disputaient pour acheter l'eau des pompes, un œuf, un quignon de pain, une bouteille. L'évacuation fut pour moi le temps le plus heureux de ma vie. J'engraissais tout en voyageant. Je goûtais les spécialités des provinces, de la table à l'accent. Notre dernier refuge se situa non loin de Toulouse. Je ne sais comment se décidait ma mère qui alliait le flair à l'obstination. Nous ne tombâmes jamais que sur de bons vieux prêtres, sur des maisons profondes et cirées, sur des jardins clos dont il me paraissait que je n'arriverais pas à épuiser les secrets.

Avec le curé et sa servante, doublée parfois d'une sœur ou d'une cousine, ma mère et moi nous restâmes toujours seuls et nous ne fûmes jamais pesants, puisque l'ennemi, en avançant, nous délogeait.

Je me rappelle le dernier village où nous comptions nous arrêter. Des voitures de réfugiés s'entassaient sur la place, autour d'une fontaine. Sur les marches de l'église un groupe entourait un poste de radio branché sur les batteries d'un véhicule.

— Allons plus loin, dit ma mère.

Nous roulâmes encore une dizaine de kilomètres.

— Là, dit-elle, c'est très bien.

Le presbytère ressemblait à une forteresse, avec ses fenêtres fermées, son toit plat, sa grandeur sévère. Il faisait une chaleur à tuer. Ma mère ôta le fichu de plage qui lui maintenait les cheveux et se coiffa d'un chapeau de paille noir à ruban de velours. Je connaissais la scène, et sa voix qui changeait, qui devenait celle d'une veuve inconsolable, d'une petite sœur des pauvres, quand la servante ouvrait la porte.

— Puis-je voir monsieur le curé ?

Aucun œil difficile ne résistait à la vue de ma mère dont les yeux s'étaient mouillés et qu'elle avait même sans cela d'une profondeur inoubliable.

— Ta cravate !

Je la tirai de la voiture et me la nouai pour la présentation. Ma mère avança la main vers le heurtoir et l'écho des chocs ajouta à la grandeur de l'édifice. Un pas calme traversa l'intérieur. La porte s'ouvrit. C'était Bismarck.

— Vous ?

— Vous ?

Pendant notre saisissement le curé survint.

— Vous ! répétait monsieur Rautner en pleurant.

— Vous ! disait ma mère.

Ces vous étaient maintenant très doux. Le curé leva les bras au ciel, ferma les yeux, et nous bénit.

Un père

La maison Parfait, ameublement en tous genres, occupait un quadrilatère assez vaste pour que les commis n'y retrouvassent jamais avant une huitaine de jours l'objet, vis ou commode, que l'on venait y acheter. Elle fut pendant vingt ans l'un des commerces prospères de la ville, jusqu'à la mort de Parfait père. Le fils, rescapé des champs de bataille de la Somme, prit la direction des affaires avec enthousiasme. Il avait fait un vœu : de brancarder chaque année les malades de Lourdes, s'il ressortait vivant de la guerre. Il en était maintenant à son huitième pèlerinage, et à son huitième enfant, car il avait grand plaisir après deux mois de secourisme à retrouver sa femme. Léon Parfait collectionnait les médailles d'encouragement, de remerciement, de souvenir, que prêtres, malades et hôteliers lui remettaient. Il en avait déjà couvert un mur quand son père mourut. Ses dons d'organisateur et de tapissier s'employèrent ce jour-là à fond. L'église tendue de drap noir ressemblait aux tentes que le nomade maniaque dresse dans son rêve, nasses flottantes où il enferme avec soi toutes les étoiles du ciel.

Le curé fut si ravi qu'après l'absoute, en passant le premier aux condoléances, il dit à voix basse à Léon, sans se soucier du nom du défunt :

— C'est parfait, Léon, parfait parfait !

Au cimetière, la dernière oraison jetée, il ajouta :

— Léon, vous avez fait là un chef-d'œuvre. Il faut continuer.

De ce jour, il ne se passa plus un enterrement, même à crédit, que Léon ne décorât l'église. Il fit de même pour les mariages, mais avec du drap rouge, galonné d'or. Léon n'avait plus le temps de s'occuper de son magasin. La mère, les enfants en âge, deux commis qui vieillissaient, dont l'un se déplaçait dans le capharnaüm des meubles en s'appuyant sur une canne, faisaient de leur mieux pour satisfaire le chaland mais le volume des affaires baissait régulièrement. La table elle-même s'en ressentait : moins de viande, davantage de pommes de terre. Léon ne s'en apercevait pas. Entre le brancard et la pose des tentures il n'avait pas le temps de ruer. Les siens s'élevaient seuls et déjà se tressaient dans l'âme des aînés des sentiments anticléricaux. Léon Parfait aurait pu réserver les dimanches à sa famille, à quatre pattes au milieu des petits, autour de la poule au pot. Il avait mieux à faire. Il allait projeter dans les patronages les films qu'il avait pris en pèlerin.

Léon commentait d'une voix forte, habituée au chant des hymnes, les images qui bougeaient.

— Vous voyez en ce moment l'hommage de l'armée à la Vierge. Cent mille hommes défilent. Ils portent un cierge, parfois deux, ce qui fait d'après moi cent soixante mille flammes en mouvement. Je me trouve à gauche. Regardez bien. Nous enchaînons de jour sur la bénédiction de nos frères allongés. Je suis à droite. Oui, c'est moi, là, avec une barbe et un béret.

— Où ? demandait un gamin.

— À droite, celui qui sourit, c'est moi. Dommage. Trop tard. Mais vous allez me revoir bientôt en compagnie de nos frères allemands dont la délégation est chaque année plus forte. Voilà. Voilà. Tenez. Au milieu, c'est moi.

La séance terminée, Léon, épanoui, regagnait son lit, face au mur de ses ex-voto, un lit de palissandre marqueté dont les montants offraient un soleil couchant aux rayons en bois de citronnier. Au-dessus du lit, à la place où l'on aurait pu s'attendre à trouver un crucifix, le casque de poilu que Léon, du 67e, avait porté des Éparges à Verdun, était installé sur un petit socle. L'intérieur du casque ouvrait ainsi une niche au-dessus de la couche du marchand de meubles. Au centre de cette chapelle minuscule, une vierge de plâtre levait les yeux vers le ciel, vers le rebord de la coiffe, un cuir rongé d'avoir tant serré et si longtemps le front du combattant. Pour s'endormir Léon Parfait rédigeait une ligne ou deux de la rubrique pratique du bulletin paroissial bi-hebdomadaire, donnant des conseils sur la façon d'ôter et de planter les clous, de raboter une plinthe, de délayer le brou de noix.

Le matin suivant, quelque pompe douloureuse ou triomphante, un projet de médaille, une lettre à des brancardiers devenus amis, empêchaient Léon de baiser au front sa famille, de visiter son magasin, de se soucier du budget. L'expression « le Boche paiera » qu'il avait affectionnée cédait devant : ma femme paiera, qu'il lançait sans cesse et qui l'amusait beaucoup. Madame Parfait payait, rangeait, commandait, tricotait, cuisinait, prenait des varices, des cheveux blancs, de longues tristesses résignées. Les fils aînés couchaient dans le couloir encombré d'échelles et de carcasses de lits avec les filles du quartier et laissaient la place à leurs sœurs qui jouaient, par roulement, avec d'autres polissons.

Léon Parfait devint rapidement grand-père, et plusieurs fois. Il dressa une décoration sublime pour ces mariages que l'on dut précipiter. Il arriva que Léon n'eut pas à défaire la décoration de l'église. On célébra dans les mêmes tentures les mariages et les baptêmes qui le jour suivant sortaient de ces unions. La faillite de la maison cependant fut prononcée. Léon continua ses pèlerinages. Sa femme morte, ses enfants casés soldats, femmes de chambre, bedeaux, bonnes à tout faire et séminaristes, Léon décida de rester au pied des Pyrénées. L'air lui allait. Il n'avait cependant plus la force de chanter, encore moins de porter les brancards. Il ne dormait plus. Sa barbe blanche et clairsemée lui donnait grande allure. Un aumônier lui trouva une place de gardien dans un casino voisin. Léon s'y rendit mais il préféra rester à Lourdes. Un ancien malade reconnaissant le présenta à Samuel Biguine qui vendait des chapelets, des gourdes d'eau bénite et des galettes surprises où la fève était une minuscule béquille en porcelaine. Samuel n'avait besoin de personne, mais il songea à son voisin David, le limonadier.

— Voici un brave homme, David. Tu cherchais un veilleur de nuit. Monsieur ne dort plus.

David posa la main sur l'épaule de Léon et l'engagea.

Léon passa sa première nuit de veilleur dans un fauteuil derrière la porte d'entrée du café. D'autres nuits. Tout ce qui lui restait de nuits. L'enseigne lumineuse clignotait jusqu'à l'aube, une belle enseigne verte à l'enseigne du *Jésus'Bar*.

Soir de jeunesse

— Et puis, ce soir, je ne vous dirai plus rien. Vous n'avez qu'à sortir.

Sa voix semblait usée, son œil absent. Il avait dit cela, debout, en lançant autour de son cou à la façon d'un lasso une longue bande de laine multicolore et en nous saluant tous d'un geste large. D'habitude, il nous racontait des histoires bien avant dans la nuit, jusqu'à ce que nous soyons mis dehors. Nous lui versions à boire toutes les dix minutes et l'alcool troublait petit à petit ses contes jusqu'à l'opacité. Il nous arrivait, mes frères et sœur, de nous cotiser pour l'achat d'une bouteille à ce vieux que nous avions baptisé l'Oncle et que parfois nous appelions El Tío parce qu'il portait une façon de pantalon espagnol dont la ceinture exagérément haute, faite d'une bande à plis, l'enserrait à la hauteur des aisselles. Jamais il n'y avait eu dans notre vie plus belles histoires, pas même au meilleur soir de l'enfance pourtant toute en oreilles.

— Où vas-tu, Charles ?

— Avec lui.

— Attends-nous.

Nous nous coulâmes à la suite de l'Oncle dont on entendait résonner les pas dans la nuit. Deux sergents de ville, le vélo à la main, nous croisèrent et sifflèrent en apercevant un rai de lumière dans la façade d'une maison. L'Oncle avançait à grands pas. Il habitait une roulotte près du pont du chemin de fer.

— Lumière !

C'était encore l'un des sergents. La fenêtre en contravention s'ouvrit.

— Excusez, dit une voix. Le rideau s'était coincé.

— Que ça ne se renouvelle pas ! Nous sommes en guerre et c'est dans votre intérêt.

— Je sais, disait l'autre, là-haut.

— Alors, si vous le savez ?

— C'est le rideau à coulisses. Je dis toujours...

— Hein ?

Les sirènes venaient de se mettre à mugir.

— Nous ferions mieux de rentrer, dit ma sœur Hélène.

— Mais l'Oncle ?

— Pour que maman se fasse du mauvais sang !

À cet instant l'Oncle disparut au coin de la rue Panetière et six hommes de la gendarmerie allemande débouchèrent en face de nous. Le sous-officier nous indiqua d'un doigt sec l'abri le plus proche.

— Ce qui m'étonne, dit mon frère Jean, c'est qu'on n'entende pas un avion. D'habitude ils sont au-dessus de nous quand la mairie donne l'alerte.

Nous avions fait mine de rentrer sous la porte cochère que nous avait montrée l'Allemand et, ressortis aussitôt, nous courûmes chez nous, dépassant bientôt le *Café Royal* où nous tenions nos assises avec l'Oncle. Ses vitres lavées à la peinture bleue, doublées de rideaux noirs à l'intérieur, ne laissaient plus filtrer au-dehors cette vague rumeur de cordes et de piano qui nous séduisait toujours dès le couvre-feu. Le petit orchestre devait être déjà descendu à l'abri.

— Pourquoi se presser ? demanda Paul. Courez si vous voulez.

Nous ralentîmes le pas pour lui faire plaisir. La maison n'était plus loin maintenant. Nous parlions à voix basse de la dernière histoire de l'Oncle. Était-elle vraie ?

— Quelle importance ? dit Hélène. Il la raconte si bien.

— Je crois qu'elle est vraie, ajoutai-je. Je suis certain que chacun doit être prévenu de sa dernière heure.

— Tout de même, dit Paul. Un type qui regarde un calendrier marquant le 10 janvier. Une feuille qui tombe du milieu de ce calendrier, la feuille du 9 juin, et on la retrouve dans son portefeuille, sur lui, le 9 juin précisément, au milieu des morts, dans un déraillement de train...

— C'est un peu fort, mais j'y crois. Écoutez !

C'étaient des avions, toute une escadre, la dégringolade d'un plein sac de noix.

— Quelle colique, murmura Hélène. Vite.

Chez nous, à la cave, nous commençâmes par nous faire gronder. Les voisins étaient déjà là avec leurs valises précieuses et des seaux d'émail. Les couvertures qui bloquaient les entrées, au bas de l'escalier, remuèrent imperceptiblement et quelque chose de lourd et de profond sembla monter du sol, de dessous la terre. À quelques fractions de seconde un vacarme aérien, net, détaché, sifflant, vint nous perforer, suivi d'un bruit en masse, rond et roulant, puis cela n'arrêta plus. La cave, un troisième étage de voûtes, tremblait régulièrement. La vieille voisine dut mettre la main sur le couvercle du seau de nécessité qui grelottait à côté d'elle. La lumière s'éteignit.

— C'est pour nous, cette fois, ça se rapproche.

Mon père alluma le flambeau de secours, reprit sa Bible et nous demanda le silence. Un éclatement plus sec et plus vaste fit tomber la poussière du mur et se coucher la flamme de la bougie.

— Quand je songe, dit mon père, que vous alliez, un peu plus, vous trouver là-dessous ! Je parie que vous étiez encore avec votre vieux fou.

— Oui, dit Paul.

— Et vos examens ?

Un coup proche étala le silence, puis un interminable sifflement nous parvint par l'escalier. Je regardais Hélène, ma mère et la voisine qui s'était assise sur le seau, à quelques mètres. Le fracas souleva de la poussière jusqu'au fond de la cave. Une dernière bombe tombait encore, loin semblait-il.

— Je parie que l'Oncle est mort, dit Paul. Il l'aura su un peu avant.

C'était exactement ce que je pensais et pas plus que mon frère je ne songeais aux destructions que nous allions trouver en remontant de notre souterrain, pas même à la maison, à notre maison qui peut-être n'était plus qu'un amas sans nom. Mon père grimpa le premier, gagna la trappe, le couloir, la porte, la rue. Nos murs n'avaient pas souffert, mais à quatre boutiques de là s'ouvrait le vide sous un nuage gris et blanc qui s'étendait dans la nuit. Une voiture au toit explosé roulait sur trois roues, suivie par un soldat sans casque qui se tenait la tête. Avec mes frères et sœurs nous allâmes aider au déblaiement sous des projecteurs de fortune, au transport des victimes, à leur alignement à l'hôpital dans de grands papiers gaufrés. Les corps étaient tous d'une forte couleur jaune à balafres violettes. Il en arriva jusqu'au matin et jusqu'au soir suivant. L'un des derniers n'avait plus de tête mais un long foulard de laine multicolore sous le bras.

Jalousement

Sur le versant noir de l'enchantement il n'est pas de visage ni de corps plus terrible que ce que je vis un matin d'été à Passy, comme j'allais chercher mon lait à l'ouverture de la crémerie. Il n'y a personne à cette heure-là dans les rues des beaux quartiers, pas même la voirie qui ne doit pas réveiller trop tôt les privilégiés. Seul s'affaire le gratin des chiffonniers, et les petits commercants mâles, en attendant que se dépapillotent leurs femmes, vont lever le rideau de fer, donner le coup de balai et rentrer les casiers de bouteilles de lait. Il m'arrivait donc de rencontrer très tôt, dans la fraîcheur pleine d'oiseaux, monsieur Barricande des Œufs et Fromages et de lui acheter une carafe blanche avant même qu'il ait eu le temps de la rentrer dans sa boutique pleine des caisses de l'étalage, de filets, de pots et de cageots. Cette fois-là j'aperçus, avant de traverser la rue, sur le trottoir de Barricande, une voiture d'enfant, noire, dont la forme me surprit. Sans même jeter un coup d'œil au petit qu'elle portait j'entrai dans le magasin. Une femme qui ressemblait à une nonne, n'était le chapeau de paille noir serré par un velours mauve, sortait au même instant. Son regard gris dans une étoile de rides me scrute encore. Il tenait de méfiance et mépris.

— Et pour vous, monsieur Antoine ?

— Un lait, dis-je sans regarder le marchand.

Je m'approchai de la vitrine pour voir partir la femme et la voiture. Dans cette caisse haute sur roues et profonde, de forme renflée comme le sont les cercueils à hauteur de poitrine et sous la capote de moleskine tendue j'aperçus une femme qui ressemblait à celle qui la poussait et qui en était peut-être la fille, peut-être la sœur et peut-être, oui, la mère. Sous la même capeline de paille noire à velours mauve un visage de craie, triangulaire, à trois yeux, me fixait. Cette créature semblait ne pas avoir de bouche, juste une petite fente qui formait avec la fossette du menton pointu comme une blessure en croix. Je revins dans un centième de seconde à ces yeux qui me dévoraient et que je n'arrivais pas à regarder car ils étaient trois, à peu près sur une même ligne, sous la voûte d'un front énorme et blanc. Ces yeux ne cillèrent pas, sauf celui du milieu d'où paraissait descendre le long nez mou.

— Et avec ça, monsieur Antoine ? un petit peu de beurre, vous avez ce qu'il vous faut ?

— Merci. Vous avez vu ?

— Si je l'ai vu ! C'est rare qu'elle la sorte, une

ou deux fois par an. Déjà que je ne peux pas voir la mère !

— C'est sa fille ?

— Drôle d'aventure, n'est-ce pas ?

— Et elle vit ?

— Dame ! Il paraît qu'elle a dans les quarante ans mais il lui manque une jambe et elle pèse trente-cinq kilos.

Ici Barricande se mit à rire, et nerveusement je l'imitai.

— Ah ! monsieur Antoine, c'est là qu'on remercie le ciel d'être comme on est, bien que ce soit aussi une créature du Bon Dieu.

— Vous connaissez le père ?

— Charmant ! Un tombeur ! Toujours à quatre épingles, et de la Haute ! Expliquez comme vous pouvez.

Des histoires de bêtes m'envahirent, des accouplements défendus, une manie... et je serrai les jambes.

— C'est tout pour aujourd'hui ?

Je payai et je revins chaque matin, à la première heure, dans l'espoir de revoir le monstre, de m'assurer qu'il était vrai. Je ne le revis pas. Mes vacances arrivèrent et je changeai de quartier à peu de temps de là, pour une chambre de bonne qui dominait la Seine et Paris. Je commençai par choisir mes commerçants, ici le vin, là le fromage, et hélas, pour le bon beurre il me fallait pousser jusqu'à trois rues, mais j'avais en revanche, tout à côté d'un simili-Barricande, un café plein de céramiques et de miroirs dépolis gravés de fleurs où je trouvai mes habitudes. C'est là que je vis descendre d'un taxi, dans un balancement de la guimbarde, un étrange couple : un enfant conduisait par la main un homme d'âge mûr, de ceux que l'on appelle acromégales, et qui pouvait peser dans les cent trente kilos, tout le poids réfugié dans la tête taillée comme les statues de l'île de Pâques, mais il n'était pas horrible à voir et je m'habituai à l'entendre commander son café presque en même temps que moi, d'une petite voix de flûte à peine perceptible. Le café pris, l'enfant allait héler un taxi, revenait chercher la Tête et je voyais la voiture s'affaisser du côté où Elle montait. J'essayai d'entrer en rapport avec l'infirme mais il ne disait, cristallin, léger, un cheveu, que quelques mots : café, sucre, oui, oui, un oui de pinson.

Un jour que j'attendais sa venue et qu'il me semblait en retard, je vis entrer une jeune fille. Je n'en avais jamais vu de plus belle et je n'ai pas encore trouvé son égale. Je n'en dirai pas plus. Je la sors très peu, selon son désir, depuis qu'elle est ma femme.

Lulu et Proust

— Lulu ? Où est-il encore passé ? Lulu, si tu ne viens pas, j'appelle ton père ! Ah ! tu étais là ! Toujours à lire. Je me demande bien ce que tu peux trouver d'intéressant, le nez là-dedans, toute la sainte journée. Puisque tu ne fais rien, descends donc la poubelle.

Le jeune Lucien soupira, glissa les *Jeunes Filles en fleurs* sous son tricot et prit l'escalier. Il n'en voulait pas à sa mère. Puisqu'il savait qu'elle était jalouse de ses livres il n'avait qu'à dire que les camarades l'attendaient, et se réfugier en bas, chez le père Mabus qui tient une boutique de machines à écrire et de fournitures pour bureaux. Moyennant l'écoute d'une histoire il peut s'installer dans l'atelier d'où la lumière tombe des verrières, tandis que là-haut, chez lui, il faut toujours une lampe et finir par se piquer les yeux, dans un halo jaune.

— Quoi de neuf, Lulu ?

Un jour ils m'appelleront Lucien. Pas ici, bien sûr, mais ailleurs. Partout sauf ici !

— Je ne vous dérange pas ?

— Mon ami, tu es toujours le bienvenu. Comment vont tes chers parents ?

Est-ce qu'il y a un rapport entre mon père et ma mère, entre elle et moi, entre eux et moi ? Ce n'est pas que je ne les aime pas puisque je voudrais les aimer, mais comment faire ? Ils m'ont mis à l'école des Frères sans que je le demande, bien sûr, et ils me le reprochent sans cesse.

— Je finis ce petit colis et je suis à toi.

Pour faire son paquet, avec lequel il jongle, tant est vif son plaisir, Mabus a relevé ses lunettes jusque dans ses cheveux qu'il a drus et presque blancs, sur le devant, mais sur le côté, je vois la trouée rose et lisse, un ravin, que lui a laissée une balle ennemie, en 1916.

— Tu regardes, ça t'intrigue toujours ?

Mabus, le col serré, redresse la tête, tire jusqu'aux aisselles ses manchettes de lustrine et semble retrouver un paysage familier. Je ne vais pas couper au centième récit de cette blessure.

— Nous attendions l'assaut, remis depuis l'aube, appuyés contre le parapet, tous en boue. L'artillerie donnait des deux côtés. Il n'était pas question de sortir et pourtant l'ordre est venu. Mon cher, je n'avais pas fait trois mètres que je me sentis tournoyer. D'ailleurs tout dansait, même le sol, quand nous nous sommes élancés. Voilà le résultat : un miracle.

Au bout de son bras si long qu'il ne semblait y avoir que l'os, Mabus me montrait le casque qui l'avait protégé et qu'il avait pu sauver.

— Après cela, fiston, tu sais à quoi t'en tenir. La vie n'est rien, qu'un sursis. Un instant après l'autre. Viens donc boire une prunelle, une toute petite, et gloire à nous !

J'aimerais bien sa liqueur, mais elle est trop forte et je m'arrange toujours pour vider le verre ailleurs qu'en moi.

— Il y en a qui ont chanté la guerre. J'admets. Ils étaient dans des bureaux. Quant à ceux qui ont embouché le clairon en connaissance de cause !

Je ne pourrai pas lire aujourd'hui dans l'atelier qui ressemble, vu du magasin, à un cube de lumière. Lorsque Mabus commençait ainsi je devais assister à l'effondrement de pans entiers de sa vie. Il les bombardait d'une voix aigre, tremblante, à coups de mots empoisonnés. La cicatrice de son crâne blanchissait aux endroits roses et s'assombrissait à la couture elle-même, dessinant une sorte de barbelé.

— Je ne citerai pas Péguy, avec qui j'étais aux *Cahiers*, le malheureux ne savait même pas faire un paquet ! Nerveux, nul, ficelle ou bolduc, rien ! J'étais obligé de les refaire. Il n'était bon qu'à les porter. Toujours ce goût de piétaille.

Je n'écoutais plus. Je touchais mon livre à travers mon tricot. Ses lunettes redescendues sur le nez, d'une tape, pour avoir un interlocuteur plus net, Mabus les remontait d'une chiquenaude maintenant qu'il s'était libéré. Sur le comptoir, des cahiers, des pots à colle, des crayons, des cartes de visite attendaient en petits tas de sauter entre ses mains expertes, de se faire empaqueter en souplesse et ficeler en volutes.

— Lulu ? Eh bien, tu es encore là ? J'attends la poubelle. Excusez-le, monsieur Mabus, ce garçon ne sait que rêver.

Ma mère, pour dire cela et pour dire quoi que ce fût à un étranger, modifiait ses lèvres, son débit et ses intonations. Je ne la reconnaissais plus. Elle parlait comme une dame du quartier des Avenues, où même l'œil se met à battre pour dire pain.

— Lulu est un gars comme je les aime, répondait Mabus. N'est-ce pas, Lulu ? Savoir écouter est un bon signe.

— Je veux bien, dit ma mère, mais quand je demande la poubelle c'est clair, il n'a qu'à l'apporter.

— Certes. Nous reprendrons nos entretiens un de ces jours, jeune homme.

— Lulu ? Lulu ? Tu m'entends ?

Lucien émerge de ses livres. Est-ce que sa mère l'appelle ? Était-ce hier ? Où sommes-nous ? Est-ce qu'il va falloir descendre la poubelle, aller acheter trois œufs, remonter un pain, se coucher, partir chez les Frères, traverser les rues, mourir, peut-être ? Mourir est une bonne solution.

— Lulu, tu es tout pâle. Qu'est-ce que tu as ?

— Moi ?

— On n'en sortira pas avec celui-là. Eh bien, lis, puisque tu n'es bon à rien.

Piété

Il ne faut pas que Nogusse sur son lit de mort l'emporte sur les Nogusse d'autrefois. Derrière ce nez en corne, ce casque plus que ce front et ce corps en berceau dont le ventre s'est effondré, derrière cet instantané qui voudrait tout masquer des visages d'antan, les vives images envolées reviennent sur moi comme un nuage d'étourneaux. L'autre jour, en fouillant dans un carton à chaussures, j'ai retrouvé des portraits de ce grand-père idéal, farceur, gourmand de gruyère et de bons mots, à la religion apache où tout faisait encens. Il est mort en le sachant très bien, de la manière qu'il me disait de ne pas tirer, pas tant, sur la corde de l'arc en noisetier qu'il venait de me tendre. Voilà, tu as trop forcé, c'est évident que cela devait casser, je le voyais... Il s'est vu, ayant lui aussi trop forcé. Il a goûté la dernière spirale qui file haut et bas de la tresse.

Adieu ! Sans souci de ma peine, comme il descendait les abîmes, nul doute qu'il ait souri de l'image dérisoire qu'il laissait flotter à la surface. Par une suprême taquinerie il m'avait appelé au moment de disparaître, sans doute aussi pour me montrer que le passage n'est pas si terrible, et bien sûr parce qu'il m'aimait et qu'il ne fallait me priver de rien de ce qui le touchait, enfin voulait-il me léguer le seul portrait de lui qu'il ne pourrait voir, dans sa première défaite. Ma mère le photographia dès sa fin et nous eûmes les clichés au cimetière par un geste que le père Vachelade pensait délicat.

— Combien vous dois-je ? murmura ma mère qui ne perdait jamais le sens des réalités.

— Ça ne presse pas.

Jamais famille n'eut moins la dévotion de ses morts. Elle les garde en elle avec simplicité. Je suis le seul violeur de ses tombes. La photographie ne trôna sur aucun buffet, mais disparut avec celles des baptêmes et des mariages dans le carton à chaussures où l'étiquette « Documents » recouvrait mal un cartouche où se lisait encore : box-calf pointure trente-neuf, celle même de Nogusse si fier de sa petite taille et qui serait si heureux de se voir partir en fumée, tout à l'heure, entre mes doigts, pour ne transmettre à mes fils que le mensonge de sa dernière image, ce nez qu'il avait royal, ce front d'empereur, et le sourire que la mort n'a pu lui prendre.

En été

Dans le jardin au milieu des champs et sous le saule au milieu du jardin les enfants se sont réfugiés. Ils parlent à voix basse. Leur rire parfois s'égare en papillon jusqu'au soleil. La mère est à l'ombre de la grange. Le père, de vague en vague, s'enfonce dans le sommeil, retrouvant dans la chambre qui tangue avec douceur tout un lot de couleurs qui s'enfuient par la porte et brûlent sur les pierres. Avant le repas de midi, manège autour de la carafe d'eau, les enfants sont rentrés chargés de fleurs. L'oie les suivait, qui s'appelle Séraphine, sous l'œil en coin du chien qui veille près de la table, au frais des carreaux rouges. Il n'y a personne au-delà de ce monde, mais dans le globe de la lumière où les arbres ont la pâleur d'un bouquet de mariée un bonheur encore se prépare d'où naîtra le vent. On le sent déjà qui nous désire. L'unique oiseau qui se tenait immobile en plein ciel tombe au ras des chaumes. Il n'y a plus à vivre que l'instant. Au retour de la fraîcheur, les yeux se regardent et se découvrent. La maison sent le pain. Le père, avant la nuit, dira l'histoire qu'on lui réclame, un conte qui ressemble à ce jour hors du temps, sans héros et sans gestes, qui s'ouvre et se ferme avec la délicatesse d'une fleur. Après, nous irons regarder les astres qu'une fois encore les enfants se mettront à compter.

Le ramage naturel du merle solitaire est très-doux, très-flûté, mais un peu triste, comme doit être le chant de tout oiseau vivant en solitude.

Buffon.

très-doux

très-flûté

un peu triste

de tout oiseau

en solitude

DU MÊME AUTEUR

Aux Éditions Gallimard

Romans

L'AUTRE RIVE (L'Imaginaire).

MIROIR D'ICI. *L'Ombre.*

LE GOUVERNEUR POLYGAME.

LA PORTE NOIRE (Collection Folio).

LE TÉMÉRAIRE (Collection Folio).

LA ROSE ET LE REFLET (L'Imaginaire).

JULES BOUC (Collection Folio).

MES COQUINS (Collection Folio).

LA CONFESSION D'OMER (Collection Folio).

UN ÉTÉ À LA DIABLE (Collection Folio).

URSACQ (Collection Folio)

LE RETABLE WASSERFALL.

CAPORAL SUPÉRIEUR.

LE MIROITIER.

Récits

LA DAME DE CŒUR (Collection Folio).

CONNAISSEZ-VOUS MARONNE ? (L'Imaginaire).

Nouvelles

MÉMOIRE DE LA VILLE (L'Imaginaire).

VESSIES ET LANTERNES (prix de l'Académie française 1971) (Collection Folio).

LA BARQUE AMIRALE.

FOUETTE COCHER (Goncourt de la nouvelle 1974) (Folio).

LES PRINCES DU QUARTIER BAS.

L'ENFANT DE BOHÈME (Collection Folio).

UN ARBRE DANS BABYLONE (grand prix de Monaco 1979) (Collection Folio).

LE VENT DU LARGE (Enfantimages, *illustrations de Roger Blachon*).

LE CHANT DU COQ (L'Imaginaire).

TABLE D'HÔTE (Collection Folio).

LES JEUX DU TOUR DE VILLE (Collection Folio).

LES NOCES DU MERLE.

L'ÉTÉ DES FEMMES.

Poésie

RETOUCHES (prix Max Jacob 1970) (Collection Poésie/Gallimard).

TCHADIENNES (Collection Poésie/Gallimard).

LES DESSOUS DU CIEL.

TIRELIRE.

LA POULE A TROUVÉ UN CLAIRON (Enfantimages, *illustrations de Danièle Bour*).

ŒILLADES.

LE CHAT M'A DIT SON HISTOIRE (Folio Benjamin, *illustrations de Sophie Leuffke*).

VOLIÈRE.

HÔTEL DE L'IMAGE (Collection Poésie/Gallimard).

DRAGEOIR.

LUCARNES.

INTAILLES (Collection Poésie/Gallimard).

À LA MARELLE.

CARILLON.

LE PORTE-ŒUFS.

AUTOMNALES.

À LA COURTE PAILLE.

ÉTIQUETTES.

SOUS-MAIN.

TACITURNES.

Théâtre

C'EST À QUEL SUJET? suivi de LE ROI FANNY.

À LA BELLE ÉTOILE — À VOTRE SERVICE — LE BEAU VOYAGE.

COUP DE LUNE — LA PARTIE DE CARTES — LE VOYAGE DE NOCES.

LA TOISON D'OR — LE PARADIS.

LA REINE FRACASSE — LE JARDIN.

Aux Éditions de la Table Ronde

Romans

LA RUE FROIDE (repris dans la collection Folio/Gallimard).

LE TÉMÉRAIRE.

LA PORTE NOIRE.

Aux Éditions Laffont

Romans

LA MER À CHEVAL.

LES PORTES.

LA NACELLE.

LA ROSE ET LE REFLET.

Nouvelles

LE CHEMIN DES CARACOLES (prix Saint-Beuve 1966) (Repris dans la collection Folio/Gallimard).

LE JARDIN D'ARMIDE.

Aux Éditions Casterman

Nouvelles

LE CHANT DES MATELOTS.

LES GRANDS.

Composition Euronumérique.
Impression Société Nouvelle Firmin-Didot.
le 25 avril 1996.
Dépôt légal : avril 1996.
Numéro d'imprimeur : 34631.

ISBN 2-07-039465-4/Imprimé en France.

74565